光环的背后：

我与名人

杜仲华 著

Behind the halo

生活·讀書·新知 三联书店

图书在版编目（CIP）数据

光环的背后：我与名人 / 杜仲华著. —北京：生活·读书·新知三联书店，2014.8
ISBN 978 – 7 – 108 – 04957 – 5

Ⅰ. ①光…　Ⅱ. ①杜…　Ⅲ. ①随笔 – 作品集 – 中国 – 当代　Ⅳ. ① I267.1

中国版本图书馆 CIP 数据核字（2014）第 061837 号

视觉总监　程亚杰
责任编辑　龚黔兰
装帧设计　蔡立国
责任印制　宋　家
出版发行　生活·讀書·新知 三联书店
　　　　　（北京市东城区美术馆东街 22 号 100010）
网　　址　www.sdxjpc.com
经　　销　新华书店
印　　刷　北京昊天国彩印刷有限公司
版　　次　2014 年 8 月北京第 1 版
　　　　　2014 年 8 月北京第 1 次印刷
开　　本　720 毫米 ×965 毫米　1/16　印张 20.75
字　　数　251 千字
印　　数　0,001 – 6,000 册
定　　价　59.00 元
（印装查询：01064002715；邮购查询：01084010542）

目　录

01

第一辑

我与作家、学者

冯骥才：

电脑不会把图书送入历史

2014年1月9日中午，北京国展中心，2014北京图书订货会新闻中心，著名作家、文化学者冯骥才（笔者称其为“大冯”）的新书发布会正在火爆进行中。

作家首发新书，一般都是一本，而在冯骥才的新书发布会现场，却摆着八本书——《文化诘问》、《春天最初是闻到的》、《离我太远了》、《凌汛——朝内大街166号》、《西欧思想游记》、《文化先觉》、《中国木版年画代表作》和修订版《一百个人的十年》。

够牛了吧？

当大家为他文学创作的“高产”感到惊奇时，他却说，这些书是“赶巧”碰在一起了，“我一年中出的书远不止这八本！”

果然，几日后到他的天大研究院[1]探访时，他第一件事就是请我观看他已经出版的另外一些作品，其中有关于传统村落、唐卡和天津皇会的图录、工作手册和文化档案，还有他的再版书和散文集等。迄今，他出版的各类图书已达二百多种，一些作品还被翻译成英、法、俄等文字在海外出版发行。

〔1〕天津大学冯骥才文学艺术研究院。——编者注

这位驾驭着四套马车一路奔跑的老马，是怎样在繁忙的工作中抽出时间写作的呢？

“我是用全部情感和生命的力量去写作的，”大冯说，“我就怕一个词儿：‘绞尽脑汁’，一个作家如果脑汁都绞尽了，岂不太痛苦了？我觉得写作也好，画画也好，都是在最放松的状态下进行，才能产生好的作品。”

八本书，每本我都喜欢

发布会上，当主持人问他，在这八本书中，你最喜欢哪一本时，大冯笑道：

> 你这个问题有点差劲，现在各大出版社的老总都坐在下面，我说喜欢哪本，都会有人骂我……

大冯（左）在2014北京图书订货会上，一口气推出八本书。

我这八本书实际上是各种各样的，题材、样式、思想和风格各不相同。《春天最初是闻到的》表达的是一个性情问题：写我对生活的感应，对人、对文化、对大自然中的空气、光线和声音的感觉，如春天最初不是看到而是闻到的，它不是一种形态，而是一种气味，一种气息，一种苏醒的大地生命散发出的气息。《离我太远了》想表现一种遥远的美，一种我在世界各地漫游时看到的美，它们令我印象深刻，时常怀恋。《文化诘问》是一本文化批评性的文字，有点唇枪舌剑针砭时弊的味道，是一个知识分子对当代文化现象的负责任的思考。《文化先觉》则是我的研究生帮我整理的我的文化理论和观点的辑录。此外，《中国木版年画代表作》是我们为申报世界非物质文化遗产名录而编辑的，想让联合国教科文组织的专家评委们充分认识这笔厚重的、辉煌的，能代表中华民族集体性格和精神的民间艺术的价值所在。

谈到《西欧思想游记》时，大冯说，他特别欣赏俄罗斯作家巴别克的写作手法，他用随笔的方式写小说，语言、人物、细节极富个性色彩；其小说《骑兵军》描写了37位哥萨克士兵在“二战”中英勇作战壮烈牺牲的故事，每个人的故事都是不完整的，仅是撷取其中一个生活片段。大冯一直想用这种手法写散文。所以，2013年春天他到欧洲访问时，便借鉴了这一手法，每天将他看到或想到的问题，一个人物、一个景观、一段对话，娓娓记述下来，处处闪烁着思想和智慧的火花。尤令大冯得意的是，《西欧思想游记》是他第一本完全用iPad写的书——他在欧洲考察讲学二十多天，每天晚上回到饭店便依偎在床头，端起他的iPad写上一两千字；旅行结束时，一本深刻而有趣的“思想游记”也完成了。

《凌汛——朝内大街166号》是最富激情的写作

《义和拳》(与李定兴合著)是大冯进入新时期文坛的“敲门砖”。这本书的书稿被人民文学出版社看中了，于是把他“借调”到社里改稿。当时，“文革”刚刚结束，步入位于北京朝内大街166号的人民文学出版社，走廊里的大字报被他走过时带起的风，发出“哗啦哗啦”的声响，他至今记忆犹新。小说出版后，他又成为新时期首位领取稿费的“活人”作家。55万字的一本书，开出了三千三百元的稿费，这在当时堪称一笔巨款。当他在北京东四的一家银行说出这笔巨款数目时，银行里所有人都站起来，用一种艳羡的目光瞧着他……替已故诗人郭小川领取稿费的是他的女儿。郭小川对“四人帮”深恶痛绝，听到其覆灭的消息后，一人在团泊洼的“五七干校”独酌欢庆，结果乐极生悲，失火而死，未能等到冰雪消融的一天。

于是，这些关于劫后重生的作家们的故事，被大冯写进了《凌汛——朝内大街166号》中。

在大冯的八本书中，这无疑是他最富激情的写作。

在那个乍暖还寒的季节里，大冯对“作家”这个职业还是一片茫然，虽说他读过不少中外名著，自己也开始尝试写小说。当年出版社的条件非常艰苦，几人合住的陋室里，每人只有一只脸盆、一个小桌、一本字典、一瓶墨水和一沓稿纸。编辑先教他们改稿的规范，然后一起讨论小说的人物、情节，将自己的经验毫无保留地传授给这些文学新人们。“当时，我家地震后房子倒塌了，爱人和孩子寄居在朋友家里。我的工资很低，大部分要补贴家用，所以吃饭只能吃最便宜的一毛钱两份的菠菜，才能把五两米饭就下去。没钱买烟，就从地上捡别人扔掉的烟头，把烟丝剥出卷在稿纸里，边缘处用唾沫粘上，点着了过过烟瘾……”忆起当年的窘境，大冯仿佛苦中有乐。

大冯在人文社住了两年，亲历了中国文坛犹如早春的凌汛般扑面而来的春的气息。从首批中外文学名著解禁，新华书店门前排起长龙，抢购《红楼梦》、《三国演义》、《战争与和平》、《钢铁是怎样炼成的》，到大批作家落实政策重返文坛，大冯在这里结识了茅盾、巴金、冰心、冯牧、陈荒煤、严文井、王蒙、秦牧、刘心武、谌容、张洁、张抗抗、陆文夫、蒋子龙等一批新老作家。他初涉文坛便受到了“五四”时期两位文学巨匠的垂青——他的《义和拳》有幸承蒙茅盾题写书名；他的首部“伤痕文学”小说《铺花的歧路》，茅盾在一次会上给予肯定和支持，巴金主编的《收获》闻讯后，又将书稿拿到上海在《收获》上发表。可以说，北京朝内大街166号是大冯走上文坛的起点和发轫地。他以饱蘸激情的笔墨，生动描述了那个特殊的历史节点，中国作家雄姿勃发迎接文学春天的众生态。

保存葡萄的最好方式是把葡萄酿成酒

从小说散文到文化批评，从形象思维到逻辑思维，大冯的文学创作之路经历了一个不断创新和嬗变的过程。

当我问他，写小说、散文和文化批评，哪个更“过瘾”时，大冯微微一笑道：“都过瘾！就像你吃东西，吃饺子有饺子的享受，吃冰激凌有冰激凌的享受，各有各的妙处。创造是什么？有一次我对李雪健说，你每演一个人，这世界上就多了一个人，这就是文学创作的快感；你让一个具有独特个性的人物‘活’起来了，然后你会恍惚觉得生活中确有其人，我想读者也会有这样的感受。”

例如大冯在《神鞭》中塑造的市井小混混“玻璃花”，既有咋咋呼呼、欺软怕硬、虚张声势的一面，又有在洋人面前低三下四特别‘㞞’的一面。这个形象在他脑海中活跃了很久，是他在生活中遇到的类似人物的一种提炼和化合。大冯认为，作家要有丰富的想象力，当你的想象力得到极大激发，脑海中就会不断出现许多形象、许多画面、许多绝妙的生活细节，有时简直清晰可见。所以对他来说，写小说是一种享受。

写散文则是另一种享受：享受自己的心灵——有时是激情的，有时是温情的，有时是爆发性的，有时是含蓄内敛的。

近些年来，由于投身文化保护工作，大冯不再拥有完整的写作时间，加之对中国文化现状的种种忧虑和思考，便将写作的重点放到文化批评上。在大冯眼中，文化批评是一种“思想的发现”，你找到这个时代文化发展的问题，把它挖掘出来，痛行针砭，准确地解析它，找到它的症结和根由。而批评的目的是为了推动现状的改变和文化的进步。这当然也是一种快感。“对我来讲，写作是一种创造性思维，不论你写文化批评，还是文学作品；是理性的，还是感性的；是逻辑思维，还是形象思维，创造就是写作人最大的快感。”

媒体上曾广泛传播大冯的一句话：“保存葡萄的最好方式是把葡萄变成酒；保存岁月的最好方式是把岁月变成永存的诗篇或画卷。”

对此，大冯有些心得意满：“作家、艺术家是幸福的。2013年新年我写过一首小诗：‘岁月何其速，哎呀又一年。花叶全无迹，存世唯时间。’对一般人来说，时间过去就过去了，作家、艺术家却能将自己的生命留在时间里。我绝对不会用生命的下脚料写作，虽然我用更多的时间做文化抢救工作，但我每写一篇文章，哪怕只有一千字；每画一幅画，哪怕只是一个镜心，一个斗方，我都是用全部情感和全部生命的力量去写去画，绝不敷衍，绝不‘戏作’。文学艺术创作在我心目中是纯粹的、真诚的、严肃的，我始终对它怀有一种敬畏之心！”

最高境界：将“小我”融入“大我”

一手拿着钢笔，一手拿着毛笔，微笑的脸上洋溢着创造的自信与快感。这是若干年前，新华社记者杨飞为大冯拍摄的一张非常经典的黑白照片。如今的大冯，手中又多了一样东西——iPad，自从2013年春天，他在英法之行中首次尝试用它完成了新书《西欧思想游记》的写作后，便一发而不可收，仅仅半年的时间里，又用iPad陆续写出了《凌汛——朝内大街166号》、《俗世奇人2》，以及大量文化保护和文化思考方面的文章。

有趣的是，尽管对电脑的运用已相当熟练、游刃有余，大冯对传统的读写方式仍充满情感，恋恋不舍。因为在他看来，电脑只是一种工具，永远代替不了传统书写的“生命痕迹”和纸媒阅读的深层快感。

新年伊始，大冯在北京图书订货会上一口气推出八本书，发

iPad成了大冯的得力“助手”。

布会上亲身感受到年轻人对书籍的热爱和对知识的渴望，更坚定了他的这一信念。“电脑不会把书送进历史。”大冯信心满满地对我说。

最近，有一位德国学者造访天津大学冯骥才文学艺术研究院，参观“大树画馆”时他告诉陪同人员：多年前他见过冯骥才，与他有过文学交流。大冯闻讯来画馆看他，德国人一见大惊：

“你还活着？”

“是呀，我不是活得挺好吗！”

“活着，怎么能用你的名字为学院命名呢？”

大冯这才明白：原来，在德国，一般是名人死后才以他的名字为一个学院或机构命名的。

> 所以，我特别爱惜这个学院，大冯向我介绍道，我现在要带五个博士生、两个硕士生，经常要为他们讲课，一起研究学术论文，还承担着许多科研项目，其中有两项国家社科基金重点项目（年画和皇会），还有唐卡研究，皇会和口述史方法论研究等。很多人都奇怪我是如何同时做好这些工作的，我想，用我一首题画诗便可做出解答：“大风入老柳，一如乱发飘，枝乱我不乱，从容看万条。”我喜欢同时做几件事，而且计划缜密，按部就班，有条不紊；其次，工作和休息，时间分配合理，劳逸结合，张弛有度，一天当两天用；第三，从不串门、赴宴、娱乐和应酬，所有时间都用于工作和创作；第四，除去重要的必须参加的会议（如全国“两会”），我认为意义不大的、形式主义的会，能不开的尽量不开……当然，我也承认我有着超乎常人的旺盛精力，否则，是不可能一人驾驭“四驾马车”的。

作为作家和画家，大冯眼中的艺术是纯粹的，无功利目的的；对艺术，他始终怀着一种神圣感、敬畏感。他家有个夹子，装满他想写的东西，如《文藏雅记》，记述他的收藏故事和经验；《年画的发现》，记述他在年画考察中的发现与思考；《绘画杂记》，记述他对绘画艺术的独到见解，如笔墨与笔触、色彩与墨、国画中的时间性等；《九迁》，则记述他大半生在天津的九次搬迁所折射出的社会变革……

我想写的东西很多、很多，都没写，为什么？我认为有一个东西更重要：为我们国家建立一个系统的文化档案，下一步，我全力以赴要做的，就是卷帙浩繁的《中国口头文学全书》，书中搜集整理了史诗、神话、传说、故事、歌谣、谚语等共八亿七千万字，分三千册出版，是个意义重大的文化工程。这部书做好了，如送给美国国会图书馆、法国国会图书馆和大英图书馆，总比一群明星出去更能代表中国文化吧！

我认为，把“小我”融进“大我”，是一个人最好的完成，最高的境界，也是最大的幸福。最大的幸福就是：你发现了很多过去不知道的东西，忽然看到我们大地上的百姓有这么伟大的创造，以你不可想象的形式，创造出这么缤纷多样的美来！

我用 iPad，是被工作“逼”出来的

看到如今大冯在他的 iPad 上熟练自如地写作、浏览和传输文件时，我不禁慨叹网络时代对人强大的“异化”作用，因为就在几年前，大冯还是一个拒用电脑的“手写主义”者。

大冯说，在他熟悉的作家中，最早使用电脑的是王蒙和张贤亮。

读书仍是大冯的一大爱好。

王蒙刚用电脑时特别牛，我去他在北京朝内北小街的家中做客时，他马上冲我炫耀，在电脑上打出一行字："欢迎冯骥才同志到我家视察工作！"张贤亮也很得意，开政协会时我俩同住一室，他天天弄一台电脑在我眼前晃悠，我说你给老婆写信也用电脑吗？他说，当然，敲完信打印出来，再签上我的名字。但我是一个画画的人，对笔有一种特殊的感情，觉得它是一种生命的痕迹。例如你写一个"爱"字，是有情感蕴含其中的，是电脑这种机械手段无法表达的。另外，打印的东西可以大量复制，而手写的东西是不能复制的。

既如此，大冯又是怎样用上电脑的呢？

"我用电脑，都是被工作逼出来的。"大冯道。

原来，近两年前，大冯学会了使用 iPad，主要是用它浏览信息，查阅资料，储存图片和写些简单的备忘录之类。2013 年春天访欧时，大冯想写一本欧洲思想游记，每天一段，像写日记一样，记下当天的所见所闻所思。但每天晚上回到下榻的饭店，他已十分劳累，无力再伏案写作。这时，他想到了手中的iPad，于是一边半卧床上休息，一边在触摸屏上写作，岂不快哉！

这样，他越写越熟练，越写越上瘾，二十多天里，竟写了六万多字，回国后稍加修改整理，一本全部用iPad写作的《西欧思想游记》便脱稿了。

“多么叫人激动的写作试验！”大冯在这本书的前言中感叹说。尝到电脑写作的甜头后，大冯便一发而不可收。在他新出版的八本书中，《欧洲思想游记》和《凌汛——朝内大街166号》是用iPad写出的；尚未出版的《俗世奇人2》，则是他从2013年国庆长假开始动笔，用半个月时间写了18篇天津卫的“俗世奇人”。

大冯还为我朗读了存储在他iPad中的文章《对称美》中的精彩句子：

“有一种东西能把人变成猪，就是庸俗。”

“嫉妒，也许是一种动力。”

“树叶织成一个奇特的筛子，把最美的光斑筛入自己的林间。”……

以前，他会把电光石火般闪进头脑的智慧的句子，随手记在身旁的纸片上或小本中，零零散散，很难凑齐，而现在，他有了一个方便快捷的小助手。“iPad，使我不会丢掉生活中任何一个思想的火花了。”大冯得意地说。

电脑，不会把书籍和报纸送进历史

当下很多人都认为，传统的传播媒介，包括图书、报纸、杂志等都在走下坡路，很可能在不久的将来，被发展迅猛的新媒体所取代，对此，您有忧虑吗？

对我的这个提问，大冯眉毛一扬，面露微笑，娓娓道来：

我本人倒没有太大忧虑。我觉得电脑、手机等新媒体代替不了传统媒体。不错，电脑对我帮助很大，第一是可以让我浏览新闻，获得大量有用的信息，甚至可以在电脑上写作；第二是可以在网上搜索资料，既方便又快捷；第三是可以在网上交流互动。但我始终认为，电脑仅仅是一种工具，我们要使用电脑，又不能过分依赖电脑。因为很多东西是电脑不能给你的……

大冯举例说，电脑上有很多美术网站，可以浏览很多绘画作品，但与你在博物馆和画廊看画有很大的不同：画家画在纸上或布上的画，是有生命痕迹的，画的大小是画家作画时感情的大小；你在绘画原作前获得的，是一个有肌理、有质感、有生命的东西，而在平光光的电脑屏幕上是得不到这种感受的。还

工作室里的大冯。

有，你在电脑上下载的音乐、电影和表演艺术的视频，与你在音乐厅、电影院和剧场里所获得的视听感受，也是有很大差异的。同样道理，纸质媒体也不会被电子读物所取代，延伸阅读、深度阅读，还需从图书和报纸中获取，真正的学术研究，还离不开图书馆。另外，我们从网上得到的信息多是常识性的、碎片式的、不系统的、缺乏内在联系的，且不说它还有很多错误的、垃圾的信息。

> 所以电脑不会代替我们生活中的一切，不会代替传统的传播方式，甚至永远不能。我经常对我的研究生说，不要总抱着电脑不放，要与它保持一定距离，以免它把你变懒了，变浅了，要知道，电脑是不能完成一个人的修养的。

大冯认为，未来一个长时间里，是纸媒与新媒体博弈的时代，也是并存的时代。“我目前是报纸和电脑都看。我有时在报纸上看到一些好文章，拿着它在灯光下静静地阅读，分享着记者的观察与思考，产生一种思想和情感的共鸣，这是我在电脑中得不到的。当然，报纸也要不断创新，找到与新媒体竞争的优势，才能使自己立于不败之地。”

“总而言之，电脑不会把书籍和报纸送进历史！”说这句话时，大冯声音浑厚，眼睛发亮。

杨振宁、莫言：

科学与文学的“对话”

2013年5月19日晚，撒贝宁主持的央视《开讲啦》请到两位重量级嘉宾——诺贝尔奖得主杨振宁和莫言，令人不禁眼前一亮。

杨振宁（左）与莫言，两位诺贝尔奖获得者在一起。

《开讲啦》被定位于“中国首档青年电视公开课”，目的是让青年心中的榜样人物走上讲台，一起分享对生活、生命的感悟，获得思想的启示和心灵的滋养。

在第一季节目中，我们看到了冯小刚、郎朗、成龙、李昌钰、王石、邓亚萍、周杰伦、陈坤等，讲述“坚持与放下”、“人生加减法”、“转型从零开始”、“你可以不平凡"、“青春经不起等待”等关乎人生观、价值观和带有励志性质的话题。

应当说，这种严肃的、充满正能量的电视谈话节目，出现在一个泛娱乐化的时代，是难能可贵、意义非同一般的。

有趣的是，本次《开讲啦》的主持人是绘画大家范曾，小撒则很“知趣”地躲到观众席中，不时机敏诙谐地说笑调侃一下，使现场气氛更加轻松活跃。严肃的充满正能量的演讲内容和生动活泼的节目形式，是《开讲啦》能够迅速走红的重要原因，而这次一位自然科学家与一位作家的“科学与文学的对话”，是我看过后感触最深、思考最多的一次。

科学是一门“猜想”的学问

“科学与文学的对话”，是这期《开讲啦》的最大看点。

范主持一开始就向杨振宁提出一个问题，他认为英国天文学家霍金是个了不起的人物，霍金的《宇宙》、《时间简史》他只读懂了十分之二，为什么霍金没得诺贝尔奖？

杨振宁实话实说：这个问题我回答不出来。但他马上反问范、莫二人：“我常想一个问题，假如今天把爱迪生请来，在21世纪生活一个星期，他会对什么东西最感新奇？”

莫言马上抢答道：“手机！”

杨振宁颔首表示认同：“九年前，范曾画了一张大画，画面是陈省身和我对话，题款中有一句话我特别欣赏：‘真情妙悟著文章。’其实这也是科学研究必经的过程。先有‘真情’，即对这件事情的浓厚兴趣，才会有努力钻研的动力；研究中有了进展就是‘妙悟’，然后才有最终结果‘著文章’。这三部曲，道尽了科研的必经之路。”

杨振宁认为，科学研究的是宇宙和自然界中已有的现象，在探索过程中需要猜想，所以科学是一门“猜想”的学问。他问莫言：你喜欢幻想文学，有没有幻想科学？

莫言不好意思地笑笑回答说：“没有，我的数理化极其糟糕，但科学家的猜想和作家的想象有相似之处。文学中有科幻小说，许多作家并不具备天文物理知识，同样可以描写宇宙中的景象。多年前我读过蒲松龄《聊斋》中的一篇《雷曹》，写一个书生听到外面打雷，便想，打雷是怎么回事，能到天上看看多好！结果他在睡梦中上了天，看到天上星辰分布得像一颗颗莲子镶嵌在莲蓬上一样，大的如水缸，小的如酒盅，充满蒲松龄对天体的丰富想象。作家的想象是建立在日常生活的经验之上的，与科学家的猜想有‘同’也有‘异’——文学可以想象和虚构，科

杨振宁（左）、莫言（右）、范曾进行“科学与文学的对话”。

学必须有实验加以证明。”

曾有一位女作家问莫言：你为何这么低调？

莫言说：“假如我得的是诺贝尔物理学奖，你看我还低调不低调！我会变得非常高调，会很张扬；因为定理是我发现的，它就存在于宇宙自然间，不服你也发现一个！文学则不同，对一部小说，每个人都有自己的判断，你认为是天才之作，他说这是什么玩意儿！所以我对在自然科学方面有建树的人佩服得五体投地。假如有来生的话，我一定学物理去！”

当范主持要求两位诺贝尔奖得主用最简洁的语言谈谈各自的“中国梦”时，杨振宁说，中国最近几十年的发展给中国人描绘了一个美好前景，我对“中国梦”的实现充满乐观态度；莫言则诙谐地表示：近日看到外国一家公司征集火星移民，报名者中中国人最多，这也表达了一种“中国梦”：到天上去！

我非天才，最高荣誉是读者口碑

从科学与文学的关系谈到文学创作，杨振宁饶有兴趣地问莫言：你说从小喜欢讲故事，但能讲故事的人未必能成文学家，这里有两关需要过，一是过文字关，二是选择故事。

对这个轻车熟路的问题，莫言不慌不忙，娓娓道来：“我小时候是个爱听故事的小孩，听过之后再向别人转述，在转述过程中会添油加醋，相当于一种口头创作；然后让故事变成书，还得会写字。我幸运地读了五年小学，学了五百个汉字。有人分析，赵树理的小说中，常用的汉字也就五百个。小学五年级我因为调皮捣蛋被学校开除了，在家没书看待着无聊，家里有一本《新华字典》，我背了一些生僻的字，我小说里那些华丽的字都是背下来的。后来出来一个谣传，说我是天才，一本《新华字典》可以倒背如流，其实没这回事儿，我一页也背不下来……”

关于第二道关，莫言说他有一个思想转变过程："对一个作家来说，选择故事非常重要。我早期的写作是挖空心思找故事，后来文学观念发生了变化，由'我找故事'变成'故事找我'。我在农村生活了几十年，我所认识的人、经历的事，我的亲朋好友、左邻右舍，慢慢变成我写作的对象。我的长篇小说《蛙》中的姑姑，就是以我的堂姑为模特儿，又把很多妇科医生加上我的想象构思完成的。"

在现场提问环节，当一位大学生请莫言谈谈获得诺贝尔奖后，他的家乡高密成了旅游胜地，游客们摸他家的砖墙、拔他地里的萝卜，想沾沾他的"仙气"，对此他怎么看时，莫言十分淡定地表示："这很正常，我完全理解。因为中国还有一种造神的传统，得了诺贝尔，就成了天才、文曲星之类，我觉得很荒诞。不错，每个人都想成名，这是人的一种正常欲望；但如何成名却很有讲究，如果你是因为才华和勤奋出名，是应当支持和鼓励的。"

当被问及获奖前后心态有何变化时，莫言答道："没太大变化。作家的名声是建立在自己的作品之上的，最高荣誉是读者的口碑。如果你的作品不仅当下的读者满意，将来的读者也满意；不仅本国读者满意，翻译出去外国读者也满意，当然是最理想的状态了。"

让思想和智慧的火花滋养心灵

关于此次两位诺贝尔奖得主走上央视荧屏，进行"科学与文学的对话"，多数观众和媒体给予了好评和正面报道，但也有人觉得"对话"并无太多新意，有失大师水准。依我看，其实是因时间所限，两位大师未能充分展开话题，对期待值很高的观众而言不够"过瘾"。

客观来说，91岁高龄的杨振宁还有如此活跃的思维、敏锐的反应和清晰的表达，已是人中之杰，令人惊叹；而相对年轻的莫言是位农民的儿子，从外形到讲话都保持着诚实质朴的本色，二人都是实干家而非演说家，不能用演说家的标准和“范儿”要求他们，但两位大师“对话”本身，便可给人一些思考和启示。

杨振宁在央视《开讲啦》(上)。

莫言在央视《开讲啦》(下)。

其一，杨振宁和莫言，一个是物理学家，一个是文学家，两位诺贝尔奖得主同时出现在一个讲台上，进行“科学与文学的对话”，本身就意义不凡。因为我们的媒体很少做这种高端的跨界的讨论，尤其很少涉及健康、美容和养生之外的自然科学话题，这几乎成了我们的一个软肋和盲点。记得上中学时不大喜欢数理化，却对一本十分流行的外国科普读物《趣味物理学》爱不释手，同学之间相互传阅，说明生动活泼深入浅出的科普教育更能让青少年接受和喜爱。

因此，如果我们的电视中能增设科普类节目，经常邀请科学家讲述自然科学知识，配以相应的图片和影像资料，必定会吸引观众眼球，开发他们的智力和创造力。例如，当我们的探月工程和载人飞船上天时，请专家讲述什么是地球轨道、失重、宇宙速度等；当社会上流传“世界末日”论时，请专家从地球物理学角度、以玛雅历法的真相来驳斥反科学的谬论……长期坚持下去，对提倡科学，反对迷信，提高整个民族的科学素养功莫大焉。

其二，在一个充斥着游戏和选秀节目的泛娱乐化时代，央视能开创这样一档相对高端的谈话节目，让人静下心来聆听榜样人物的演讲，共同分享对生活、生命的感悟，哪怕时间段不够好，收视率不够高，也是有积极意义的。大众需要通过休闲娱乐的方式来放松心情，舒缓压力，但这些“快餐文化”不能给人多少思想启迪和审美享受，对一个民族整体文化素质的提高作用也不大。

以莫言为例，作为中国首位诺贝尔文学奖得主，他在接受瑞典国王颁奖时为全球所瞩目的热度，似乎并未保持到国内，像有些一夜成名的歌星那样大红大紫，到处做节目、出镜头——虽然他本人很低调，没有这样的奢望。但多给文学开辟一些平台，让作家有更多话语权，却是倡导精英文化的应有之义。例如，国内许多有影响的电视访谈节目，访谈对象多是娱乐明星，很少出现作家和编剧的身影；有关文学和读书的栏目更是凤毛麟角。如果我们有这样的栏目，就可以做一个莫言作品赏析系列节目，也可请莫言现身说法，讲述自己的创作过程和人生感悟，帮助读者深入理解他作品的思想意义和文学价值。

令人欣慰的是，《开讲啦》先行一步，第一次让各行各业的精英人物走上讲坛，发表他们对事业和人生的感悟。在一个泛娱乐化的时代，它就像一簇思想和智慧的火花闪烁夜空，给人以心灵的滋养和启示。

对话易中天：

光环下的困惑与无奈

2007年12月，厦门。

走出厦门机场时，已是夜幕降临，华灯初上。乘上“的士”，在棕榈摇曳、海风拂面的滨海大道上疾驰，自然十分惬意。

易中天家住厦门会展中心一带，所以易中天的夫人李华便为我们预订了附近一家宾馆入住。在宾馆安排停当后，李华亲自驾车接我们到临海的一家海鲜大酒楼共进晚餐。

半年未见，易中天显得有些憔悴，仿佛尚未从马来西亚之行的鞍马劳顿中恢复过来；而皮肤白皙，面目清秀的李华则成了他的司机、保姆和秘书，寸步不离地照顾着他的日常起居。

2007年6月，易中天应邀到天津“今晚大讲坛”做《中国文化纵横谈》的精彩演讲，与《今晚报》建立了良好的互信关系。正是凭借这一点，我和我的同事齐向前才得以在他已宣布不再接受任何邀请和访谈的情况下，受到了破格的接待。

在酒楼坐定后，我首先向易中天赠送了拙作《名人，开门》，易中天颇有兴趣地翻阅着，特别把目光锁定在记叙他的那篇《中国文化撷趣》上。所以，话题很自然地从出书开始——

杜（仲华，后同）：您的《品三国》印数多达200万册，畅

易中天（素描）
杜仲华 作

销全国，一时“洛阳纸贵”，创造了出版界的一个奇迹……

易中天：哪里，很多人还有误解呢，说你们《品三国》一本书分成两册出，是否想炒作，想多卖钱呀！其实根本不是这样，是因为一起出稿子赶不出来。为什么要抢着出呢？因为去年（2006）5月22日，在北京梅地亚中心举行《品三国》无底价竞标，上海文艺出版社最终夺标后仅一个星期时间，伪作就上市了。假的呀，不是我的书呀，因为我的书稿还没写完，还储存在电脑里。估计他们是从电视上已播出的12集《品三国》中扒下来，署上我的名字，署上出版社的名字，就仓促出笼了。我一看糟糕了，抢在我前面了，如果等全部书稿写完再出版就完蛋了，市场完全被他们覆盖了。这不仅是经济损失问题，也是名誉问题。还有一个盗版集团，把张大可先生关于“三国”的书，扒掉封面换上我的名字欺骗读者，不仅构成对我、也构成对张先生的侵权。真是太猖獗了，一点办法都没有。

杜：看来，每位成功者成名后，都有自己的苦恼和无奈。

易中天：是呀，我在武汉演讲时，我弟弟陪了几天，然后深有感触地说，你过的哪是人过的日子！说我是峨眉山的猴子，大家围着你，喂你点东西吃，就为了照张相。又说我是熊猫，戴着墨镜也会被人认出来（笑）。

此时，一直在旁静听的李华也忍不住告诉我：前一段时间，易中天还参加了一个国际泌尿外科学术会议，是一个非常要好的朋友主办的，他说你要是不来，我可要跳海了！为了参加这个会议，易中天把去台湾的日程都推掉了。

杜：可是，您研究的东西与医学有什么关系？

易中天：当然有关系，人文关怀呀！而且我讲的内容真是切

我在易中天（右）家中做客。

入主题的。你知道，中国古代有一个观点："上医医国，不为良相，则为良医。"我就从这里讲起，讲春秋战国的百家争鸣。我说为什么争鸣？因为国家病了，出问题了。我认为先秦诸子就是中国古代最好的医生。

李华插话：外边只看他风光的一面，没看他心力交瘁的一面。

杜：易老师，我理解您的苦衷。但作为一个事业上的成功者，一个海内外闻名的学术明星，您的成就感总要大于挫折感，快乐总要大于苦恼吧？

易中天：我觉得我们俩已经麻木了！

此时，李华做了一个非常精当的比喻：我觉得他就像一个陀螺，被人拿着鞭子不停地抽；要不就是一个被抛在旋涡里的小船，根本不能把握自己的方向和命运。

易中天：所以没感觉了。你问陀螺有什么感觉，陀螺会说吗？你问小船有什么感觉，小船会说吗？

杜：网上经常看到对您和于丹等人的批评和争论文字，您为什么不回应？

“狗不理”包子真是十八个褶吗——易中天在天津。

易中天：继续争嘛，谁爱争谁争去，我的态度还是“三不”——不理睬、不回应、不在乎。

在整个进餐和聊天的过程中，我注意到，李华一直极为低调，除了用相机为大家拍照外（她现在已深深迷恋上了摄影艺术），几次将放到她面前的录音机推给丈夫。对媒体“三缄其口”，是她始终坚守的原则，尽管如此，她还是“在劫难逃”，硬被一些记者编排了一些肉麻的爱情故事。下面大概是李华向媒体首开金口——

重庆一家报纸打电话要采访我，我说，对不起，我不接受任何采访。她说我就一句话，外边都说，“嫁人就嫁易中天”，你听了这句话吃不吃醋呀？这种问题真的很无聊，气得我马上撂了电话。后来，她编了一段故事在报纸上发了。

现在网上流传有关我的两篇报道，一篇是一家权威的妇女杂志登的，通篇都是编造，都是子虚乌有，说我是一个不识几个字，没文化的家庭妇女，在家里怎么跟易中天无理取闹，在女儿的教育问题上如何与易中天南辕北辙，诸如此类。还有一

易中天（中）、李华（左）伉俪和我的同事齐向前正在翻阅拙作《名人，开门》。

家发行量很大的著名期刊，把我俩写得那叫一个恶心，说我们手牵手一起往小河边走，他为我朗诵《诗经》里的“关关雎鸠，在河之洲，窈窕淑女，君子好逑”，真让人哭笑不得，哪有的事儿呀！

一阵大笑之后，易中天说，也不是一点真的没有，第一，他用的名字是真的；第二，有些事情可能是真的，比如她在新疆待过。但故事和细节都是瞎编的。反正是无孔不入。也没时间跟他们较真；打官司，一旦打了官司正中他的下怀，可借机成名了。所以，不论你搭理他不搭理他，他都有东西可写，都能得逞。真是无可奈何，由他去吧！

严歌苓：

一个女性美的歌者

2013年夏，荧屏上最“热”的电视剧莫过于《娘要嫁人》了。蓦然回首，却发现很多描绘女性命运的作品都出自她的手笔——《一个女人的史诗》、《小姨多鹤》、《第九个寡妇》、《铁梨花》、《金陵十三钗》、《幸福来敲门》、《娘要嫁人》等，其中很多被改编成影视作品。张艺谋、陈凯歌等大导演都与她有过合作。

严歌苓编剧的电影《金陵十三钗》海报。

电视剧《铁梨花》剧照。

电视剧《小姨多鹤》剧照。

她就是享誉世界文坛、以中英双语创作小说，对东西方文化有着自己独特阐释和对社会底层人物充满人文关怀的女作家严歌苓。

一般说来，作家和编剧是喜欢躲在作品之外、银屏背后，用他们笔下的故事和人物与受众交流的，只有当风头出得太大时，才会身不由己地被推到台前。严歌苓就是这样：2014年1月9日，我在北京图书订货会上看到，当天举办的多场新书发布会上，人气最高、最热闹的就是她和冯骥才的两场。由此，我们得以感受这位女作家的美丽、聪慧、率真、优雅，又有几分纯真的独特气质和风韵，并从她和她笔下人物的有趣故事中领悟她成功的必然性，即一个作家不仅要有写作天赋和尽可能丰厚的生活积累，更要有对时代和社会生活的独到观察、思考和表现。

从写情书中发现文学潜能

她是一个极有故事的女人。——杨澜

严歌苓的身世很有传奇色彩。她爷爷是作家，父亲也是作家，自幼在一个书香门第里饱受熏陶。“爸爸是我一生中最好的同事、朋友和玩伴。”严歌苓在《天下女人》中说。爸爸教她音乐、绘画和写作，成为作家后，爸爸又是她小说的第一个读者：“老秘书来了，给你挑错字来了！”其实岂止是挑错字，他会告诉女儿，哪儿写得好，哪儿是败笔；在她的创作陷入误区时，还为她指点迷津。三年前热播的由陈数主演的电视剧《铁梨花》，就是严歌苓与父亲肖马合作的结晶。

严歌苓的人生充满坎坷：10岁时家道中落，12岁便背井离乡，来到一个陌生的、生活条件异常艰苦的藏区当文艺兵。15岁的花季，她爱上一个军官，没有接触的机会，便通过各种暗号和接头地点传递情书，像做地下工作似的，结果得到一个意外收获：“从写情书中发现了自己的文学潜能。”但那个年代早恋是不可饶恕的大错，当他们的恋情被发现时，对方却退缩和背叛了她。一次次的当众检查，一次次的冷遇羞辱，使她的心灵受到重创，一度产生自杀的念头。20岁，她弃舞从文，主动请缨赴对越自卫反击战前线当战地记者。29岁进入鲁迅文学院作家班，与莫言、余华、刘震云等一起，登上文学的殿堂……

在经历了又一次情变后，严歌苓远赴美国留学，在这里遇到了她的“真命天子”——美国外交官劳伦斯。

有一天，她忽然接到美国联邦调查局的约谈电话，三番五次询问她与劳伦斯是何关系，何时何地认识的，还动用了测谎仪。这下激怒了劳伦斯：这还了得，既然这么不信任我，老子还不伺候了！宁可辞职断送了前程，也不能失去自己的爱人——美国也有纯爷们儿啊！

谈到年轻时情感的挫折，严歌苓说她不恨背叛她的男人，而是痛恨人性中存在的那种“迫害欲”。人应当有基本的道德判断标准和对生命的尊重，她不忍心看到任何人，包括那些可爱的小动物受到伤害，这成了她后来写作的一大主题。

成功靠拼，对自己“狠”一点

她的天才在于，把几个字放在一起就可看见一个景，闻到一股味，感受到一个鲜活的灵魂。——陈冲

在与乐嘉聊天时，严歌苓毫不掩饰她幼时的梦想：“张爱玲说出名要趁早，所以从小我就渴望做个名人，而任何事情只要你想做，就没有做不成的。前提是你不能娇惯自己，而要对自己狠一点……”

严歌苓开始文学创作时，有过最长三四天没睡觉的纪录，后来又长期失眠，使她精神错乱，痛苦异常。刚到美国时，她每天到餐馆打工，然后饿着肚子满头大汗赶到学校上课。当时的状态是非常紧张无暇自怜但很充实，因为她有奋斗的方向。有一次她把汤烧在火上，就出门去听演讲了，听完演讲回家，发现房子差点被火烧掉，消防队的救火车都来了。

刚出国时，严歌苓的英语是从 ABC 学起的，现在可以用中英两种文字写作，这在华人作家中是不多见的。问她有何诀窍，她摇头道，没有，只能下苦功夫。她的方法是背字典。有

电视剧《娘要嫁人》剧照。

一次家里来了客人，父亲差她去市场买鱼，她一路背着字典，买了鱼，回来却把鱼丢在车上。老爹只见字典不见鱼，能不火冒三丈？

在严歌苓看来，作家的创作环境有两种，一种是“不动”的，如莫言，一辈子待在家乡，热衷于家乡风土人情的描述；另一种是“动”的，如她自己，处在一个边界地带，以一个“局外人”的身份观察生活，对身边的事物一直充满好奇，一直保持强烈的创作欲望。而在美国这段一切从零开始的经历，使她更加坚信女性应当具有独立生存的勇气和能力。因此她笔下的诸多女性角色，外形温柔，内心却很倔强。例如《第九个寡妇》中的王葡萄，便集温柔和野性于一体，是个像野豹般生猛的女子。

角色身上，有作家的影子

就像画家画画一样，角色身上或多或少都有作家的影子。齐之芳的性格其实就很“严歌苓”。——蒋雯丽

严歌苓笔下的女性形象，多被放置于一个动乱或艰险的外部

环境中，身世卑微、命运多舛；然而她们却外柔内刚，勇于抗争，在黑暗中放射出耀眼的光芒。《铁梨花》中的铁梨花如此，《金陵十三钗》中的玉墨如此，《娘要嫁人》中的齐之芳也是如此。

为什么在作品中偏爱女性形象的塑造？

"因为我也是女人，"严歌苓说，"很多女友把自己的经历告诉我，自然就成了我小说的素材和细节。"

例如《娘要嫁人》中的齐之芳。几年前，严歌苓与蒋雯丽闲聊时，便有了创作《娘要嫁人》的构想。这是一个史诗般凄美的悲剧，齐之芳带着三个孩子，含辛茹苦一路走来，不但为生存拼争，还执着地坚守着自己的真爱。"我们民族的女性有个传统美德，即为了孩子可以牺牲自己的一切，包括工作，也包括爱情。但很多孩子却认为母亲就是母亲，很少能理解她们内心的隐秘，尤其当她们为情所困时，便武断地认为她们已经没有资格谈情说爱了，好像爱情只是年轻人的专利。我就是想借《娘要嫁人》，挑战年轻人的这种观念。"

严歌苓生活照。

在严歌苓看来，快乐是女人的天性，齐之芳在困境中从未消沉，而是活得有滋有味，每每出门都要化化妆，而站在舞台上歌唱，则是她最快乐的时候。这一点颇似她自己。正如蒋雯丽所说，严歌苓笔下的女性，有一个共同之处就是爱美。因为她自己爱美，她笔下的人物也爱美，而且都很倔强和坚持，为了爱情可以奋不顾身。

对此，严歌苓表示赞同："其实要了解我，多看看我的作品就行了！"

作家也要适应新媒体时代

我希望每部文学作品都有自己的生命，而不是借助影视活下去；但当今世界新媒体发展势不可当，我也希望影视成为推广纯文学的一条途径。——严歌苓

从《梅兰芳》到《铁梨花》，从《金陵十三钗》到《娘要嫁人》，这些年许多牵动着观众眼球和心灵的影视作品中，都可看到她的名字——严歌苓。而无论是根据她的小说改编，还是由她亲自操刀编剧的影视作品，在思想性和文学性上都比一般作品高出一筹。可以说，张艺谋的成功在一定程度上借助了文学的力量——从改编莫言的小说《红高粱》，到邀请严歌苓担纲编写《金陵十三钗》。

今天我们看到的《娘要嫁人》也是这样。它在一个跨度长达三十年的时空里，徐徐展开了一幅色彩斑斓的社会生活画卷，人物的思想、情感、观念、生活方式包括穿着打扮，都随着时代的发展而悄然发生着变化。而这种变化的外在形态便是戴世亮的"丽君服饰店"，以及不时飘到街上的邓丽君那柔情似水的歌曲《小城故事》。当然也有不变的东西，例如齐之芳一家窘迫的住房和肖虎那身从未脱过的绿军装，还有他们对爱情的忠贞

和坚守。当肖虎与戴世亮为争一块地皮撕破脸时，肖虎一句“也许是你的时代到了”表现出两种观念和体制的对立，既无奈又有几分深刻。还有当王方独自一人坐在海边，一边流泪一边将下乡时的日记撕碎投进水中，与不幸的婚姻告别时，不禁使人想起《红楼梦》中的“黛玉葬花”。

严歌苓与父亲肖马。

为何《娘要嫁人》这么“热”？就是因为它通过一群人们似曾相识的人物和故事，唤起了一代人的集体记忆和情感上的共鸣。正如仲呈祥在《娘要嫁人》研讨会上所说，该剧“通过主人公的精神历程，折射出从20世纪60年代初到80年代中华民族走过的一段波澜壮阔而又铭记于心的历史，可以说既惨痛又很值得纪念的”。

令人困惑的是，这样一部深刻表现中国社会变革中小人物命运和精神历程的作品，却是出自常年生活在美国的海外作家严歌苓之手。当然，她也是从这片土地走出的，是这个时代的亲历者，有丰厚的生活积累；但如果没有表现这类题材的激情和对小人物命运的关怀，没有对时代和社会生活的独到观察和思考，也是无法做到的。

为何频繁涉足影视？严歌苓说因为中国人太讲情面，朋友之邀难以拒绝，所以多是身不由己的。但她也看到，在当今这个高科技飞跃发展的时代，各种新媒体，包括微电影、网络和手机小说势不可当，作家也必须改变观念，与时俱进。坦率地说，真正读过她小说的人可能不多，但通过影视认识和了解她的人却很多。她通过自己的文学创作丰富了银幕和荧屏，反过来，又在影视观众中推广和普及了纯文学。这难道不是一种文学与影视的双赢吗？

对话汪国真：

生命是自己的画板

诗人，似乎已淡出我们这个时代，但有一位诗人，却风光依旧，魅力不减当年，他就是汪国真。

他曾是一个时代的文化符号，在20世纪90年代初，掀起过一阵“汪国真热”。他的诗清新、凝练、隽永、内涵深刻，在广大读者尤其是青少年中广泛传诵。他的诗集大量出版，发行量创同类图书之最，多篇诗文入选中学语文课本。1997年，在“人们所欣赏的当代诗人”调查中，汪国真位居新中国成立后出生的诗人之首；2009年，《中国青年》杂志评出新中国成立六十周年十名代表人物，他与钱学森、邢燕子、张海迪、张艺谋、姚明等一起上榜。如今，二十多年过去了，诗人汪国真摇身一变成了书法家、画家和作曲家，并且有人断言他的音乐成就将超过他的诗。

2013年5月，汪国真与新加坡大师级画家程亚杰联袂推出一本融诗书画为一体、图文并茂的《诗情画意》（天津人民美术出版社），令人十分期待。我与汪国真神交已久，很想以此为由头，了解一下他从诗人到书画家、作曲家的经历和感悟，以及他的成功给人们的启示，于是在程亚杰的安排下，汪国真专程来津，我们进行了一次热情、坦诚、无拘无束的交谈。

一

图书出版的一般规律是“书找读者”；汪国真却创造了一个“读者找书”的奇迹。

汪国真开始诗歌创作，还是他在广东暨南大学中文系读书时。1978 年，他读了卢新华的小说《伤痕》深受启发，产生了一种难以抑制的创作激情。因他平时阅读量大，知识面广，又长于思考，因而用诗来抒发自己的心志，便成了他课余时间最大的爱好。

他的诗歌处女作发表在 1979 年 4 月 12 日的《中国青年报》，名为《学校的一天》，今天看来虽显稚嫩，却提振了他的写作热情和自信，从此便频繁给各大报刊投稿。他自认为比较成熟的是 1984 年以后的诗作。1988 年，他发表于《追求》杂志上的《热爱生命》，被发行量达数百万份的《读者文摘》（现名为《读者》）在卷首位置转载，这下子，他想不出名都难了。

1990 年春，汪国真所在的中国艺术研究院文化艺术出版社编辑李世跃告诉他，学苑出版社想为他出一本诗集，如果他愿意，对方还开出三个优惠条件：一用最快速度出；二给作者最高稿酬；三用最好的装帧设计。汪国真一听心里就乐开了花：他当然愿意！

第二天，学苑出版社编辑孟光和曾胡便请汪国真吃饭，饭桌上汪国真不免要问：我们素不相识，你们怎么想起为我出书了？

原来，孟光的夫人是北京太平桥中学老师，一天上课时，老师发现学生们在下面拿着个小本，递来递去的，没收一看，是汪国真诗歌的手抄本！老师问：你们为何喜欢他的诗？学生答：不光我们抄，外面的人都在抄！老师这才知道，原来抄汪国真的诗已成了青少年的一种“时尚”！

其实在“学苑”之前，中国友谊出版公司便已“盯”上汪国真。1989年秋，在北京劳动人民文化宫举办的书市上，值班编辑遇到一拨拨年轻人询问：有汪国真的书吗？有编辑不认识汪国真，便问了一句：谁是汪国真呀？结果招来一帮年轻人的嘲笑。

但“友谊”出手稍慢，被“学苑”抢了先。

二

《汪国真诗集》一出版便引起轰动，当时有二十多家出版社蜂拥而上，一版再版，印数少则十几万，多则几十万，一时间风光无限，洛阳纸贵。直到2011年，仍有五家出版社推出他的诗集。

汪国真的诗为何受到青少年热捧，而且绵延二十年热度不减？

一位出版人对汪国真讲过这样一件事：为了解当代读者的阅读口味，他曾到西单图书大厦“蹲点”，看见有两个年轻人买《汪国真诗集》，便问他们为什么喜欢汪国真？回答是，汪国真的诗说出了他们想说而没说出的心里话。诸如“要输就输给追求，要嫁就嫁给幸福”，“我的坚强并不多，只比苦难多一点”……都是具有励志性质的人生格言，不受时代和历史的局限，也不因时光的流逝而泯灭，正如评论界所称赞的：“有青春的地方，就有汪国真的诗歌在。”

“除了内容的吸引力之外，你的诗歌在风格韵味上、写作技巧上，是否也更适应当代读者的阅读习惯和审美心理呢？”我欲深入探究。

“我的诗歌有三点艺术追求：一是通俗易懂，既凝练隽永，明白如话，又令人浮想联翩；二是能引起读者共鸣；三是能经得起品味。还有就是博采众长，学习普希金的抒情、狄金森的凝练、李商隐的警策和李清照的清丽。”汪国真从容应对。

“你认为你的时代、诗的时代已经过去了吗？”我穷追不舍。

“我的诗集仍在畅销这一事实足以说明：诗的时代没有过去。时间给我发了一个奖牌。”汪国真风趣作答。

在汪国真看来，最有趣的是他的诗集“热”了二十年，盗版书也“盗”了二十年，这一现象是他始料不及的。

“别人的书被盗版都很愤怒，你为什么无所谓，甚至还有点高兴？”我好奇地问。

“这说明我的诗是有艺术魅力和生命力的。我的书本来就是被读者催生出来的，如果没有盗版，说不定我还会有失落感呢！”

三

翻开《诗情画意》，我欣赏了汪国真的诸多书画作品。作为一位性情中人，他的书画虽无严格的章法、讲究的笔墨，却也清新灵动，潇洒自如。

说起移情书画的缘由，汪国真坦承他的字写得不好，若是一般人也就罢了，偏偏他成了名人，社会活动多了，找他签名的多了，再把字写得像螃蟹爬似的，就谁也对不起了。穷则思变，1993年，他用一年多时间专攻书法，从欧阳询、王羲之到怀素、张旭，临池不辍，渐入佳境。有了自信以后，一次，他用毛笔给出版社编辑写信，不料对方反馈说，你的字不错，出个书法集吧！汪国真受宠若惊，只是满意的作品不多，于是出了一本《汪国真诗歌书法集》。

有一次，汪国真到安徽巢湖开会，庐江县长见了他热情打招呼说：我很喜欢你的诗和书法，能否抽空到我们那去玩玩？会后，汪国真应邀前往。当时，庐江正开发旅游景点，在周瑜墓前，县长说，给我们题个字吧！汪国真盛情难却，题写了周瑜墓的碑文。结果一传十，十传百，请他题字的越来越多，迄今，在黄山、张家界、九华山、五台山、北京八大处、山西晋祠、江西陶渊明故里等风景名胜地，都留下了他的行书墨迹，他也俨然成了诗人书法家。

2003年，香格里拉酒店集团计划出品一种专供红酒，设计酒签时，瑞士籍总经理建议请中国最有影响力的诗人写一首诗放在酒签上，设计团队研究后一致选择了汪国真。但到哪儿去找这个人呢？有人灵机一动，想到找一本汪国真新近出版的书，通过出版社打听他的联系方式！很快，汪国真联系上了，诗也写出来了："酒中豪情雾里花，围宴时光最潇洒。人间仙境何处寻？香格里拉诗意佳。"有诗境、有书法、有生活气息，上上下下十分满意，一字未改便获通过。

四

如果说，汪国真移情书画还算顺理成章的话（中国文人自古就讲"诗中有画，画中有诗"），那么，当听到2009年12月，北京音乐厅举办《唱响古诗词·汪国真作品音乐会》的消息时，便不禁有些愕然了。

为何会对音乐产生兴趣？汪国真说："可能与我的人生理念也有关系。人火了，面对的不仅是鲜花和喝彩，也有批评的声音，如说我的诗'肤浅'、'速朽'等等，对此，我从不争辩，而是检讨自己，是否不够厚重；要让自己厚重起来，就要多练内功，不仅会写诗，还会书法、绘画、作曲，让自己在每个领域都达到一定高度。我的很大动力便来源于此。"

汪国真对音乐的自信，还源于演唱他歌曲的歌手的表现。2009年，白雪推出新专辑《祝福》，其中收录了汪国真为苏轼千古绝句《水调歌头》谱曲的《但愿人长久》。专辑首发式前，白雪请汪国真吃饭时告诉他："汪老师，你知道吗，我录这首歌时哭了……"事后，汪国真还问了白雪助理一个问题：这几年白雪录歌时，哭过几次？助理回答：仅此一次。汪国真认为，如果她唱三次歌哭两次，就说明她的泪点低；仅此一次，则说明他的曲子真能打动人心，这对他当然是件值得高兴的事："从别人那里，我们认识了自己。"被他的歌唱哭的还有歌手雷洋、他的音乐会投资人，以及他在新浪和腾讯微博上的"粉丝"们。著名评论家汪兆骞对汪国真音乐的感觉是"震撼"，并断言，他的音乐将会超过他的诗："诗人的情怀和对艺术的独特感悟，在汪国真的音乐中得到了完美体现。"

五

游走于诗、书、画和音乐之间，汪国真纵横捭阖、自由自在。他是怎样做到的呢？

> "艺术都是触类旁通的，这一点我以前体会不深，"汪国真告诉我说，"举个具体例子，文学中有一种修辞手法叫顶真，一句话结尾是下一句话的开头；开始作曲后，我就把这种手法运用到音乐中，一个乐句的结尾是下一个乐句的开头，夸张和重复优美的旋律，可使旋律更连贯，给人印象更深。"

机遇，对一个人的成功固然很重要，但机遇不是等来的，实力产生机遇，这是汪国真的切身感受。

> 首先，我的诗集的出版不是我找出版社，是出版社找我；为何找我？是读者的推动；为何读者喜欢？是我的诗

2013年5月，汪国真（右）在天津接受我的采访。

我与汪国真（中）、程亚杰（右）。

打动了他们。我的书法受到赏识，出现在各大景区，也是在我练字之后，字不好时不会有人找你……所以说，实力产生机遇。

汪国真的经历给我们一个重要启示：一个艺术家或明星，如果本身没有真功、没有实力，只靠包装炒作和一夜成名的幻想，艺术生命是不会长久的。于是想起汪国真在《诗情画意》中的一句诗："如果本身发光，何惧太阳照不到的地方……"

02

第二辑 我与“国嘴”们

对话倪萍：

画画的日子最快乐

一

2011 年 2 月 20 日，倪萍应邀来津签售新书《姥姥语录》，与读者亲密接触交流。中午，倪萍从图书大厦如约来到南京路一家星级酒店的日餐厅。数年不见，岁月在倪萍脸上留下了些许痕迹，一副黑框眼镜为她平添了知性和成熟的韵味；而永远不变的是她那山东女子的质朴、坦诚和率真。脱下黑色休闲式防寒大衣，点上一支女士香烟，一向为人低调、从容淡定的倪萍在缭绕的烟雾中，开始了与我的“工作午餐”。

翻开仍散发着墨香的《姥姥语录》，来不及细读文字，首先映入眼帘的是倪萍为新书所做的插图。这些以中国水墨画形式描绘的菊、荷、牡丹、向日葵和家禽飞鸟，看似随意挥洒，并无太多章法，也不够“专业”，却灵动清新，别有生趣；最重要的是，透过这些画作，可以看到倪萍和姥姥对生活、对美的热爱，以及在五十年朝夕相处中所形成的共同的审美情趣。

杜：你是家喻户晓的“国嘴”，近年来又在影视作品中，饰演了一系列真诚、善良、质朴，具有东方女性传统美德的劳动

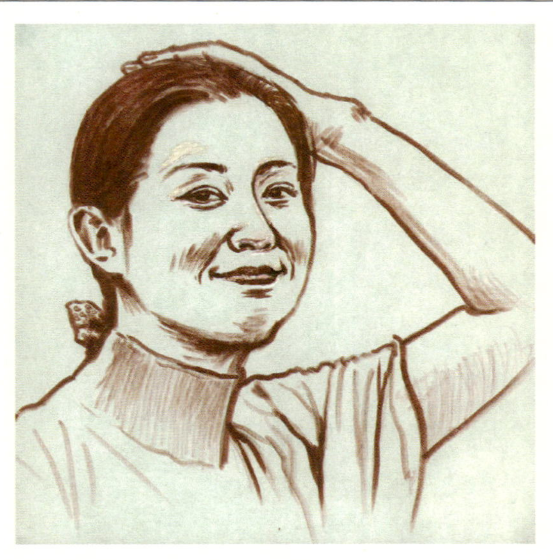
倪萍（素描） 杜仲华 作

妇女形象。与此同时，你又具有文学和绘画方面的才能。你是何时开始喜欢上画画的呢？

倪萍：我第一次画画，是在姥姥家的灶台上。那天是哥哥的生日，按当地风俗，要在锅里“蒸属相”。哥哥是属鸡的，姥姥就为他蒸了一只大公鸡。我在一旁看着，忽然想画下来，便用树枝在灶台上胡涂乱抹，居然画出了大公鸡的几分模样。姥姥一看眉开眼笑夸赞起来：“比锅里的大公鸡还好看，鼻子是鼻子，眼儿是眼儿的！”说得我一下子有了自信，从此画上瘾了。那时，家里有一本《三毛流浪记》，我就成天在姥姥家的墙上、灶台上画三毛。姥姥照例是一通夸奖：“画得真像，再画，人就活了，上饭桌子吃饭来了！”姥姥曾对妈妈说：“别舍不得夸孩子，芝麻夸着夸着就变成西瓜了（笑）！”今天我能成这样，姥姥的夸奖起了很大作用。

杜：但你走的是另外一条艺术之路，主持、演戏，工作那么繁忙，哪有时间画画呢？

倪萍：画家，在我心目中一直有着很高的位置，觉得它是一个令人向往的职业。它以新鲜独到的视角观察和表现世界，以一颗自由的心灵，宣泄艺术家丰富的情感。长大后我虽然没有机会重拾画笔，却欣赏了许多中外名画，接触到不少画坛大家。我很早就对八大山人的大写意十分着迷。为什么寥寥数笔，便能抓住物象的特征，那么凝练，那么传神？还有画中的大量留白，给人充分的想象和联想空间。在外国画家中，我最喜欢凡·高。欧文·斯通的《渴望生活》是我读得最早的一部画家传记。他的作品那么伟大，生前的境遇又那么凄惨，我在看书时眼泪噼里啪啦往书页上滴落！中国画家中，我非常欣赏齐白石、李苦禅的花鸟画和华君武、丰子恺的漫画。我怀孕时曾画了几张自画像，挺着个大肚子，头上包着围巾，肿脸肿脚，脚比脸还大呢！那种夸张变形的手法，可能也是受到了漫画家影响吧！

在央视担任主持人期间，我有机会采访过诸多画坛大家，如黄胄、范曾、许麟庐、吴冠中、韩美林、陈丹青等，通过在他们的画室看他们现场作画，拜读和收藏他们的文字作品，耳濡目染，心领神会，从中学习和感悟到不少绘画知识和理论。我也不怕班门弄斧，在大家面前抹上几笔。十几年前一个春节，我与赵忠祥等在范曾家中做客时，范曾问我会否作画？我说，什么叫会不会呀，有胆子就能画（笑）！斗胆画了一幅，范曾连连点头："以后你能以画画为生了！"

杜：你这么爱画，赏画，为何没给姥姥画张像呢？

倪萍：我从未想过，总觉得姥姥的日子是无限的，直到姥姥以 99 岁高龄离世后，我才用了整整一个夏天，饱蘸着思念和泪水写完了《姥姥语录》，也画完了那些充满灵性的水墨花鸟画。姥姥生前最爱花。如今姥姥走了，看不到花了，我要用心给姥姥画些美丽养眼的花。姥姥在乡下时精心培育过的月季花，晚年日夜守护的一盆牡丹花，还有姥姥一辈子离不开的荷塘、水鸟、仙鹤、麻雀，最爱吃的萝卜白菜……都成了我的描画对象。

杜：你从未经过专业训练，只凭儿时的一点基础和观察画家作画，就能挥洒自如，信心从何而来？

倪萍：真拿起笔来画时，我几乎没有章法，也不会运笔落墨，但我的心灵是自由的、浪漫的，胆子大，敢下笔（笑）。艺术哪有一定之规呀，只要把你的情感、你的立意画出来。中国画有极大的想象空间，讲究笔情墨趣，真的，我画完《荷塘》后，总觉得有一只鹅引颈向天叫着，似乎在问，为何要让秋风吹残了荷叶？其实也是借景生情，拷问生命的价值和意义。

倪萍画作选。

杜：听说你自从为《姥姥语录》而重拾画笔后，便一发而不可收拾，不仅画画上了瘾、着了迷，而且惊动了身边的亲戚朋友们，有求画的，也有“订货”的，把你自己也弄蒙了：我的画真这么值钱吗？

倪萍：（笑）是呀，我从未想过以卖画为生，画画只是为了一抒胸臆：樱桃下来时买来一筐放在桌上写生，荔枝下来又去买荔枝，边吃边画，画得开心，吃得也开心。也许画的画还不如樱桃贵，我也不在乎。我画花鸟，也尝试画人物。最近我为助理小倩画像，鼻子眼睛不好画，就干脆省略，只画了下巴。还答应小倩有了对象，再画个男青年。画画还使我多了一个以文会友的平台。歌手苏小明从未学过画，拿起笔就画了幅自画像，用手机发给卢秀梅，卢一看说：“这是猴子还是人？”小明不怕打击，接着画，画王朔、画刘索拉、画姜文……不但自己画，还逼着我画。我才画了一个星期，苏小明就用手机把我的画拍下来发给张暴默和丁芯，这些外行朋友一通鼓励夸奖，还要跟我“订货”（笑）。

最有趣的是我家的保姆安子，春节要回家过年，我说家里的东西你喜欢什么随便拿，只要你用得着、拿得动。你猜怎么着？她只要了我两幅画、四本《姥姥语录》，两本送了同学，另两本全村传阅，一个春节过去，书被翻烂了，书皮儿都没了。两幅画呢，给了婆家一幅，老爹一幅，她爹不让往墙上挂，怕烟熏火燎地把画弄坏了，要留着收藏！连农村都懂得收藏了，你说中国的收藏热都热到何种程度了（笑）！……

二

2012 年 10 月 10 日上午 10 点，“倪萍国画作品展”在位于西沽公园的荣宝斋天津分店开幕。展厅内，倪萍的百余幅国画新作悬于壁上，花卉果蔬、飞鸟鸡刍，无不质朴清新、鲜活灵动、生趣盎然，对生活、对美好事物的热爱和画家的真性情跃然纸上；再看笔墨技巧，与她初期的画作相比，已成熟老到了不少。

杜：一年多前采访你时，画画还只是你的业余爱好，现在却隆重推出了你的个人画展。主持、演戏、写作和画画，对你来说不同时期有不同侧重，而现阶段你的主要兴趣似乎已转移到绘画方面，为什么？

倪萍：你说得太对了，任何事情，只要加上“业余”二字都能做好。因为没人逼着你做，也没有任务的压力。然后喜欢哪样儿就多做哪样儿（笑）。现在孩子对我来说还是第一位的，孩子和我妈，一老一小，都需要照顾。第二就是画画。主持节目、写东西都已放在最后了。它们之间，是一种互相连带的关系。你说，筋、骨、血、水、肉，你怎么剔出来？剔不出来。这个阶段对绘画着迷，就看画、赏画，到各个美术馆乱窜（笑）。也不是整天画。有时就坐在家里发呆，充满幻想、充满快乐。比如说读书，从书中可以得到很多有益的启示，甚至绘画的灵感。

杜：在我结识的名人中，你属于对每件事都特别认真和投入的一个。

倪萍：对，我做任何事都很投入。我画画，画那些可爱的小动物，恨不得跳着画（笑），画出它们的动态和动感。为什么我画画要闩上门？因为画画是一种精神高度集中的劳动，不能受一点外界的干扰。有时我正画画，妈妈忽然出现在我身后，都会吓我一跳。经常有家人喊我，或按了半天门铃听不见，我真的没听见（笑）！东西也不停地丢。刚才还把手机丢了。因为我脑子不在这上边。我也庆幸我是这样的人，如果你总是理智地、清醒地做一件事，特别是做艺术，很可能你什么也做不成。

杜：刚才我大致浏览了一下你的画作，发现与初期相比，你在笔墨技巧上有了新的提高，显得更成熟和老到了。是不是又请名师指点了？

倪萍：没找名师，是在实践中“悟”出来的。有一天我看到一本花鸟画集，觉得眼前一亮，哎呀，哪个古代画家画得这么好？再一看，这个叫霍春阳的画家原来是当代的，画得太好了，我心目中一下有了学习的目标。这都是老师。不是大师都要拜到，名画都要拥有，我一个大师也没拜，一幅名画也没有，这并不影响我对名家名画的欣赏和学习。我这人有个特点就是胆大（笑）。经验证明，你想做的事只要胆大，敢尝试，就没有做不成的。另外一点，我太勤奋了。那天有人说画家一个月开一次笔，我说妈呀，我的纸墨满屋都是，所有地板、拖把上全是颜色，堪称世界上最浪费纸墨的人（笑）！有时忽然来了灵感，或有了一个好的想法，半夜里我就从床上爬起来，铺开纸就一通胡涂乱抹，天亮了一看，画的什么呀？什么也不是（笑）！

杜：你平时在哪儿画画，画室，还是书房？

倪萍：都不是，在一个不好意思说的地方——卫生间（笑）。我没有画室，书房也太小，只能写东西。没有条件，只好在卫生间的大浴缸上铺上一块胶合板当画案，旁边就是洗脸的水盆，不能泡澡，只能淋浴了。卫生间只有三四平方米，密不透风，在里边作画的滋味真不好受！

杜：我觉得很意外，按理说你这么大的腕儿，怎么也应该有一幢大房子，一间自己的画室呀，这么温馨灵动的画作，竟然诞生在卫生间里，太不可思议了！

倪萍：将来吧。我幻想着将来有个四合院，养个鸡，养个鸭，种点菜，是我特别羡慕和向往的生活。要不我这个季节专程到郊区买了一堆带枝叶的大红柿子，然后摆在一只名贵的水晶果盘里欣赏，骨子里还是……

杜：有一种化解不开的乡村情结？

倪萍：也不全是。我其实还特别喜欢现代生活，喜欢住豪华酒店，吃法国大餐，然后又领着一家人吃野菜饼子，都快成野人了（笑）。今天早晨来津前，还吃妈妈烙的茴香馅饼子，守着八十多岁的老母，觉得特别幸福（笑）。我到现在还没车，出门就坐地铁和公交车。但那次去山西，接我的车是宾利，真舒服，我说师傅以后我再来山西还坐你的车（笑）！

杜：你真的是能上能下，能土能洋，能艰苦又能享受。据说你说过，你的生活既实际又浪漫？

倪萍：对对对，姥姥在世时，我家养了一阳台的月季；如今秋天到了，妈妈为了让我看菊花，一天去一趟花卉市场，十块钱一盆，全摆在东面的阳台上，一开门就是鲜花盛开。我就爱看漂亮的人（笑）。我常对女孩子说，身材好，一定要穿得少，身材不好一定要穿得多，我就希望人人都干净漂亮！

杜：我觉得作为一个名人，你最可贵之处是活得真实。

倪萍：姥姥太智慧了，她给我最大的感染和影响，就是要真诚面对生活。我坚信人世间什么都可离开，你可以不镶金牙，不戴首饰，不戴名表，不穿名牌，但你告诉我，你可以不喝水

2012年10月，倪萍国画展在天津荣宝斋开幕。图为开幕式后，我与倪萍进行朋友式的“促膝谈心”。

吗？不呼吸空气吗？生命中最根本的东西是任何时候、任何人都须臾不可离开的。我其实在生活品质上追求的就是这个东西。写作，画画，随心所欲，不受束缚，追求空气和白开水（杜：所以你的画是“接地气”的），对，没有一个画家画画是为了孤芳自赏，过去朋友找我要画，我高兴；现在进入市场了，变成钱了，更高兴，但不是终极目标；你的作品人人都能接受，人人都能欣赏，这才是我的终极目标！

对话赵忠祥：

娱乐精神是不分年龄的

2011年盛夏，荧屏上最火爆、最引人关注的综艺节目之一，当属天津卫视超级模仿秀《追风王者归来》了。不仅各路男女选手对十大歌星的模仿惟妙惟肖，令人大开眼界，连主持人赵忠祥，评委刘晓庆、郭德纲等，也成为节目的一大看点和观众津津乐道的话题。

赵忠祥则是引发话题最多的人。

他是家喻户晓的“国嘴”、中国最高龄的电视节目主持人，一贯庄重大气，一身“央视范儿”，为何要放下身段，扮演起似乎只有年轻人才适合扮演的娱乐角色呢？

在天津卫视大播室，我与正在候播的赵忠祥就这个问题进行了探讨——

杜：作为中国第一代电视人和“国嘴”，您给人的印象一向稳重、大方、得体。但从央视主持人位置上退出后，您忽然变得“娱乐”起来，先后在东方卫视的《舞林大会》、天津卫视的《王者归来》中，扮演起似乎只有年轻人才适合扮演的娱乐角色，也因此遭到不少批评和质疑。请谈谈您是怎样和为什么担任这些节目的主持工作的？

赵忠祥： 我从事电视行业的工作已经50年了，从不主动要求上哪一档节目，包括央视春晚。我觉得自己就像一颗螺丝钉，领导拧到哪儿，就在哪儿发挥作用。所以说，不是我选择节目，而是节目选择我。当时叫“任务”，现在叫“邀请”。只要力所能及，我是有请必到，无权说“我不做”。

为什么主持《舞林大会》？当时觉得自己年龄这么大了，能否融入年轻人中，和他们一起在舞台上“舞动”起来，犹豫考量了许久。怎奈东方卫视一再盛情相邀，只得答应下来。有人问我：现在回过头来看，当初接受这档节目对不对？我觉得很难用“对”或“不对”、“是”和“非”来回答，反正我不后悔。因为只有深入其中，我才知道了这类节目怎么做，有什么特点，可以说与我们过去做节目的形态完全不同，我们不能拒绝接受新鲜事物。

《王者归来》也是这样。既然人家看得起你，而且也有邀请你的理由，就要拿出自己的诚意和优势来。虽是被动接受，却要主动做好，不能敷衍了事，要对得起广大观众。当然，主持这类娱乐节目体力上有些透支，压力很大，勉为其难。但人生就是这样，为了自己热爱的事业，没有什么不能投入和付出的。

杜：《王者归来》的创意是“向偶像致敬”，听说邓丽君是您的偶像，在第一期的邓丽君模仿秀中，您曾通过大屏幕与邓丽君小姐“隔空对话”。记得当时您由于激动声音有些哽咽，场面相当感人，能谈谈您为什么这么喜欢邓丽君和她的歌曲吗？

赵忠祥： 向邓丽君和迈克尔·杰克逊等巨星致敬，不是我主动要求做的，我事先并不知道有这样的环节。当我接受《王者归来》的主持工作后，想到自己既然站到这个舞台上，就一定要制造一些兴奋点或亮点，节目才会吸引人。邓丽君和迈克尔·杰克逊是东、西方乐坛两大巨星，他们成就斐然，是很多人毕生追求也难以企及的境界。包括我在内，扪心自问，做了这么多年电视主持人，成就不是没有，“粉丝”也不是没有，但与他们站在一起，还是“须仰视才见”。

我和邓丽君的“隔空对话”设计得很好，现场我之所以情绪激动，是基于我和大家对她的由衷喜爱，基于邓丽君歌曲久唱不衰的无穷魅力。她那种对歌曲的独特演绎方式、美好情感的释放和给人带来的感动与震撼，是登峰造极、无人可以超越的。因此我在做这期节目时，尊重、喜爱和感动之情是发自内心和混杂在一起的，相信我的情愫也会感染现场和电视机前的观众。

杜：您是一位资深电视人，经历了中国社会的转型期，在主持风格上是否也有“转型”，与时俱进，以适应当下这个娱乐化的时代？您对处理“雅”和“俗”的关系有何见解？

赵忠祥：除了播报新闻和带有政治色彩的节目，我觉得自己一直都在娱乐圈里，没有离开综艺节目的范畴，只是主持风格略有变化，如春晚相对比较隆重、大气；现在是一个大众娱乐时代，就要尽可能轻松、活泼一点。但轻松活泼不等于低俗，应当寻找一个大家都能认同的价值取向。如果在“雅”和“俗”之间选择的话，我会选择一个适中的部位。太雅，肯定会影响收视率；可以俗一点，但不能低俗，不能太出圈儿。所以，做娱乐节目，我有自己的原则和底线。

从业50年，我深受一位老前辈梅益的影响，他翻译的苏联作家奥斯特洛夫斯基的小说《钢铁是怎样炼成的》，影响了中国的几代人。梅益主张文艺作品要有真实性、欣赏性和趣味性，我二十多岁时听到并记在心里。从此，我做节目时都遵循了这个原则。比如我和杨澜主持的《正大综艺》，在境外只是一档娱乐节目，我们接过手来，就变成了一档融知识性、趣味性于一体，而且具有一定思想教育意义的节目。不敢说很高雅，至少与“俗”是脱节的，是“寓教于乐”的。并不是我俩天生高明，而是那个时代的历练和前辈教育的结果。

1999年7月，“海河情”探亲音乐会主创赵忠祥（左八）、孟欣（左六）、韩伟（左四）等来津，与《今晚报》社领导及相关人员合影。

另一方面，娱乐也是大家所需要的。社会在不断进步，要让人民有幸福感，保持乐观的人生态度、喜悦的心情和快乐的生活，娱乐节目担负着重要的使命。这也是我乐于主持娱乐节目的一个出发点。当然，我们这个年龄的人主持娱乐节目，在言谈举止、价值取向和社会评价上要有别于年轻人，表现出成熟稳重的一面。

杜：但观众和网民对您主持娱乐节目的质疑，似乎主要还是因年龄而起的，您听了那些话心里会舒服吗？

赵忠祥：我觉得他们的质疑是对的，我尊重他们的话语权。我认为多数人的动机是善良的、包容的，看到一个老同志焕发了艺术青春，替他高兴，对其他老同志也有鼓舞和效仿作用。

赵忠祥在综艺节目中被披婚纱。

但如果这种质疑是对老同志出言不逊、出语不恭，就会让我感到难过了。这不是对我个人的伤害，而是看到中华民族出现这种传统道德的缺失，令我感到忧虑。那些出言不逊的人，回家对他爸爸也是这种态度吗？他自己将来不会老吗？我这一生什么大风大浪没见过，也是在风雨磨砺中走过来的，所以不会在乎这些。但在一个文明礼仪之邦，出现这种不孝的言行，我认为是一种悲哀——虽然不是主流。

杜：从《舞林大会》到《王者归来》，大家发现您还是很有娱乐精神的，您证明了一个事实：娱乐并非年轻人的专利。

赵忠祥：当然不是。娱乐是不分年龄的。论起娱乐精神，我并不比年轻人差，只是以前一直没有机会展现而已，何况我的心是年轻的。

杜：最后，请概括一下您半个世纪的电视情结？

赵忠祥：如果中国电视是一棵大树，我只是它身上的一片叶子。随着大树的成长，叶片在阳光下有过璀璨的闪烁。但叶片势必会枯萎，而这棵大树将根深叶茂，越长越好。这时，叶片怀着对大树的感恩之心、祝福之情，深情凝望着它，无怨无悔……

我与王刚：

演反派只为“打鬼”，现实中本分做人

他是共和国同龄人，见证了波诡云谲的历史风云；他身份复杂：军人、主持人、演员，尤以塑造大贪官和珅的形象令人过目不忘；他的人生也不乏神秘与精彩：三次婚姻，老来得子，收藏天下。

我与王刚有过多次交往：从《宰相刘罗锅》中首演大奸臣和珅、主持央视《朋友》，到他出版自传《我本顽痴》，都有过坦诚的沟通与交谈。

一

首次与王刚的交谈是从酒开始的。

1996 年春天的一个黄昏，他在北京电视台录完《东芝动物乐园》，邀我与节目编导共进晚餐。席间，他坦承自己生活中的一大嗜好是贪杯。问其酒量有多大，曰：年轻时无所谓量不量，反正每年都要酩酊大醉几回，从“二锅头”到“路易十三”，统统 OK。最“壮烈”的一次是 1987 年春节联欢晚会直播前一周，日本 NHK 电视台请他吃饭，他与一个名叫小林的日本人较

王刚（素描） 杜仲华 作

1994年，王刚随电视剧《宰相刘罗锅》剧组来津研讨时，我与王刚（左）和该剧艺术顾问冯骥才（右）在一起。

劲，20分钟内，每人一瓶茅台下肚，小林一头扎到桌底，翻了白眼；他则起身哈哈大笑："瞧，日本人趴下了，中国人还站着呢！"急得他妹妹直哭，劝他快住嘴。拉回春节晚会剧组，大门已关，只好睡在司机屋里，一夜鼾声如雷，司机叫苦不迭。

那么，饮酒对艺术创作利弊如何呢？王刚认为有利。例如《宰相刘罗锅》就是朋友在酒桌上向他推荐的。一看剧本不错，只是对和珅这类奸诈小人历来十分憎恶，感情上一时难以接受。而最终他不但演了，而且演得活灵活现，一直演到《康熙微服私访记》、《铁嘴铜牙纪晓岚》，成了和珅“专业户”。

王刚的理论是：“演派只为打鬼，现实中本分做人”——“我何不把他塑造得生动一些，淋漓尽致一些，让人们认清其本来面目和丑恶灵魂，加以警示和挞伐？把心中的魔鬼释放出来，这个过程非常过瘾。释放之后，到了生活中，该怎么做人就怎么做人，按社会的道德规范去做。”

二

2002年月2月，王刚因健康原因离开他主持的央视《朋友》栏目时，曾与我有过一次电话交谈。交谈内容涉及《朋友》、涉及让他欲罢不能的反派角色和珅。当我问他是否喜欢和擅长演喜剧和戏说剧时，他说，这是编导对他的一种错觉，因为你演活了一种类型的人物后，他们便用这个框框来套你了——

> 其实我更喜欢的是悲剧。因为我基本上是一个完美主义者，而完美主义者的性格多半带有悲剧性。熟悉我的人都知道，生活中的我和戏中的我是截然不同的。我不是那种自命清高或故作深沉的人，更多的是想正正经经做点事情，更多地愿意独处——不是忍受孤独而是享受它。真的是这样，老杜，我虽然主持《朋友》，真正能交心的朋友并不多。

当我问他，您是一位事业上的成功者，在事业和家庭之间，是否更看重事业时，王刚回答——

没有，我从未将事业与家庭分开。其实对有些人来说，生活本身就是最大的事业。你过得很幸福很充实，这才是你真正的事业。如果你白天忙得一塌糊涂，电话铃声不断，很多人找你，好像你多么重要，多么了不得，而晚上回到家里，忽然觉得心里空荡荡的，觉得你谁都不是，谁也不爱你，没有谁真正需要你，还有什么事业可言呢？

所以我想，人生才是一项真正的事业。每当你打开窗子，外边阳光灿烂，或细雨霏霏，哪怕狂风大作，大雪纷飞，都能给你带来一些新鲜的感受。然后晚上睡觉前，想想一天的经历，挺对得起别人也对得起自己，也就心得意满了。这一点我早就想明白了。我有时是个知难而退的人，绝不强迫自己做不可能做到的事，退一步，海阔天空嘛！重要的是把每一天过好，过充实。何况我还有个搜集老古董的爱好，我从小就喜欢历史，爱逛旧货市场，而不太喜欢所谓时尚、流行的东西，不仅不喜欢甚至还有几分鄙夷。我的收藏是从明清家具开始的，一下就迷上了，仿佛细胞里固有的。

三

拍案未必惊奇，人生原本顽痴。戏里戏外搬弄，半演半偈主持。戏说和相非我，收藏孤独情丝。王刚几回故事？悲喜轮转由之。

王刚的这首自题诗，既概括了他的自传《我本顽痴》的主题，又是他多彩人生的真实写照。

十数年前，名人出书热时，我曾问王刚有无出书计划，他答，等我老了，不演戏了，有时间了再写。现在，他的事业并未偃旗息鼓，便出人意料地推出了自传《我本顽痴》，是何原因呢？

原来，2008年，年届花甲的王刚老来得子，看着眼前这鲜活的小生命，他感到仿佛又活了一回。想到儿子长大成人后，万一自己不在世了，应当留下一本书，让他知道父亲是怎样一个人，经历了怎样的人生之路——“儿子啊，老爸的一切折腾，一切打拼，一切事业，一切名分，都是为了博得你的赏识而来……”

当我问他，你的自传为何取名《我本顽痴》，是否像王蒙解读的那样，“用最谦虚的方法进行了自我表扬，‘顽’就是顽强，‘痴’就是精神进入巅峰状态？”

王刚承认，《我本顽痴》这个书名有点“硌”。他解释道：

> “我本”自不必说，“顽”，顽皮、顽劣、顽固不化，但凡沾了“顽”字，除了“顽强”，都含贬义；“痴”，痴呆、痴迷、痴情、痴人说梦，全然褒义的也不多……《红楼梦》第一回中，甄士隐笑问一僧一道：“弟子愚浊，不能洞悉明白，若蒙大开痴顽，备细一闻，弟子则洗耳谛听，稍能警醒，亦可免沉沦之苦”，此处，则有自谦甚至藏拙之意了。那我这“顽痴”到底何意呢？我女儿婷婷帮我斟酌英文书名时定为*Playing Life Seriously*，前半句，戏剧人生，游戏人生，表演生涯；后半句，再赘个副词，郑重、严肃、正经、执著之意。中文也好，英文也罢，如何理解，还要拜托列位看官了。

在《我本顽痴》中，王刚用了一章的篇幅坦诚披露了与三位挚爱女性之间的情缘，特别是他以“惭愧和感恩”的心态，回忆与前妻成方圆的关系。对此，王刚并不讳言：事情是这样，对成方圆也好，其他人也好，到我这个年龄了，写书时一定要回忆一些美好的事情。我曾在《我本顽痴》的前言中说：“当忘

王刚新书《我本顽痴》出版后接受我的采访，并首次提供了他与妻子、儿子的温馨生活照。

则忘，当记则记”，有些东西就该忘掉，不要没完没了地纠结那些矛盾呀、痛苦呀，干吗呀？当时走到一起，一定是相互视对方为相伴终生的合适对象，后来因种种原因分开了，那么现在回想时，白纸黑字印在书上时，我都尽量检讨自己，回味美好，这是我的一个基本态度。

我说，感觉你现在的生活很幸福，不仅有了娇妻爱子，女儿也从国外留学回来了，一家人团团圆圆，其乐融融，令人艳羡。王刚满意地笑了：“从一个普通人的角度讲，最后真的有一种回归的感觉，好好过日子吧！我就是这样想的。”

作为老朋友，王刚还破例将他从未发表过的一组“全家福”照片提供给我。从这些照片中，大家第一次结识了他的新婚妻子和他漂亮可爱的儿子。

对话白岩松：

“圆梦”，不能脱离时代

白岩松，央视新闻评论员和主持人中最深刻犀利的一位，他不仅擅长剖析中国内地的时事动态和社会问题，更将视角延伸至世界，继《岩松看日本》之后，2009 年春，他和他的团队又远赴美利坚，从政治、经济、人文的角度，撩开了金融危机下美国社会的冰山一角……

早在白岩松身处美利坚时，有关他在耶鲁大学演讲的趣闻便不胫而走，如一上讲台就开玩笑说，如有反对者扔鞋，最好扔 43 码的，而且是一双；然后又以叙述自己成长故事和圆梦过程的精彩演讲，倾倒了不少耶鲁女孩。

我与白岩松的对话是在央视《新闻 1 + 1》办公室进行的。一如我们在荧屏上看到的那个白岩松，冷峻、严谨、深刻，只有谈到相对轻松的话题（例如足球）时，才露出灿烂的笑容。当时，他刚刚从美国回来，征尘未洗，仿佛仍沉浸在美国之行的兴奋和思考中。但交谈中最让我感兴趣的还是他关于“中国梦”的精辟见解——

杜：你此次美国之行，最吸引公众眼球的是在耶鲁大学讲到的你的“中国梦”。20 年前，你从内蒙古边塞小城到北京上大学，

白岩松在美国。

走上了改变人生命运的第一步；30 岁时，你成为央视新闻节目的主持人，直播了克林顿访华；40 岁时，担任北京奥运会直播。从一个几乎没有梦想的小地方的青年，到成为一个可以在全人类欢聚的盛大节日里，分享和传播快乐的传媒人，你梦想的实现是否意味着，是时代提供了梦想实现的舞台？

白岩松：首先，我在耶鲁大学的演讲不过是一种讲故事的方式，没想到这么快在国内传播并产生反响。这就是一个互联网时代、媒体时代，任何一个地方发生的事情都可能被传播、被放大。我在耶鲁的演讲连稿子都没有，不过是用我的人生经历去讲它背后的东西。因为中国要学会怎样与世界交流，不能到哪儿都喊口号，念八股文，自说自话。当你有机会与人聊天或沟通时，一定要用大家都能接受的方式。

至于您说到个人梦想的实现，不管是我的、您的、奥巴马的，还是谁的，不存在一个脱离了时代的个人圆梦过程。每一个圆梦过程都与时代紧密相关。请想一想，如果我们还处在“文革”深入开展阶段，或“两个凡是”的政治背景下，那么，我只能在自己出生的小城里，默默无闻地做着一份极其普通的工作，不可能有圆梦的空间。所以我要通过自己的故事告诉美国人：30 年的改革开放，不要只看到中国经济的数字变化，更重要的是每一个中国人的命运，或多或少，或快或慢，都在悄然发生着变化。在很多年前，很难说大家有什么梦想，因为个人梦想都被一个集体的梦想覆盖了，改革开放就是把梦想还给个人的过程。从我的角度来看当然也是这样。30 年前，我们家连电视机都没有，何谈做一名电视节目主持人？即使 20 年前我也没有这个奢望。直到 10 年前才会想，而且这种梦想超越了个人——不是为了得到什么，才走上这个岗位。在世界的任何地方，个人梦想都离不开时代的变迁。

杜：每个人都有梦想，但真正实现梦想的成功人士毕竟是少数，你认为是命运对他们格外眷顾呢，还是成功需要某些特殊才能？

白岩松：这就看你拿什么当成功的定义了。如果仅仅拿让所有人都知道你，成为一个国家电视台主持人作为“成功”的定义的话，那么，这种成功是无法复制的。是否“美国梦”只有一个奥马巴，其他人都不算？一个40多岁的黑人和白人家庭的孩子成了美国总统，于是就把他当成“美国梦”的全部代表，我恰恰认为他可以不算。我恰恰不认为，梦想属于被外界制造出一个成功的概念，然后让大家去套用。那大家都不要干了，任何人都不用去奋斗了。其实真正令人感动、留恋和赞叹的，恰恰属于普通人圆梦的过程。反过来说，像我这样的人，也普通得不能再普通了，对吗？一个来自边远小城市、父亲很早就去世，母亲一人把我们哥俩带大，一家三口，40多块钱的

白岩松采访NBA俱乐部老板。

工资，也活了很多年（笑）。我依然认为我是普通百姓中的一员。那么，需不需要有特殊才能？当然也需要。但我首先是运气好，赶上了一个好时代，有幸坐上了电视新闻改革的头班车，一路走来；而且电视节目主持人本来就负载着太多周围人的努力，任何时候都不是一个人在奋斗，就像《岩松看美国》，绝不是我一个人看美国一样。

杜：在我的印象中，国家电视台新闻主播总是高屋建瓴，以纵观全局的视角，评说国内外时事政治，他们必须坚持真理，主持正义，有强烈的社会责任感和道德判断力，除此之外，你在新闻评论和主持生涯中，涉猎范围广泛，政治、经济、社会、文化、体育，几乎无所不包，还参加过央视春晚的主持，你是如何做到这种跨界主持的？它需要主持人具有怎样的条件和素质？

白岩松：我觉得我从来没有跨界，一直在做新闻。只不过，对大家来说，我涉及的面儿宽一些。春晚，这两年我上了，也是因为有太多新闻性质的东西。我始终认为，我只是春晚上的一个过客。我希望不上春晚才好。因为上了春晚，意味着这一年可能有某些沉重的话题。我希望一年年阳光灿烂，风调雨顺的（笑）。当然这只是我个人的选择。新闻不管对我、对您，对所有传媒人，都是无法选择的：今天可能是金融危机，迫使你去研究经济；明天可能是地震灾害，又要研究科学性心理性的东西。因此，新闻人永远要"以变应对变"，又要"以不变应对变"。"以变应对变"——你总有相对薄弱的知识领域，但新闻不会按你的强项发生，薄弱处就要补充它，下笨功夫，用大量时间准备大量材料。"以不变应对变"——就是你的价值观、你的立场和观点，这些都是不变的。大家看到的是你在屏幕上的风采，看不到你在屏幕下做了什么。我不觉得有什么天才，我下的都是笨功夫。

《岩松看美国》发布会后，我与白岩松（左）交换名片。

杜：你的很多节目都是现场直播的，你如何做到在直播时胸有成竹，滔滔不绝？除了口才好、头脑反应快等天赋条件外，有无其他原因？

白岩松：我觉得这也是一种“马太效应”，从1997年香港回归到2008年北京奥运会，央视几乎所有大的新闻事件直播都是我做的，越做越松弛，越松弛越没错，越没错下次越让你做（笑）。另一方面，直播不是技术问题，不是专业问题，是心理问题。直播就像海上的冰山，露出海面的只有十分之一，大量的在海底。你不准备百分之百的东西，怎敢做百分之十？我已过了心理关，我已不怕犯错误，反而很少犯错误，这是一个心理素质问题。我还是运气好，长期做直播磨炼出来了。

杜：你说过：人的一生中，幸福和痛苦只占5%，其余的是平淡，你认为名人的平淡与普通人有区别吗？你如何看待痛苦、幸福和平淡？

白岩松：不，这不是我说的，是援引一位老学者的话，我非常同意他的看法。我对大学生说过，你们走出校园，首先要准备迎接平淡的日子。绚丽的礼花一年放不了几天，剩下的都是平淡的日子。能让平淡的日子不平淡，让平淡的日子为不平淡的日子积累些东西非常重要。这就是人生真相。就像我一样，天天在办公室准备大量资料，不平淡吗？为什么现在不失眠了？因为你不必考虑明天做什么，谁知道明天会发生什么呢？甚至觉得平淡就是一种幸福，要善于从平淡中琢磨出滋味来。就像年轻时爱喝味道浓重的饮料，岁数大了，爱喝淡茶，甚至白开水——你已经能从白开水中品出内中的味道。

03

第三辑

我与影视剧导演

我与谢晋：

《启明星》在夜空闪烁

1991年7月25日下午，著名导演谢晋在北京送审新片《清凉寺的钟声》后抵津，来到和平区培智小学，为他即将开拍的电影《启明星》遴选弱智小演员。制片人兼编剧航鹰、摄影师卢俊福和男主演刘子枫等，也在现场出谋划策。

《启明星》讲述了一个感人肺腑的故事：父亲谢长庚（刘子枫饰）与弱智儿子相依为命，当他得知自己罹患了癌症时，因担心儿子将来无人照顾而欲将其毒死。善良的人们闻讯热情伸出援手，把孩子送进启智学校。父亲也从绝望中解脱出来，含笑离开人间。

翻开中外电影史，聋哑人演聋哑人、残疾人演残疾人屡见不鲜，弱智儿演弱智儿的却没有先例。谢晋要的就是这“第一次”。

此刻，这位年近古稀却精力旺盛的大导演倚在小学生上课用的长椅上，面对一大群在父母或老师带领下前来应试的弱智儿，脸上始终挂着慈祥的微笑，仿佛他们都是自己宠爱的孩子。

今天要确定的，是剧中三位弱智儿童——晨晨、娇娇、牛

热流，在人大会堂涌动

——电影《启明星》首映招待会纪实

本报记者 杜仲华

昨天下……在北京人……会堂巍峨……柱下，著……演谢晋、……家航鹰和……弱智儿童……在一起的……场面，引……场者争相……照相机快门。

这是一个历史的瞬间：国内首部……智儿参加演出的电影《启明星》……据同名电视剧浓缩而成，比电视剧……更紧凑、人物更鲜明、更感人肺……在这里举行首映招待会。李瑞环、……根、蒋一波、杨白冰、温家宝、陈慕……陈俊生、洪学智等出席了招待会。……瑞环同志在接见创作人员时发表了……讲话，称赞《启明星》确实是一部……影片，既有深刻的思想内容，又有强……的艺术感染力，相信公映后将会产……良好的社会效果。

一部反映弱智儿生活的影片受到……此规格的待遇，大概是没有先例的。

这些智商低下的孩子们对谢晋简……有一种再生父母般的知遇之恩。当……们看到“谢爷爷”走出汽车时，纷纷……开身旁的母亲或老师，亲热……扑上前去，又是拉手，又是……耳朵”；只会憨笑、不会说话……郑奕尧则扑通一声拜倒在谢……爷脚下，令人不禁捧腹。

在影片中饰谢长庚的著名……员刘子枫，一下车便忙着寻……他的“儿子”刘洋，找到后，用……瘦弱的身躯抱起又白又胖的……儿子”，边喘边问：“刘洋，你管……叫什么？”刘洋仍用拍戏时对……子枫的称呼，“假爸爸”。

坐着轮椅的中国残联主席……邓朴方来了，马上被参加招待……会的热情的人们包围，他慈爱……地把弱智孩子们揽到身边，一……起合影留念。

为了给叔叔阿姨、爷爷奶……奶们表演一个小节目，谢晋、刘……子枫忙得不亦乐乎，亲自为弱……智孩子们排练歌曲《世上只有……妈妈好》。虽然五音不全，还不……时唱走调儿，孩子们却显得那……么认真，那么动情……

下午两点三十分，弱智小演员们与中央领导同志、有关部委负责人和首都新闻界、文化界、电影界人士一起观看《启明星》。此刻，他们也许不明白其中的意义；只有他们的家长和老师能理解航鹰那句话：“祥和之城造就仁爱之戏”。他们做梦也未敢企盼的东西如今成为活生生的现实。放映过程中，孩子们对自己的银幕形象不时发出会意的笑声。演到“升旗”一场戏时，记者看见刘洋在黑暗中举起小手，向着银幕上冉冉升起的五星红旗敬礼，久久不肯放下。

当影片最后一个镜头从银幕上消逝，全场灯光骤明时，记者看到邻座许多人的眼睛红红的。“男儿有泪不轻弹”，但影片中那感人至深的父子之情、师生之情、同志之情，那贯穿全片的崇高的人道主义精神和真、善、美的闪光，怎能不使人为之动容呢？

最动人的一幕莫过于谢晋上台介绍主创人员和弱智小演员后，刘洋的母亲王芸代表弱智儿童家长讲的一段意味深长的话：“做为弱智人的母亲，我是不幸的；但我们生活在一个充满爱心的世界里，倍感温暖。有一天，我听见洋洋在楼下喊妈妈，到阳台上一看，洋洋满脸泪水向我哭诉：街上的孩子们说他是傻子。当时我的精神一下就崩溃了。是残疾人权利保障法的实施使我重新获得了希望……”言未尽，她的声音已经哽咽了。

此刻，谢晋眼里也噙着泪花。他说过，他的每一部电影都是一次生命的燃烧，而这次烧得特别刻骨铭心——就在他为弱智……戏时，他……的弱智儿……远离开……世！他是……血的心在……全社会的……真诚！

刘子……里也噙……花。他想起拍“酒馆”一场戏时，……庚因与流氓搏斗流“血”倒地，刘……为他真的“死”了，竟当场号啕大……这使他悟出了：弱智人也是有感情……只是比正常人简单些罢了。他由此……一次心灵的启迪与净化。

航鹰眼里也噙着泪花。做为编……《启明星》是她经历了十月怀胎……而诞生的。为此，她两年未写小……建立和谐的人际关系，为加速改……放创造一个良好的社会环境——……《启明星》有助于她的这一目标……现的话，那么，她的付出就是极……值的。

观众眼里也噙着泪花。他们多……望我们的社会也象影片中描写的那……充满温暖、理解与爱心啊！

一股热流在人大会堂里涌动！

邓朴方（左四）与《启明星》导演谢晋（左一）、编剧……

《今晚报》头版头条刊发我的特写《热流，在人大会堂涌动》。

1991年7月，我与谢晋（右一）在《启明星》遴选弱智小演员现场交谈。

牛的饰演者。在副导演王星军的指挥下，孩子们分成三组，逐个与谢爷爷握手、回答提问，然后乖乖地排好队，唱歌、朗诵或表演小品。他们虽在智力上有缺陷，却性格迥异：有的活泼，有的顽皮，有的文静，有的害羞。一个绰号“拳击手”的小家伙，居然敢跟谢爷爷掰腕子，又学着交通警察的样子，比比画画指挥起交通来。问他会唱歌吗，他仰起头笑唱道：“换大米——”最活跃的是一个叫“笑笑”的孩子，不会说话，只会眯着一双小眼睛憨笑。但他胆子可不小，不仅抢先与谢爷爷握手，还一把折断了爷爷的纸扇。

谢爷爷一拍桌子，大声喝道：“你把我的扇子弄坏了？是不是，快说！”

“笑笑”不笑了，两眼发直，不知所措。

王星军赶紧“解围”说：“还不快向爷爷道歉！”

“笑笑”把腰弯得像只大虾米，冲着谢爷爷深深鞠了一躬。

谢晋道：“这个傻笑的孩子没治了，如要毒死他真是天理不容！”他建议根据这个孩子的条件适当修改剧本。

刘子枫也想乘机试试“儿子”：“来，把衣服脱了，洗澡去！”“笑笑”二话不说，当众光了屁股，实在傻得可爱，笑得众人前仰后合。

谢晋却笑不起来。他总觉得“笑笑”有点像他自己的傻儿子。他有两个傻儿子。“文革”中，他在上海文化广场十万人大会上挨斗，没掉一滴眼泪；可是回家看到一帮人把他的傻儿子塞进垃圾箱时，他悲伤地哭了。这个细节，后来被航鹰写进剧本里。谢晋说：“今天这样选择演员还是头一次。我不是以导演的身份，而是以中国残联副主席和弱智人家长的身份与大家交流。弱智儿自己并不痛苦，痛苦的是他们的家长。我和爱人把两个傻儿子拉扯到 30 多岁，真是历尽艰辛。我们的大儿子就很聪明，正在美国攻读硕士学位。父母聪明，孩子为何弱智，这是全世界都没解决的问题。同时我也有个体验：傻孩子虽不懂事，却非常善良。例如我下班回家，傻儿子马上给我拿拖鞋、泡茶，虽然茶叶不是太多就是太少，心里毕竟感到某种安慰。因此，我们应当特别感谢抚养了他们的父母和老师们，他们是在为世上最不幸的人工作！”

离开现场时，我的耳畔仍回响着孩子们虽发音不准却稚嫩可爱的歌声：“世上只有妈妈好，有妈的孩子像块宝……”

1992年7月7日，谢晋的新片《启明星》在北京人民大会堂举办隆重首映式，李瑞环、温家宝等中央领导，中国残联主席邓朴方和首都各界人士数千人出席观看。

当影片最后一个镜头从银幕上消逝，全场灯光骤明时，我看到邻座很多人眼睛红红的。是啊，他们多么希望我们的社会也像影片中描写的那样，充满温暖、理解和爱心啊！

我与陈凯歌：
最大的电影市场在中国

一

好像是很遥远的事了。那时他还很年轻、英俊而冷峻，蓄着一脸大胡子，典型的导演范儿。

那是1987年秋天，在北影宿舍楼里。敲开陈家的门时，陈凯歌正忙着给两个捧着奖杯的年轻人拍照（其中一位是如今大火的王学圻）。奖杯是当年9月蒙特利尔电影节颁给陈凯歌执导的电影《大阅兵》的。末了，父亲陈怀皑对儿子说：你过去，我给你拍一张！儿子顺从地捧起奖杯，摆出一个诙谐的动作，让大家忍俊不禁。

陈怀皑，中国著名电影导演，代表作有《青春之歌》、《小兵张嘎》、《海霞》等。面目清癯，思维敏捷，从背后看，绝不像是一位古稀老人。

“您对陈凯歌产生了什么影响？”我问陈老先生。

“战略上的影响。我们这个家庭，几十年来搞电影、议论电影，对他当然是一种熏陶；但应当说，是时代的变化和他的主体意识在起作用。凯歌的《黄土地》、田壮壮的《猎场札撒》，

2002 年，电视剧《吕布与貂蝉》主演陈红、李小璐、傅彪等来《今晚报》与读者见面，图为（从左至右）我与陈红、郭长久（时任《今晚报》总编辑）、傅彪一起交谈。

着眼点不是艺术形式上的更新，而是观念和意识上的更新。他们打破了中国电影的传统模式，我们这一代人望尘莫及。”陈老先生回答。

作为一部“探索片”，《黄土地》从一开始就有争议。对此，陈凯歌说：“按商业标准要求，我是不成功的导演；按艺术标准要求，我是成功的导演。”

有人指责《黄土地》“玩弄技巧”，陈凯歌冷峻地一笑：“我们不是玩弄技巧的一代人，没有那份闲情逸致。但我们需要提高技巧，没有技巧的电影不是电影。”

陈凯歌承认，他在艺术探索中常常感到困扰，但他记得爱因斯坦的一句话：对一件事情的热爱，远远超过他的职业。“电影对我不仅是职业，也是一种热爱。我在做我真正愿意做的事，也就无权抱怨了。”

二

2002 年 4 月，北京香格里拉饭店。透过巨大的玻璃幕墙，一片小桥流水绿意盎然的古典式园林景色映入眼帘。稍候片刻，陈凯歌、陈红伉俪如约而至，手中牵着他们4岁的大儿子飞昂。在我采访陈凯歌时，陈红带着孩子在附近玩耍。

这次采访是陈红促成的。此前，她曾率电视剧《吕布与貂蝉》主演到今晚大厦与观众见面，我对她表达了采访陈凯歌的愿望，她爽快地答应下来："没问题，我去跟他约。"

在第五代导演中，陈凯歌给人的印象总是酷酷的：平直的浓眉，深邃的眼神，身材高大、风度翩翩而又不苟言笑。他又是这一代导演中文化底蕴较深的一个。

交谈中我问陈凯歌，《吕布与貂蝉》的风格很"另类"，有些像现代神话，又有几分魔幻色彩，与您以往的作品大相径庭，为什么？他回答："我总觉得一个时代有一个时代的审美需求，一个有远见的创作者应该洞察市场的变化，洞察新一代观众欣赏心态的变化。"

在《吕布与貂蝉》中，陈凯歌把吕布写成在丛林里长大，与野兽为伍，鼻穿铁链，颇似"人猿泰山"。对此，陈凯歌的解释是：艺术不是历史，不是科学，不能承载沉重的历史内容，如果我用老办法讲这些故事，可能就没人看了。而在这些"好玩"的反传统的情节背后，蕴含着我们对人类社会的某些认识。"今天的前卫，可能就是明天的传统。"他说。

从陈凯歌之后的《无极》和《搜索》可以推测，陈红和她的这一代人很可能对陈凯歌的艺术观念产生了重要影响。他开始与时俱进，向年轻人靠拢，向时尚靠拢，向市场靠拢。"第五代导演之所以是一个有活力的创作群体，就因为它能审时度势，在不同时期都能有所作为，这才叫'牛'。"

对如何让观众重新回到影院，陈凯歌似乎颇有预见性："市场经济不是一个自发的发展过程，需要强有力的介入——不仅创作者要研究市场，管理者更要按市场规律办事。我不相信中国人不爱看电影。重新走进电影院，这或许只是个时间问题。”

关于中国电影走向世界，陈凯歌直言：“进入海外市场不应是我们追求的目标，因为最大的市场在我们这儿，在中国！”

三

2012年6月3日下午，陈凯歌进入郭德纲主持的天津卫视《今夜有戏》录制现场。本来是为宣传新片《搜索》而来，却被郭德纲感染，向他学起了说相声。

头一回见郭德纲，陈凯歌觉得他的个子比想象的要矮。为什么在舞台上不显得矮呢？

> 因为一个演员往舞台上一站，一开口，一演戏，用艺术魅力征服了观众，其外形条件往往就被忽略了。郭德纲好在哪？有大将风度。有人没把观众逗乐，自己先乐了；郭德纲

2012年6月，陈凯歌、陈红伉俪参加郭德纲主持的《今夜有戏》录制，陈凯歌向爱妻颁发奖品。

兴之所至，陈凯歌（右）竟放下身段，向郭德纲学说起相声。

不是，他皮笑肉不笑，观众却被逗乐了。这就是本事。

所以，陈凯歌决定放下身段，向郭德纲学说相声。先是换行头。在“二助理”岳云鹏的帮助下，陈凯歌被套上一件不太合身的蓝大褂，站在捧哏的位置上，听“师傅”讲了一通袖子的卷法、“三分逗，七分捧”的老生常谈，然后向大家鞠躬，开始捧逗。

“今天很高兴，我俩搭档为大家说段相声。”

“没错。”

“相声的名字叫《搜索》。为啥叫《搜索》呢？因为导演今天是来宣传他的新片《搜索》的。”

“是的。”

“希望大家喜欢这部电影！”

“肯定的。”

“今天的合作就到这儿，谢谢各位！”

“谢谢！”……

我与冯小刚：

面包车里的《编辑部的故事》

冯小刚有两句话在我脑海里留下深刻印象——

一句是：我们出了新作品，要先到天津这个大码头接受检验，心里才踏实。

另一句是：我们这个圈子，十年前叫文艺界，现在叫娱乐圈。我更喜欢前者。

我与冯小刚的情缘，是在他所说的“文艺界”时代结下的，距今已整整过去了二十个寒暑。

1992 年 2 月 20 日，应《今晚报》和天津人民广播电台之邀，冯小刚率国内首部情景喜剧《编辑部的故事》剧组来津，与天津观众见面联欢。

作为活动的组织者之一，我专程前往北京迎接，一路上这些京城大腕、“活宝”们打开话匣子，上演了一场“面包车里的《编辑部的故事》”。

这些日子，《编辑部的故事》成了人们热议的话题，李冬宝、戈玲、余德利，也带着各自的神态、形貌和一开口就令人忍俊不禁的京腔京调，走进了千家万户。

而这场全民喜剧大联欢的幕后操纵者之一，便是冯小刚。

这是我从一个已泛黄的笔记本里意外发现的一张珍贵“老照片”，是1992年冯小刚率《编辑部的故事》剧组来津与观众见面时，在闹市区一家小酒馆拍摄的。你还能认出他们吗？前排左起：赵宝刚、冯小刚、张永经（北京广电局老领导）、张瞳、郭长久（时任《今晚报》副总编辑）；第二排张宏声（左一）、王兰（左二）、葛优（左三）、马晓晴（左八）、刘沙（左九）、刘蓓（左十）、雷蕾（右二）和我。

几年前，当衣着邋遢、其貌不扬的冯小刚，还是北京电视艺术中心一个默默无闻的美工时，便胸怀大志、口出狂言。当时，他读了红得发紫的青年作家王朔的小说后说：“这样的小说，咱哥们儿也能写！”果然不是吹，在《编辑部的故事》中，他很快就与王朔等大腕合作，写出了一集集充满机智和幽默的故事，针砭了时弊，也进行了相互调侃和自嘲。

谁跟谁好，一见面就看出来了。冯小刚与“李冬宝”葛优形影不离，哥俩儿一上车就直奔车尾，一路上说说笑笑，就数他俩最活跃。几年前，冯小刚看了葛优出演的电影《顽主》，觉得葛优的表演风格与自己“特对路”，遂萌生了专门为他写戏的念头。很明显，《编辑部的故事》中的李冬宝，就是冯小刚为葛优“量身打造”的。我问冯小刚今后是否要搞“葛优系列”，冯小刚说："有这个意思——当然不只为他写。"（我当时提的这个问题后来得到了验证，在冯小刚的诸多贺岁片中，葛优都成了第一"神男"，而且形成规律："铁打的葛优，流水的美女。"）

葛优有一张容易引人发笑的脸。他不像有些喜剧或小品演员那样挤眉弄眼、装疯卖傻，而总是绷着一脸肌肉，表现出一本正经、超然物外的样子，只有一双骨碌骨碌乱转的小眼睛里，透着机智与狡黠。

你笑，他不笑，这就是葛优的本事。

虽然在此之前，葛优在电影《围城》和《过年》中已初露头角，但真正使他"大火"的却是这部《编辑部的故事》。葛优说他不久前去北京友谊商店购物时被围观，"最可气的是有人不是大大方方过来握手、打招呼，而是远远地捂着嘴乐，好像我是刚从飞碟里钻出的外星人！"

一席话把一车人都逗乐了。

我告诉葛优，有些天津女孩看了《编辑部的故事》，觉得你长得也挺帅，都喜欢上你了！葛优得意地咧嘴笑了，冯小刚则乘机调侃道："冬宝，趁戈玲没来，找个天津姑娘约会一下吧！"

葛优连忙推辞："不敢，不敢！"

可没过几分钟，他就与冯小刚"约会"上了。原来，他晚上与天津观众见面联欢时，要与马晓晴表演一个小品《今晚相会》，表现一位自我感觉过于良好的大龄男士，在一位精明早熟的女孩儿面前碰了一鼻子灰的尴尬境遇。那幽默风趣、令人捧腹的对白，一听便出自冯小刚之手。

由于马晓晴坐在另一辆车里，葛优无法与她对台词，便索性打开对讲机，让马晓晴听着——

"晓晴马（剧组对马晓晴的昵称），你不跟我坐一块儿准后悔了吧？告诉你，冯小刚正跟我幽会呢！"

"别臭美，小心出车祸！"对讲机中传来马晓晴清纯娇嫩的

《编辑部的故事》众生相（漫画）
曹永祥 作

声音。

“我出车祸不要紧，你可千万不能出，”葛优话音未落，冯小刚一把夺过对讲机说，“晓晴马，你撞伤了，我养着，别出外伤就行！”

“出了外伤我也要，只要别伤在脸上！”葛优当仁不让。

在谈正事和耍贫嘴交替进行中，不知不觉已到天津。

中午，在天津百年老字号劝业场，冯小刚、赵宝刚、雷蕾、葛优、张瞳、刘蓓、马晓晴等主创一走进小礼堂，便听到了《编辑部的故事》的主题歌《投入地爱一次》和数百职工发自内心的盈盈笑意，马上产生了一种宾至如归的亲切感。见面会上，最受宠的就是葛优。而葛优也表现出他的清醒和自嘲精神，对大家说，他准备请书法家写一个条幅挂在自家墙上：“千万别太拿我当人。”在为“粉丝”们题字时，他也不忘拿自己的脑袋开涮：“车多的马路不长草，聪明的脑袋不长毛”，然后一本正经地签上“葛优”。

对冯小刚和《编辑部的故事》主创来说，这次天津之行是漫长而难忘的，一天多的时间里，他们与热情的天津观众见面联欢，倾听专家评论，还应邀参观了《今晚报》编辑部，真假编辑们一见如故，建立起相互信赖的关系和亲密的友谊。

一年后，冯小刚再次做客《今晚报》社，这次，他带来的是全部在境外拍摄的电视剧《北京人在纽约》。

“我们出了新作品，总要到天津这个大码头接受观众检验，心里才踏实。”冯小刚说。

他说得没错。他率《编辑部的故事》剧组来津时，社会上对这个戏是有争议的。我们看准了就大胆邀请，正面评价，连篇累牍地予以报道，这在当时是一种十分宝贵的舆论支持。而天

1993年，冯小刚、刘沙、王姬、马晓晴等《北京人在纽约》主创访问《今晚报》社时，与冯骥才、吴若增、汤吉夫、薛宝琨、刘连群、张春生等津门作家、评论家、媒体人在一起。

津评论家的客观公正、天津观众的热情洋溢也像磁场一样吸引着他们，一次次走进《今晚报》社。

记者与名人的关系，除了最终成为好朋友的之外，多数情形下是一种工作关系，一种相互需要的关系。我与冯小刚大概就属于这类。在他成名之初，我们联系较多，除了他来天津外，我也到北京他的家中做客，他陪我看他刚刚拍完的电影《爸爸》的影碟，晚上就住在他家的客房里。他成立自己的公司时，我还通过我的好友、天津杨村小世界总经理杨世华在北京工体一带无偿为他提供了办公地点。

后来，随着冯小刚转战大银幕，成为中国“贺岁片之父”，炙手可热时，我们的联系反而比较少了。一则他成了大忙人，不便过多打扰他；二则进入媒体时代后，全国娱乐版面大膨胀，炒他的人太多，没有了“独家”的优势，我也就不想跟着“凑热闹”了。

但我对冯小刚的关注并未减少。在他的大片《集结号》、《唐山大地震》和《一九四二》公映时，我都在《今晚报》上以大篇幅对他的作品进行了正面评价。

李安：

制造视觉奇观的高手

印度青年“派”和一只名叫理查德·帕克的孟加拉虎在太平洋上漂流227天的故事，在2012这个玛雅人预言中的“世界末日”，正以不可阻挡的魅力征服着千百万观众：光是在中国，李安的《少年派的奇幻漂流》(以下简称《少年派》)就狂收2.76亿元票房，网上几乎一边倒的好评。

从形式上看，《少年派》像是一部现代版的《鲁宾孙漂流记》，抑或是浓缩版的《诺亚的方舟》，但编导的创作意图并不止于此。这个被各国导演视为畏途的题材，到了充满挑战精神的李安手里，便被打造成一部熔哲思、艺术和炫技于一炉的奇幻大片。

提到海难，使我马上联想到19世纪法国画家德拉克洛瓦的《梅杜萨之筏》。一只绝望的木筏在波峰浪谷间颠簸，忽然，海平面上出现了一个船影，于是，那些饥饿的、垂死的人们拼命摇晃手中的布条，求生的欲望在他们身上燃烧……

实际上，《少年派》中，派的生存状态便与《梅杜萨之筏》无异，只不过，派的身边还有一只吃人的斑斓猛虎，这就进一步增加了派的生存难度。李安力图通过这个故事，诱发一种关于信仰、生存和生命意义的思考；片中最后表述的“人与虎”和“人吃人”两个版本，也是为了强化这种思考的深度。

但在我看来，这部奇幻大片中有两点最值得推崇：一是昭示我们：在人生的绝境中，一定要不放弃、不绝望，希望就掌握在自己手中；二是在3D技术上的突破：无论是惊涛骇浪、浩渺星空、荧光水母、飞鱼冲船，抑或是人与兽的危险对峙，都给人绚丽惊艳和身临其境般的视觉体验，难怪连《阿凡达》导演卡梅隆也称赞李安的《少年派》是“3D技术的另一个开始”。

“派”的故事萌生于印度街头

一部优秀电影的背后，往往都有一部优秀文学作品作为改编的基础。李安的《少年派》就是根据加拿大作家扬·马特尔的同名小说改编的。

20世纪90年代末，马特尔还是一位无名作家，且经济拮据，如果再写不出有影响的作品，将不得不找份普通工作以解决生计问题。于是他到了印度。“这是一个神奇的国度，”马特尔这样回忆道，“它不仅拥有古老的文明，也处处充满大自然的召唤。比如在街上走着走着，你会遇到大象、猴子之类的动物，感到它们是与人类共存的。这些感官上的刺激会让你很有画面感，于是关于少年派的故事便在我脑海中浮现出来。这是一个关于冒险、生存、希望与信心的故事，也是一个能让人产生信仰的故事。”

小说出版后很快成为畅销书，全球销量超过900万册，一举获得英国布克奖、德国国家图书奖等多项文学大奖，并受到各国电影导演的青睐。但是，由于涉及大洋漂流、人虎共处等一系列技术难题，《少年派》便成为一块烫手的山芋，无人轻易敢碰。

马特尔在接受外媒采访时表示，小说中有很多关于神、宗教和信仰的抽象论述，你得挑战字里行间的意蕴；而且少年派与老虎在海上漂流的画面，有许多技术上的难题，要转化成具体可视的影像，几乎是无法完成的任务。而李安不仅成功地将《少年派》搬上银幕，忠实传达了原著的精神，而且还有自己的创造，如，小说中没有派在黑板上书写与他名字同音的圆周率小数点后20位数的情节，也没有年幼的派想与老虎交朋友的桥段。这两个细节为派在海上脱险后，老虎头也不回地离他而去、致使他情绪失控，做了最好的铺垫。又如，小说对沉船的描述只有三个字“船沉了”，李安却要动用大量人力物力和技术手段，真实再现海上暴风雨导致沉船的恢宏场景。

李安与奥斯卡“小金人”。

李安就是敢于冒险的“派”

电影热映期间，网上曝出李安年轻时的一张照片，与少年派的形象作了比对，认为二者“有惊人的相似之处”。

这真是一个有趣的现象：当人们喜欢一部电影时，就把它的创作者视为作品的主人公。确实，无论从外貌上还是从精神上，李安都像少年派一样，内心充满了好奇和探险精神。

从表面上看，李安绝对属于导演中的谦谦君子，儒雅、平易，总是一副笑眯眯的样子；但在他内心深处却有一颗不安的种子，一遇到适合的阳光和温度，就会不可遏止地生根、发芽、开花、结果。

例如，十年前李安遭遇中年危机，浑身拧巴、不安，却偏偏要拍武侠，拍暴力，尝试那些从未尝试过的题材，结果，就有

大师的拥抱：
李安（右）与斯皮尔伯格。

了问鼎奥斯卡的《卧虎藏龙》，有了引发争议的《色·戒》，有了《绿巨人》、《断背山》和《伍德斯托克》。他会一口流利的英语，在好莱坞拍片如鱼得水。在华人导演中，没有谁比他更国际化了。他总是在跨民族、跨宗教、跨文化的多种题材和风格的尝试中，探讨隐藏在不同故事中的人性的善恶、美丑。这种宽广的国际视角，使他的电影为全球观众所接受和欣赏，就不足为奇了。

《少年派》也是如此。一般导演不敢碰的动物、小孩、水，他全碰了。更牛的是，他还碰了3D。他先用一年时间做了一套卡通片，展现派在海上漂流的戏份，然后送给制片方美国20世纪福克斯，又花了一年半拍摄、一年半做后期。耐得住寂寞，舍得下苦功，乃是一个艺术家成功的要素。

还有3D。李安并不熟悉这门技术，他是边学边干的。支撑着他的自然是他敢于冒险的性格。应用奇幻瑰丽的视觉特效，见证大自然和神的力量，正是3D的擅长。也许李安并不信神，当少年派在海上暴风雨中发出“天问”时，他是将“神”当做东方人常说的“老天爷”来对待的。那个镜头极其壮观、极其震撼。

李安说他是一个“制造幻觉和说故事的人”，在这一过程中，他亢奋过，也沮丧过。因为他做每个镜头，都力求做到最好；但也经常遇到艺术上和技术上的难题，令他十分困惑和纠结。所以，《少年派》的拍摄过程，也是一个不断发现、不断调整和不断探索的过程。

“我做这部电影，有一种灵魂从自己身体里走出的感觉。实际上不是我选择了电影，而是电影选择了我。我只是它的工具和仆人，一切都是自然发生的，与机缘有关。”李安说。

“数码老虎”和 3D 的妙用

一个人与一只老虎共处一只救生艇，在茫茫太平洋上漂流了 227 天，这样的故事小说好写，电影难拍。何况，还有令人匪夷所思的海上风暴、浩渺星空、恐怖鲸鲨和撞人飞鱼，以及食人岛上的无数狐獴，人与野兽、人与自然相互对立又相互依存的关系，都被李安表现得活灵活现，真假难辨，给观众如临其境的艺术感受。

真正高明的技术是看不出技术的存在，正如观众明知魔术是假的却看不出内中奥秘一样，《少年派》做到了这一点。以那只孟加拉虎为例，你可能想象它是一只经过训练的、比较听话的马戏团老虎，拍摄时对演员有保护措施；却未必想得到它是一只“数码老虎”——因为它做得太逼真了，完全看不出任何技术破绽。

为了制造这只李安要求的“有野性魅力”的老虎，特效师先搭建了老虎的骨架，用于控制它的基本动作，继而在骨骼上附上肌肉、皮毛和虎纹，然后通过电脑控制其动作和表情。光是这只老虎就花了一年时间，负责毛发的就有 15 名动画师。

还有影片中的海上暴风雨场面，少年派和他的一叶扁舟在波峰浪谷间颠簸着，电闪雷鸣，惊心动魄，充分表现出人类在大自然暴怒时的渺小与无助。这样精彩的镜头，你绝不会想到它是在台湾一个废弃的机场里挖掘的水池中拍摄的，汹涌的海浪则是用 12 台抽水机人工制造出来的。为了控制海浪的形状、流速和节奏，以及水花的颜色、反光和折射，工程师们足足试验了好几个月，又经过了一年多的后期电脑制作。

《少年派》近乎完美的视觉效果令“3D 之父”卡梅隆都赞叹不已，认为它不可能做得再好了，“《少年派》的意义在于李安将 3D 的运用成功地拓展到其他领域、其他题材的电影中去，打破了 3D 只适合拍科幻片和动画片的固有模式”。

“神”就在每个人的身体里

3D 特效技术为《少年派》营造出美轮美奂的视觉奇观，

李安与《少年派的奇幻漂流》主演苏拉·沙玛。

《少年派的奇幻漂流》电影海报。

从观赏的角度说观众看得十分过瘾。但李安并不满足于此。他想忠实传递出原著的文学性和人生哲思。这是《少年派》高于一般商业大片的地方。在电影的前半个小时里，他不仅交代了作品中的人物关系，为其后的海上漂流做了充分铺垫，而且通过少年派与父母之口，探讨了有关信仰、宗教、科学与理性等问题。

幼时的派信仰过印度教、基督教和伊斯兰教，父亲却告诉他：什么都信，就等于什么都不信；而科学是认识外部世界的真正钥匙，要学会理性地面对现实世界。派把手伸向笼中的老虎，想与之交友，父亲却告诫他丛林的生存法则。虽然海上脱险后派感谢老虎，“因为有了你我才有了生存意志”，老虎却并不领情，头也不回地返回了丛林。这些具有象征意义的情节中，有不少值得思考和品味之处。

印度是一个多神信仰的国度，小说中充满着神秘主义色彩。

但李安认为，宗教是一种人为的东西，有强烈的社会性；当派到了海上，面对的只有人与自然的冲突时，更多的是对其生存智慧和生存能力的考验。这其实也是当今年轻人面对的一个现实课题。

派坐在小木筏中学习《海上自救指南》，试着与老虎打交道，磨炼自己的生存意志。当海上风暴肆虐，电闪雷鸣，派仰望苍天，祈求神的护佑时，“神”并未显灵，最终使他走出困境的是他自己，真正的“神”就在每个人的身体里。在人生的困境中，千万不要放弃，不能绝望，这是派、也是李安带给我们的最大启发和教益，也是这部影片如此受关注和喜爱的最重要的原因。

成龙：

成功缘于“超人”勇气

从走进 IMAX 巨幕影院，戴上立体眼镜的那一刻起，成龙的《十二生肖》便紧紧抓住了观众的眼球：跌宕起伏的情节、惊险刺激的打斗、幽默诙谐的台词，以及 IMAX 所营造的惊心动魄的视觉效果，堪与好莱坞动作大片相媲美。更难得的是，它不仅仅是一部观赏性很强的商业大片，更将故事背景放到追讨流失海外的国之瑰宝——圆明园十二生肖兽首上，从而表现出超越以往成龙电影的一种深度、一种情怀。

据称，《十二生肖》是成龙的第 101 部电影，也是他最后一部“搏命”的武打片；看过电影之后我们似可得出这样的结论：无论从哪个角度说，《十二生肖》都是他最好的和最有代表性的作品，因为在这部影片中，他不仅担任导演和主演，还兼任了包括出品、监制、编剧、武指（武术指导）在内的总共 15 个工种，可以说倾注了全部心血、也将其才能发挥到了极致。所以，《十二生肖》在上海首映时，成龙当场获颁了两项吉尼斯世界纪录证书：“表演特技最多的演员”和“一部影片中兼职最多的电影人”。

2013 年元旦当晚，在央视《开讲啦》节目中，成龙讲了一段颇为有趣的话：每次刷牙洗脸，看到镜中的自己都会想到，我怎么会变成这个样子，真是个奇迹！一个小武行，五块钱一天，演“死人”最成功，还总挨武指骂，从影四十年坚持不用替身，经历过三十余次受伤，主演过上百部电影，终于成了国际功夫巨星和华人“名片”，都是一点一滴做人做事得来的。他搭别人车时先甩干净自己的鞋、如厕时只用一格卫生纸这类生活细节，充分证明了演好戏必先做好人的道理。他说，“我不是超人”，但他为艺术所下的功夫、所做的牺牲，也绝非常人所能比拟的！

十二生肖兽首：从历史到传奇

《十二生肖》讲述的是成龙扮演的侠盗杰克为领取国际文物贩子劳伦斯开出的巨额奖金，四处寻找圆明园十二生肖中失散的最后四个兽首。在寻宝过程中，他与中国文物专家关教授的学生COCO结下了深厚友谊，并在最后关头放弃了金钱，搏命挽救国宝，将兽首归还中国。

与成龙以往的作品不同，《十二生肖》的故事虽然是虚构的，带有强烈的传奇色彩，却有着真实的历史和文化做背景。

十二生肖兽首，是圆明园西洋楼海晏堂外大水法（喷泉）的一部分，清乾隆年间铸造，由意大利传教士、宫廷画家郎世宁设计。1860年，英法联军火烧圆明园，掠走大量珍贵文物，十二生肖兽首流失海外。目前，牛、猴、虎、猪、羊、马已回归中国，鼠、兔在法国藏家手中，龙、蛇、鸡、狗仍下落不明。12年前，兽首首次在法国公开拍卖的消息引起国人关注，更使成龙意识到这是一个绝好的创作题材：让流失的国宝“完璧归赵”，本身就能唤起人们的爱国心和民族情感；加上多年来，成龙一直想用他的电影与好莱坞一决雌雄，这两方面的原因促使

成龙是中国功夫的代表人物。

他将《十二生肖》搬上大银幕。影片中关于十二生肖兽首的历史与现状、国际拍卖机构的拍卖活动、各国人民要求归还被掠夺文物的游行示威，以及猖獗的文物造假活动等，都一一展现在观众面前，给人以强烈的现实感。

成龙表示，他现在拍戏是为了追求自己的艺术理想："我拍电影是希望能表达一些我认为正确的东西，尤其近些年来，我已经不需要为了钱而拍戏，传递正能量才是最重要的。我的电影，从《警察故事》、《A 计划》、《醉拳 2》、《神话》到这次的《十二生肖》，都在号召大家爱护自己国家的文化遗产，都是爱国、爱文化、爱地球的电影。"

成龙坦承，中国电影在技术上与好莱坞还有很大差距。他在美国参观卡梅隆的《阿凡达》拍摄现场时，感到他们的技术太牛了，看也看不懂，只好不懂装懂。"很多片种我们拍不过他们，只能用最'笨'的、搏命的功夫去抗衡好莱坞！"

成龙认为，这种抗衡其实也是一种交流，如果大家都对彼此的文化有多一些的了解，那么摩擦就会少一点。而电影就是一个很好的媒介。“坦白地讲，我们拍的《花木兰》没人注意，他们拍一部《花木兰》的动画片，就在全世界大卖。为什么我拍的电影比《尖峰时刻》好，却不能像它那样在全球大卖呢？为什么美国文化更容易被世界所接受呢？我希望通过和他们的交流与合作，在拍摄上面、体制上面、游戏规则上面，都能向他们学到一些有益的东西。”

艰难搏命生涯　方显硬汉本色

以银幕硬汉著称的功夫巨星成龙，在《十二生肖》一开始，便以一身“滑轮衣”贴地而行，在法国的盘山公路上与全副武装的追兵巧妙周旋，动作之“炫”，对决之激烈，令人眼花缭乱、心惊肉跳。而片中所有高难度高风险动作，都是成龙亲自完成的。这是他迥异于其他功夫明星的一个重要特征，也是他与好莱坞角逐的“撒手锏”。

影片热映期间，有成龙的“粉丝”绘制了一幅“成龙全身受伤图解”，通过 X 光透视下的人体骨骼图，标注了成龙从影以来身体各个部位断裂、脱臼、移位、扭伤、骨折和重创多达三十余处，可以说，从头到脚没一个好地方，让人看到了动作明星在鲜花和掌声背后，所付出的常人难以承受的巨大牺牲和代价。成龙还透露说，他肩膀上现在还有一处伤等着开刀，需要嵌入两根钢钉。

艺术需要有献身精神。成龙就是这一规则的最好诠释者。“没人能替你奋斗”，这是成龙的经验之谈，也是他此次在《开讲啦》中演讲的主题。

成龙回忆早年他在香港一个商厦里拍《警察故事》时，从五层多高的共享空间攀着一根铁柱凌空滑下的场面，至今心有余悸。当时，所有机器已经摆好，300 个演员各就各位，只等成龙往下跳了。导演问："准备好了吗？"成龙向前俯瞰了一下，好恐怖啊！虽然还未准备好，但他心一横，胆一壮，回答："可以了。""开机！"导演一声令下，只见成龙纵身一跃，跳出的一刹那，脱口发出一声绝望的呼喊，至今留在影片中："死吧，啊……"他成功了，而现场所有人都半是惊吓、半是心疼地哭了鼻子，包括张曼玉、林青霞。

"哭什么，有什么好哭的？很简单的动作嘛……"成龙打肿脸充胖子，反过来安抚别人。

一上车，成龙就呼呼大睡。

不知过了多久，只听司机一声呼叫："大哥，到了！"

成龙睁开眼，却无论如何也打不开车门——他的手已经肿了，整个人都虚脱了。

而《十二生肖》是对成龙体能和意志的最大挑战。如今的成龙已五十有八，从"大哥"晋级"老汉"，今非昔比了，却要面对一系列年轻人都胆战心惊、未敢尝试的惊险高难动作，这一点，绝对是超乎常人的。其中，给人印象最深的是成龙从飞机上跳伞后，与对手在空中争夺国宝兽首，以及身背900磅机器，从南太平洋的瓦努阿图活火山口上一路跌下的镜头。

成龙在空中飘浮的动作，是在澳大利亚采用"风洞"方法拍摄的。成龙曾在前方发短信给出品人王中磊，向他倒了一肚子苦水："在空中根本不受控制。昨天早晨五点半就到现场，大阴天，从六点就拍我一个人，一直都是吊和飞在半空中，直到下午吃饭才放下来。今天气温只有2摄氏度，我在280度风速的大风扇吹拂下在空中飞来飞去，吹得脸都变形了。你可以想象我有多冷、多苦、多累、多痛！晚上打着大灯继续拍，十一点半才终于大功告成……"

在瓦努阿图火山拍摄时，从山下走到山顶需要一个半小时，而取景的第一天，正遇火山喷发，浓烟滚滚，热浪灼人，山体

成龙与《十二生肖》中的美女主演。

震撼，摄影师及一众人等为安全起见均远离火山口，只有成龙脸不变色心不跳，孤身一人跑到火山口上蹦跳，吓得众人连连惊呼，不忍目睹。

拍摄成龙为夺宝，从空中跌落火山，又从山顶滚落山脚时，危险系数极高，每滚一遍，满嘴满脸都是黑色的火山灰，“我当时就想，如果拍这场戏我死掉了，我就是 Legend（传奇）！”

成龙说，我不是“超人”，只是一个专心的人，对自己、对电影、对观众负责而已。我们没有好莱坞那样的高科技，就要用自己的一身功夫“搏命”，这也是我们的长项。

“龙女郎”百里挑一 “龙大嫂”首度现身

正如“007”身边总有美艳而身手矫健的“邦女郎”相随相伴一样，成龙的电影中，也不乏类似的“龙女郎”。在《十二生肖》中，“龙女郎”则形成一个国际团队——既有中国跆拳道冠军张蓝心、影星姚星彤，又有法国演员白露娜和来自美国的凯特琳－谢德尔。影片尾声，“龙大嫂”林凤娇的现身虽只有几个镜头，却也成为一个重要噱头。

张蓝心，身材修长，面容姣好，直爽干练，在影片中饰演国际侠盗集团成员COCO，按成龙的定义，是个“亦正亦邪有情有义”的女子。谈起她的入选，还有一个有趣的小花絮——

出身于武术家庭的张蓝心，曾是2004年全国55公斤级跆拳道冠军，退役后一个偶然的机会，接到一个陌生人的电话，自称是成龙的助理，邀她前去试镜。张蓝心的第一反应是遇到骗子了，所以很快挂了电话。五分钟后，电话又打过来，说我们真的是成龙公司的，正筹拍一个片子，听说你是跆拳道冠军，想请你去试试镜。张蓝心感觉对方挺真诚的，便答应前去试试。一个人去不放心，又让妈妈陪着……“这就是我的奇遇记。”张蓝心说。

成龙是通过武术指导认识张蓝心的。当时与张蓝心一起试镜的还有两个女孩，一个被淘汰，另一个来自台湾。“其实我蛮喜欢那个台湾女孩，她就是表情不好，试镜是一个反复拍摄的过程，让她再来一遍，她就皱眉，一副很不耐烦的样子。张蓝心就不是这样。当功夫差不多时，就要看人格了。”成龙说。

姚星彤的入选也颇费周折。她饰演的角色是一个留法学生，但法语和英语都不过关，幸好离开机还有九个月，她便利用这段时间恶补英语和法语，而且九个月未接其他电影。

邀请息影多年的太太林凤娇出镜，是成龙的一个大胆“创意”：“关于这个角色，之前也考虑过很多人选，包括张曼玉、巩俐、章子怡，相信会让人惊喜，但不会有林凤娇这样的震撼。有了这个想法时，我跟她软磨硬泡，没想到她一口回绝，还说我是神经病。她觉得自己息影多年，已不适应这种片场的工作。后来我又几次求她，她才略微松口说，到时候再说吧！到《十二生肖》接近完成时，她看我这次拼了老命很不容易，总算同意下来……林凤娇永远是对的，我知道自己做得不够好，所以我永远都让着她！”

成龙的一番话，让我们看到了一位视电影为生命的银幕硬汉的侠骨柔情。

细节决定成败　人品决定艺品

如厕小便只用一格纸，搭车之前先净鞋，甘为后生当替身，片场兼做保洁员……这些看似简单琐碎的生活细节，发生在成龙身上，多少有些匪夷所思。一个在海内外大名鼎鼎、拥有多处豪宅和亿万身家的功夫巨星，会如此节约，如此礼貌，如此不要大牌、不讲身段，干这些几乎谁都不愿干的脏活累活儿吗？

事实的确如此。所以，当今天成龙对着镜子时，连自己都感到奇怪：一个小武行，五块钱一天，当“死人”最成功，身上插着刀，永远一动不动；一有“死人”的戏，武指就让他躺到前景最醒目的位置……直到有一天，武指开车从他身旁路过，把他叫上车——直到今天，成龙说他搭别人的车时，都采取同样的姿势：打开车门，让屁股先坐进去，然后用力将鞋子上的土甩掉，如果是雨雪天，则要将雪和水甩掉。一个细微的小动作，体现了一个人的习惯和素养。“一个小动作，人家会非常欣赏你，机会由此而来。”

从此，武指每天让他搭车，与他聊天；他也从 40 个（群众演员）到 10 个，从 10 个到 1 个，18 岁就当上了武指。

抚今追昔，成龙总结了一句话：细节决定成败。20 岁时他也曾年少轻狂、荒诞不羁，与一般人相比，他也并无多少特殊之处，只是一步一个脚印，一点一滴做人做事罢了。

对《十二生肖》，成龙更是身兼多职，摄制组的各个艺术部

成龙执导的《十二生肖》电影海报。

门几乎都被他“染指”了。从来不用替身的成龙甚至为别人当起了替身。当有些年轻演员的动作不能满足他的要求时，他干脆换上他们的衣服替他们演。他自嘲就爱瞎操心，喜欢把片场的所有事情都管起来，包括收拾大家扔掉的垃圾。所以，“龙女郎”们把“上得厅堂，下得厨房”稍加修改，夸赞成龙大哥“上能飞檐走壁，下能收拾垃圾”。

正如歌里唱的，不经风雨，怎么见彩虹？任何人都不会随随便便成功，任何人的成功都有他的道理。对成龙来说，他是一个闻名遐迩的功夫巨星，更是一个坚守传统道德观念和注重自身修炼的男人。他主张孝顺父母不要流于表面和做给别人看，而要在父母健在时多尽孝心；他热心慈善和公益事业，倡导环保节约，更慷慨表示，死后要将全部财产捐献国家……而在《十二生肖》中，他通过男主人公海外夺宝的故事，表现出一种炽热的爱国情怀。

细节决定成败，人品决定艺品。成龙，不愧为全球华人的一张闪光名片！

周星驰：

“喜剧之王”的草根色彩

一部带有荒诞色彩的喜剧电影《西游·降魔篇》，继《泰囧》后再创国产片票房奇迹，实在出乎人们的预料。如果说，《泰囧》的成功存在诸多偶然因素，如档期选得好，观众有从众心理等，那么，《西游·降魔篇》的成功又说明什么呢？是周星驰的知名度和影响力使然，还是这种喜剧片类型更有市场号召力？

看过影片后留下的印象是：两者都有。

周星驰，一些人眼中的“天才”、“喜剧之王”，一些人眼中的“无厘头”始作俑者；有人称赞他做事认真、爱岗敬业，有人批评他独断专行、把钱看得太重……总之是个有争议的多重性格的人。

在《西游·降魔篇》之前，我们对周星驰其人了解不多，因为作为香港影星，他很少在内地抛头露面，给人感觉比较低调；加上一口不太灵光的港式普通话，交流起来也比较吃力。这次不同，他在接受多家媒体访谈时的表现，使人对镜头下的周星驰的真面目真性情，有了一个粗浅的认识和了解。例如，他其实是一个生活中并不好笑、并不擅长表达自己、几乎把电影当成人生的全部、拍片时非常认真和为追求完美不怕得罪人的人，这从他才刚50岁就熬出一头白发，以及为把柴静的问题回答得更好而苦练普通话这样的细节中，便可清楚地看出。

《西游·降魔篇》算不上什么惊世骇俗之作，但确实拍得挺好玩，也不乏感人之处，取得如此票房成绩，应该说是有它的道理的。其中最值得一提的，是周星驰喜剧从人物形象到语言对白的浓郁“草根”色彩，这是它始终牵动观众笑神经的原因所在。

草根色彩：源于童年的市井生活

《西游·降魔篇》一开始，呈现在观众面前的是绿水青山间的小渔村景象，小女孩在水边玩耍，父亲将渔网罩在头上，装作水妖逗弄女儿，却被真的水妖衔走。霎时，小渔村里展开了一场惊险刺激的人妖大战，而文章饰演的陈玄奘对化作人形的水妖，企图用《儿歌三百首》和真善美的说教加以感化，结果险遭其害，幸被舒淇饰演的段姑娘救下并萌生爱意……一连串出人意料、令人捧腹的噱头由此而生。

被水妖吞噬的渔民、拼死抢救女儿的母亲，以及空虚公子身旁的“四大美女”，饰演者皆为影片外景地横店的农民和“横漂”的群众演员，不仅年纪偏老，且颇具草根气质。拍摄中周星驰要求这些演员的唯一标准是“丑”，而且要素颜出镜和“丑”得自然。

不仅“打酱油”的演员丑，被压了五百年的黄渤的孙悟空也蓬头垢面、衣衫褴褛，长相又丑又怪，即使画了脸扎上靠也缺了点“齐天大圣美猴王”的英姿与气概。而舒淇的段姑娘，也不施粉黛，虽有风情，却少了些往昔的娇美。

周星驰为何要“丑化”演员？为了接“地气”，渲染草根的市井风情，还是为了增加人物的滑稽性和喜剧的笑点？我们

周星驰与主演为《西游·降魔篇》首映造势。

不得而知，但观众不仅未挑剔演员的外形，有的群众演员（如“四大美女”）还因此在网络上走红，却是一个有趣的现象。在荒诞喜剧里越是“草根”，越是怪诞，越能吸引观众的眼球，这也许就是周星驰的“险恶用心”吧！

《西游·降魔篇》的草根色彩源于周星驰贫困童年的记忆。当时，他与离异的母亲和三姐弟住在香港九龙的棚户区，全家人挤在狭窄的木板房中，睡的是上下铺的架子床。年幼的周星驰最爱趴在窗边，窥探对面楼房里草根阶层的市井生活。而他心目中的英雄，竟是邻居一位会武术的老爹和一个灭蟑高手！9岁时，他才有了真正的偶像李小龙。为了成为功夫英雄，他开始习武，练铁砂掌……而童年的这些生活细节，都出现在他日后的电影中。

记得在《唐伯虎点秋香》中，周星驰饰演的唐伯虎因为不小心踩死一只“宠物”蟑螂而号啕大哭“白发人送黑发人”，恐怕就是源自他儿时与蟑螂打交道的经历。还有在《西游·降魔篇》中，他所营造的有山有水的渔村和形态各异的渔民形象，恐怕也与他童年时身处的“猪笼城”有异曲同工之妙。这或许可以说明，童年的经历对一个艺术家世界观和价值观的形成影响深远，以致后来即使成名了，拥有了亿万身家，儿时形成的草根情怀仍是根深蒂固的，并会情不自禁地出现在自己的作品中。

从“无厘头”向人文关怀的转型

周星驰，是香港“无厘头”喜剧的始作俑者。

何为“无厘头”？“无厘头”出自粤语方言，指一个人的言谈举止没有依据、没有来头、荒唐无稽，令人难以理解；在表演风格上，就是“尽皆过火，尽皆癫狂”。

周星驰在“无厘头”时期主演的电影，多是模仿偶像的滑稽可笑的小人物，也是他典型的“无厘头”方式，即不断嘲弄、解构人们早已形成的“英雄”的概念和模式。

以李力持执导，周星驰、巩俐主演的古装片《唐伯虎点秋香》为例。改革开放初期看过一部同题材的港片《三笑》，感觉人美，景美，音乐美。而周星驰的搞笑版“三笑”却来了个大颠覆，各种后现代手法层出不穷，无论是行为艺术绘画、现代打击乐表演、时装模特的猫步以及毒药广告等搞笑创意“一锅烩”，使原本斯文优雅的才子佳人戏面目全非，风流倜傥、才华横溢的江南四大才子被刻画成庸俗好色的市井之徒，秋香也没有了古代丫嬛的俏丽与矜持，变得俗不可耐，不禁惋惜巩俐接片不慎，自毁了形象。

从那时起，“无厘头”倒了不少观众的胃口。

也许是汲取了《唐伯虎点秋香》失败的教训，周星驰此后不再满足于一味搞笑，而是越来越多地在作品中注入自己的人文情怀，以及对人生和爱情的思考。于是，他至今最钟爱的《喜剧之王》问世了，励志、爱情、从跑龙套到成为“喜剧之王”的奋斗历程，很像他自己人生的缩影。几年后，他又以一部大量运用特技、制作颇为精良的商业大片《功夫》，宣告了他转型的成功，令人刮目相看。

在《功夫》中，周星驰式的幽默和搞笑仍比比皆是，却不再一味依赖演员的夸张过火表演，而是运用了大量特技镜头，让角色大施拳脚、飞天遁地，想象力之丰富大胆，令人瞠目结舌。更值得一提的是，影片不仅愉悦和逗乐了观众，而且可从中悟出一些朴素的人生哲理，如：真人不露相，露相不真人；人外有人，天外有天；最高的高手连自己都不知道；而比一切功夫更有价值的，是从黄圣依饰演的哑姑身上表现出的真、善、美。这就使观众在被周星驰的"无厘头"逗笑之后，产生了某种思考和感动。其后的搞笑＋科幻的《长江七号》，再次证明了周星驰的电影精神：简单、欢笑、感动。

于是，到了《西游·降魔篇》中，我们在一次次爆笑之后，会为玄奘滑稽落魄的外表下所怀有的一颗善良悲悯之心而感动；也会为段姑娘一往情深倒追玄奘最后为之献出生命的真爱而感动。"一万年太久，只争朝夕"，不仅是角色给人的启迪，也是早生华发的周星驰给人的启迪。

成功探秘：不断探索，与时俱进

喜剧演员、笑星，常被人想象成生活中也一定是块活宝，性格外向、机智幽默、擅长搞笑，其实不然，很多喜剧演员生活中都很严肃。

周星驰就是这样。在宣传《西游·降魔篇》期间，柴静、马云都与他有过对话，从这些对话的视频中可以看出，周星驰是个性格内向、不善言辞、处世低调的人，但活得比较真实。他坦承自己不懂政治，无心时事，不好吃喝，也很少旅行；他的全部生活就是专注于电影，这些年有关他的是非毁誉也多与电影有关；他坦承自己对钱看得比较重，因为小时候家里穷，就想多赚点钱，所以不仅拍电影，也炒股、炒房地产。

“我是一个工作时很认真的人。”周星驰说。在他执导的电影中，从策划、剧本创作、美术、特效、武术指导，到后期制作、混录，他都要“插手”，事无巨细，亲力亲为。他的助理说过：“连一根牙签掉在地上他都会管。”话虽夸张了些，却是周星驰工作状态的真实写照。更有甚者，拍摄中遇到不满意处，他会直接干预，当众改戏，不惜与对方翻脸。结果，合作者和演员中，与他解约分道扬镳的不在少数。

《西游·降魔篇》导演之一郭子健则对周星驰有另一番描述：“他在拍电影上是一个大孩子。孩子想玩什么就拿什么，因为周星驰太爱这样的东西。”

的确，从片场上的一个小龙套，到蜚声海内外的“喜剧之王”，周星驰的人生充满酸甜苦辣，而始终支撑他的就是对电影的爱。因为爱，他熬白了头发；因为爱，他至今孑然一身；因为爱，他不断探索、转型，与时俱进，让自己的思维保持活力。

《西游·降魔篇》电影海报。

当他玩腻了、观众也看腻了“无厘头”式的搞笑后，他马上调转船头，与高科技接轨，在《功夫》中玩起了特效；当香港的电影市场逐渐萎缩时，他来内地拍了《长江七号》和《西游·降魔篇》，在幽默搞笑之外，多了几分深刻、几分内涵。尤其是后者，超过11亿元的票房成绩刷新了国产片的多项纪录，创造了《泰囧》之后的又一个奇迹……

内地电影市场是个诱人的大蛋糕，但要切走一块并不容易。从周星驰的这两部作品中不难看出，为适应内地观众的观赏口味，他做了不少功课——如长江、西游，都是内地家喻户晓的文化符号，题材本身就有吸引力和认同感；近年来一些流行的网络语言，包括内地广告上常见的“肾虚”一词，也被移植到剧情中；《西游·降魔篇》幽默搞笑＋浪漫爱情的剧情模式，投合了内地电影市场的主流人群年轻人的胃口；最后，还有他自身的号召力和影响力，无不为他的电影积攒了超高的人气。

据报道，在《泰囧》大热时，周星驰曾约见小字辈的徐峥，向他讨教电影营销方面的经验。“虚心使人进步”，周星驰真的进步了，可喜可贺！

我与张纪中：

“大胡子”是怎样由黑变白的

一

张纪中崇尚英雄主义。

他担任制片人的几部大戏，无不是金戈铁马，壮怀激烈，令人扼腕叹息、柔肠寸断的古代英雄豪杰的悲壮故事。

实际上，他本人便是一个活脱脱的古代武士形象——古铜色的脸膛，1.8米多的个子，膀大腰圆，粗犷豪放，而其最显著的特征就是一头雄狮般的美髯。

多年前，当张纪中从晋中大地“杀”回北京时，须发还是黑的；拍完《水浒传》，变成斑白；待《笑傲江湖》问世时，他须发已近全白了。是何种力量令他未及“知天命”之年，便“白了少年头”呢？

一个最合乎逻辑的推断是：他的特殊经历和特殊职业使然。

近距离观察他那副桀骜不驯的大胡子，我能想象到，那其中每一根银丝，都必定为某种不同寻常的经历所缠绕，见证着他的苦恼、他的愤怒、他的思索和操劳。有一刻，我甚至萌生了一个滑稽的念头：他的“运气”说不定是这一脸大胡子带来的；假若有一天他把嘴巴剃光，很难说他还是“这一个”张纪中。

“大胡子”张纪中。

胡子是他的标志，胡子是他的“品牌”。

初识张纪中时，他还是山西电视台导演，与另一个“胡子”张绍林搭档，一人做制片主任，一人做导演兼摄影，拍了很多风格质朴、乡土气息浓郁的电视剧，几乎年年获颁“飞天”、“金鹰”大奖，是电视界的“山药蛋派”。

1994年，张纪中和张绍林受命筹拍中国古代四大名著中的最后一部《水浒传》，分镜头、组班子、选演员、搭外景，历时三年零八个月，终于将《水浒传》成功搬上荧屏。1998年春，当刘欢那“路见不平一声吼，该出手时就出手”的主题歌响彻千家万户时，张纪中和张绍林应邀率《水浒传》主创人员来津，参加《今晚报》主办的大型艺术研讨会，聆听冯骥才、夏康达、张春生、刘连群、张仲、薛宝琨、汤吉夫、赵玫等文化界、评论界人士对作品的真知灼见。会前，我带他们到《今晚报》编辑部参观出版流程。当时，我的办公桌上堆着的大量读者来信来稿，引起了编导和演员们的极大兴趣，他们神情专注地争相阅读，了解普通观众对《水浒传》、对每位演员表演的品头论足。

二

2003年春，张纪中躲在北京一处地理位置偏僻、对外秘而不宣的部队招待所里，紧张进行金庸武侠剧《射雕英雄传》的后期制作时，经好友王文升穿针引线，我得以走进张纪中的“密室”，与之聊天、交谈。

杜：近年来，你热衷于金庸武侠小说的改编，在《笑傲江湖》播出后广受诟病的情况下，仍义无反顾地投入《射雕英雄传》的拍摄。为什么如此执著？

张纪中：我为什么要拍金庸的武侠片？熟悉我艺术经历的人都知道，当年我做《三国演义》、《水浒传》的制片人，积累了运作大戏的经验，为今天拍摄武侠片奠定了基础。所以，再拍《笑傲江湖》和《射雕英雄传》，也就是水到渠成、顺理成章的事了。

金庸先生的小说，读者面非常之大，又多次被港台同行搬上银屏。港台片统治内地 20 余年，从《霍元甲》、《陈真》到《上海滩》，对内地改革开放后通俗文化的发展走向起了很大作用。现在的趋势是港台片越来越滥，由我们来重新演绎金庸的武侠小说，也是为了向世人证明：这种类型的电视剧是可以用另外一种形式表现的，内中融入了我们对武侠文化的认识和思考，如英雄主义情怀。我认为，当今社会缺乏英雄主义情怀。英雄壮举可能不会在每个人身上体现，但情怀的高尚却是值得提倡的。我希望疾恶如仇、匡扶正义、路见不平、拔刀相助，能在我们的社会蔚然成风；希望我们拍的武侠片能弘扬英雄主义情怀，给人以潜移默化的影响。

杜：由于体制不同，我们的制片人与海外有很大差异。制片人除组织好电视剧生产外，还必须处理好各种复杂的矛盾关系。你认为对一个成功的制片人来说最重要的是什么？做一个制片人难在哪里？

张纪中：以前我们的影视生产基本沿用的是苏联的“导演中心制”，没有真正意义上的“独立制片人”。而今，随着艺术品走向市场，制片人的地位也在悄然提升，这是一个可喜的变化。

我认为对一个制片人来说，最重要的是眼光，即对事物的辨别力和艺术鉴赏力。眼光是长期艺术实践积累的结果。回顾我从艺十几年的工作，哪样做得成功，就可能沿着哪条路走。譬

1998年，张纪中、张绍林率电视剧《水浒传》剧组来津参加研讨会，图为会后剧组主创与天津作家、评论家合影：因为评论家刘连群很欣赏王思懿的“潘金莲”，所以二人被大家推到中心位置，使得差点就出了画面的“西门庆”李强（后排左一）颇为落寞。而冯骥才、张纪中、张绍林、任大惠等“核心人物”被挤到后排不显眼的地方，作家汤吉夫、评论家薛宝琨则只露出半张脸……全然没有了梁山一百单八将的“尊卑”和“座次”。

如说，我当过演员、编剧和导演，说句笑话，因为别的工作都未做好，才“沦落”为制片人。而制片人这个角色，恰恰使我好动、精力不集中等缺点，转化为制片人的专业特长——即可以在同一时间里，盘算着不同的事情，兼顾到各个艺术工种：导演、演员、服化道、烟火照明和武打，将我以往积累的经验、知识和修养尽可能发挥出来。合格的制片人不是我的标准，我的标准是做一个好的制片人。

其次是意志。一个制片人的意志比任何人都要坚强。我很欣赏爱因斯坦的一句名言：“苦恼和甜蜜都来自外界，而坚毅则来自一个人自身的努力。”电视剧拍到一定时候，就靠意志来支撑了。因为旷日持久的拍摄对人的体力和心理都是一种巨大的消耗，人人都想说："算了，差不多就行了！"这时，制片人要比他们更坚强，要明确告诉大家：No！你要凑合，他们比你还凑合！

第三是用人。制片人的优势和能力就在于，能够起用一流的艺术人才，将大家的意志和智慧凝聚起来，和谐地拧成一股绳。我不能仅仅指手画脚，命令他们该做什么，不该做什么，因为我在任何一个专业方面，都不及那些大艺术家、大演员！我要用我的热情和真诚，用我的责任感，调动起大家的工作积极性。举个例子。拍《水浒传》时，我们商定邀请香港著名武打设计师袁和平加盟。当时，我的腿部因车祸受伤，不得不拄着双拐三下江南（当时，袁和平正在杭州拍戏）。第一次无功而返。第二次又无功而返。第三次我干脆在拍摄现场坐等，直到袁和平拍戏回来，抱歉地说："哎呀，不好意思，让张先生久等了！"我说："袁先生，古有刘玄德三顾茅庐，今有张纪中三下江南，我如此诚心诚意，您还执意不肯出山吗？"袁和平朗声大笑道："好吧，我就去吧，我让你给感动了！"

还有《射雕英雄传》中的梅超风，青年舞蹈家杨丽萍起初不愿接受这个角色。我就苦口婆心地对她讲，我们如何挖掘梅超风性格中的美，她的造型如何飘逸，手指动作如何富有表现力等等。结果她不仅来了，而且非常敬业，镜头也拍得很优美。

杜：你如何看待工作中的困难与挫折？

张纪中：拍戏过程就是解决一个又一个困难的过程，这是一个永无休止的过程，是对制片人应变能力、心理承受能力的一个考验。

拍《笑傲江湖》时，邵兵走了，李亚鹏还没来。有人说，男主角都没了，你怎么还谈笑风生呢？我说，总不能哭去吧！如果我情绪不佳，眉头紧锁，势必会影响整个剧组。大家有缘相聚一起，就要快快乐乐度过每一天。但生活就是这样，往往是愁苦多于快乐，所以，保持良好的心态最重要。遇到困难和挫

七朵“金花”和一片“绿叶”的搭配——我与王思懿和津门女记者们。

折，谁不会发脾气、骂大街？但都于事无补。出了问题要马上想应急措施、补救办法，“泰山压顶不弯腰”。剧组辛辛苦苦搭建的摄影棚失火了，再追查谁、埋怨谁也没用了。我脑子里飞快地想着的是下一步该怎么走，如何尽快把烧毁的景点重新搭建起来。

三

2007年秋，我的新书《名人，开门》在天津图书大厦举办首发和签售活动，包括天津市老领导石坚、陆焕生和文联主席冯骥才在内的数十位天津文化界、新闻界知名人士出席。下午两点，嘉宾们都已到齐，只差专程从北京驱车赶来的“大胡子”张纪中了。不料，那天京津高速公路出了事故，张纪中被堵在半路，直到签售结束，“大胡子”仍寸步难行。万一晚上他到了，读者也走光了，岂非白跑一趟？

怎么办？我忽然急中生智，给我的好友、著名评剧艺术家

最令张纪中和演员们认真和兴奋的是，在我办公桌上翻阅大量读者来信，读者们对《水浒传》的评头论足比起专家来可能更朴实、更直率。

曾昭娟拨了个电话，问她可否组织本团演员前来“救场”。小曾真够意思，当即找来几十位青年演员到图书大厦恭候。他们都是下午排练完，一身疲惫饿着肚子来的，其中还有一对小夫妻怀抱着婴儿。就这样足足等了将近两个小时，直到夜幕降临时，才终于见到“大胡子”灰头土脸的身影。

《今晚报》在第二天的报道中，有一则花絮是专门写这件事的，兹摘录如下：

《名人，开门》一书首发仪式的嘉宾中，张纪中出来得最早却到的最晚，早上 11 点就从北京出发了，赶到天津图书大厦时，已经是晚上 8 点。对于迟到，这位 1.8 米开外的大胡子导演感觉自己很委屈，“真是气死人了，我在高速整整被困了 8 个小时，一点儿办法都没有。”这是张纪中见到读者说的第一句话。

原来，张纪中的车被堵在了京津高速上，因为前方出现车祸，只能眼睁睁干等在那里，“我在车上吃了几块饼干，不饿，赶快给读者签吧。”这是张导讲的第二句话。张纪中深表歉意地向依旧等在这里的读者双手作揖，一边给读者签字，一边解释。

"报纸都发了消息，如果我不来，读者该认为我是骗子了，所以不论有没有读者等着我，我都会来。现在文艺圈有些人耍大牌，我又不是什么大牌，更要说到做到。再说，杜仲华是我多年的好朋友，他又写了我，我当然要来。"

张纪中说，现在很多娱乐记者热衷绯闻，喜欢炒作，而杜仲华坚持的文化写作风格为娱乐记者树立了好的榜样，为了这一点，自己就要来为作者助威。说这次来天津一是为好朋友出书祝贺，二是想见见冯骥才主席，和他说说话。张纪中说自己也喜爱文字，特别尊重写文章的人，他自己也试着写了一本《行走江湖》，但让他在文字与镜头中选取自己的最爱时，他说："我还是干我的老本行吧。"在签售会现场，张纪中还收到了一份特别的礼物，天津市女画家李德珍将自己创作的张纪中画像赠给了他。

由张纪中执导的新版电视剧《西游记》受到各家媒体的共同关注，问起这件事时，张导特别向《今晚报》记者透露，现在这部电视剧正在修改剧本，最早的开拍时间也要等到来年的下半年。

在为最后一名读者签完名后，大家一起围上去和这位"大胡子"合影留念。迟到的张纪中用诚实守信为《名人，开门》的签售会画上完美的句号。

我与郭宝昌：

《大宅门》剧组来津记趣

2001年春，电视荧屏上出现了一朵奇葩：由郭宝昌执导，斯琴高娃、陈宝国等一众实力派明星主演的电视剧《大宅门》。

说它“奇”，其一，是因为《大宅门》是郭宝昌根据自己的生活经历、耗尽毕生心血和精力才完成的一部旷世之作，被誉为当代《红楼梦》；其二，《大宅门》首次在荧屏上提出“宅门文化”的概念，而发生在其中的人物、故事无不具有独创性和传奇色彩；其三，大导演张艺谋、陈凯歌、何群、姜文，欣然为当年在广西电影厂工作时的恩师郭宝昌“打酱油”，在《大宅门》中客串了一些不起眼的小角色。

适逢《大宅门》全国热播，5月19日，郭宝昌率《大宅门》主演斯琴高娃、陈宝国等主创来津，参加由《今晚报》文化部主办的《大宅门》研讨会及观众见面联欢活动。

一

“为拍这部戏我苦等了四十年！从16岁到56岁，从小说到电视剧本，《大宅门》耗尽了大半生的心血！”

2001 年 6 月，郭宝昌率《大宅门》剧组来津，参加《今晚报》主办的研讨会和联欢会。图为郭宝昌（前排左三）、陈宝国（前排左二）、斯琴高娃（前排右二）等在今晚大厦前合影。

5 月 19 日上午，在今晚大厦二楼会议大厅，方面、平头、黑框眼镜、身穿一件紫红色衬衣的郭宝昌，面对冯骥才、夏康达、张春生等津门文化界、评论界人士，深情介绍了《大宅门》的创作过程和体验。

"我所经历的事、所认识的这些人，无时无刻不在激动着我，所以我一直说，我是在用生命来写这部作品。我从 16 岁开始写这个小说，历时四十载，三次所写的原稿被毁于政治风波、社会动乱和家庭变迁，几乎丧失了坚持下去的信心。我想通过我耳闻目睹、亲身经历的大宅门里的生生死死、恩恩怨怨、血泪情仇、几度兴衰，让人们知道：历史上曾有这么一些名不见经传的人，曾经这样地做人，这样地活着，他们或者辉煌，或者龌龊；或者顶天立地，或者懦弱无情，就是这样一群人，魂牵梦萦地跟着我，使我片刻不得安宁。现在，我终于写出来了，拍出来了，我松了口气，死也瞑目了！"

正忙于文化保护工作的冯骥才，很少有时间看电视剧，但《大宅门》是个例外。"为了收看《大宅门》，我耽误了一个中篇的写作。”大冯笑言。在他看来，电视剧创作面临一个浅薄化、粗鄙化的现象，而《大宅门》提供了一个精致化电视剧的样本：《大宅门》有较强的文学性，写出了一些过去没有过的性格鲜明的人物；作品描绘了从清末到当代的社会生活画面，无论人物、情节和细节，都是独特的，生动细腻的，有很高的认识价值；作品提炼了大量地域性语言，很有老北京特色等。

二

走出今晚大厦，郭宝昌一行来到《大宅门》观众见面会现场——天津新建居民小区金厦新都花园。宽阔的小区广场上，早已搭起一座巨大的带红色拱门的舞台，一个个彩色气球和一幅幅欢迎条幅迎风飘舞；台下，一千多名观众在烈日的灼烤下已经静候多时。

“宝爷”在一片热烈的欢呼叫好声中，神采奕奕地走上舞台，用颇为地道的天津话向观众致意：“拍戏在北京红不叫红，在天

郭宝昌与女作家航鹰聊得火热。

津红才叫红。这不，我带着《大宅门》来闯天津卫了，希望天津的老少爷们儿多多支持！”

在《大宅门》中有出色表演的“二奶奶”斯琴高娃，是当日最受追捧的明星，在大家的喝彩中走到台前的她，不改一贯坦诚直率的本色：“你们可别把我当外人看，当年在天津拍《香魂女》，使我成为天津的荣誉市民，所以我是咱家里人。今儿个我回到天津，是向大家汇报的，你们甭客气，俗话说打是亲骂是爱，你们该打就打该骂就骂，这样的话我才舒服。”

饰演“七爷”白景琦的陈宝国本来就是地道的天津人，他早期最成功的一部电影，就是在冯骥才的《神鞭》中饰演的“玻璃花”。当观众强烈要求他出个节目时，陈宝国告诉大家，在《大宅门》里有一段京剧道白，他学了半年也没学好，今天就在大家面前“献丑”了：“待俺赶上前去，杀他个干干净净，有道是不入虎穴，焉得虎子”，果然是字正腔圆，韵味十足，台下已是掌声四起。鲁继先（饰詹王爷）、杜旭东（饰无赖韩荣发）、张谦（饰胡总管）、赵毅（饰白敬业）等，也各自献上拿手好戏，让观众一饱眼福。而天津本土的歌唱家李瑛、李青资、姜德贤、牛豹、韩宁等，也以《难忘今宵情》、《今天是个好日子》、《天堂》、《锣鼓》和《大宅门》主题歌，表达了对《大宅门》拍摄成功的祝贺和对编、导、演的敬意。

更令郭宝昌一行印象深刻的是，社会各界人士和观众以不同形式表达了对《大宅门》的喜爱之情。徐悲鸿的学生、著名画家赵静东分别向郭宝昌和斯琴高娃赠送了形神兼备的人物肖像画；书画家李翔龙以“宝光国华”书赠陈宝国；楹联学会秘书长赵玉森向剧组赠送对联，上联是“大宅门，人转物移，演绎千秋故事”，下联是“百草厅，风吹云涌，相因明日黄花”。

徐悲鸿的学生、著名画家赵静东（右一）向郭宝昌赠画。

三

2003年11月11日，时隔两年，《大宅门》续集（第41至72集）播出后热度不减，郭宝昌再度率剧组主创赵季平、江珊、赵小锐、石小满、金玉婷等莅津会知音，请评论家和观众批评、把脉。

研讨会上，女作家航鹰回忆起二十多年前，与郭宝昌在北影初次见面的情景。当时，根据她的小说改编的三部电影在北影陆续投拍，而郭宝昌的"反革命"帽子还未摘掉，谈起艺术却滔滔不绝，所以航鹰称赞郭宝昌本身就有与白景琦一样的叛逆性格，面对困难百折不挠。她还从《大宅门》联想到《红楼梦》、《家》、《春》、《秋》，这些经典之作都是从人物命运出发展开情节、叙述故事的，只有具备深厚的生活基础和文化底蕴才写得出来。剧作家许瑞生、评论家刘连群等，也就《大宅门》的"宅门文化"概念、剧中人物塑造、民族手法和戏曲音乐的运用等给予高度评价，并对第三部的创作提出中肯的意见和建议。

11月11日注定是一个感动的日子，这一天，正是郭宝昌

郭宝昌、江珊为观众签书。

郭宝昌、柳格格伉俪喜读《今晚报》关于《大宅门》的报道。

与夫人柳格格的结婚纪念日，于是，当天下午的签名售书活动，变成了一个签名、合影和祝贺的“联谊会”，活动的协办方还特意为郭宝昌伉俪订了一个大蛋糕，使这次观众见面活动始终喜气盈盈。而郭导的老朋友、著名演员孔祥玉，郭导在广西厂拍摄的两部纪录片的女主角特意到今晚大厦看望“宝爷”时，这种既热闹又温馨的气氛被推向最高潮！

对话尚敬：

正能量与嬉戏搞笑的杂糅

2006年2月，一部别开生面的古装情景喜剧《武林外传》风靡了华夏大地。应《今晚报》邀请，该剧导演尚敬携编剧宁财神，主演阎妮、姚晨、沙溢、肖剑、姜超等一众“大侠”来津与观众见面联欢。

五年后，尚敬将原班人马重新招至麾下，将已成名牌的《武林外传》搬上大银幕。在电影版《武林外传》公映期间，我与导演尚敬进行了一次交谈。

杜：现在回过头来看，《武林外传》风靡一时，大获成功，首先是因为它具有一定的批判精神，通过一个个饶有风趣的小故事，借古说今，与现实紧密勾连，使人产生强烈共鸣……

尚敬：是的，如果情景喜剧的锋芒不对着人性的弱点、社会的弊病的话，其讽喻功能就不能充分施展出来；另一方面，在目前的国情下，又不能随心所欲、任意发挥，我们还肩负着弘扬主流价值观和真善美的任务。所以我说，把正确的导向和价值观与一个借古说今、嬉戏搞笑的外观（包装）巧妙结合起来，就是《武林外传》的基本精神气质。

杜：《武林外传》在喜剧表现手法上大胆创新，如让古人说现

2006年2月，导演尚敬率剧组主创来津，参加《武林外传》观众见面会。图为（从左至右）肖剑、沙溢、宁财神、尚敬、姚晨、阎妮、姜超在今晚大厦前。

我和阎妮、姚晨、尚敬、宁财神等《武林外传》主创在一起。

是谁让“大侠”们笑得这么开心？——《武林外传》观众见面会上。

代语，甚至网络语，在剧中穿插大量流行歌曲，让人觉得很新鲜、很搞笑；但也有人接受不了，批评它是“大杂烩”。你觉得呢？

尚敬：对，是这样。按现实主义创作原则，是不允许这样表现的。但这恰恰是《武林外传》能杀出来，被年轻人接受的原因。这要感谢我们这个时代，由于时代开放了，变得有宽容度了，才有了《武林外传》的生存空间。这也是物质和精神生活丰富的一种成果：大家都愿看到更多新鲜的东西，新鲜的东西不可能成熟，所以往往会招致批评。但不能因为害怕批评就不去新鲜。所以我们确定《武林外传》的表现手法是：现实主义的教诲与后现代的结构结合起来；传统感、历史感与流行文化、网络、闹剧结合起来；时尚、前卫与生活化结合起来。从某种意义上说，它的确是一种“杂拌儿”。人们为何爱吃火锅？就因为它口味丰富嘛！

杜：现在大家都看到了，一部《武林外传》，捧红了阎妮、姚晨、沙溢众明星。据说，这些演员起初并不十分擅长喜剧表演，作为导演，您是如何挖掘他们身上的喜剧细胞的呢？

尚敬：这个问题问得非常好。我一直认为，喜剧演员有两

“闺女，让我拍一张！”
——天津观众似乎特别喜欢姚晨。

种：一种是职业喜剧演员，如卓别林、赵本山、陈佩斯，从长相、气质、灵气、幽默感到口才等，都仿佛是与生俱来的，不干这都不行。也包括赵丽蓉、宋丹丹、蔡明，堪称国宝级的笑星，如果让她们转型演正剧还麻烦，容易让观众发笑。还有一种，即普通的正剧演员，通过特定的戏剧表达方式，可以喜剧化地完成角色的刻画。我的这些演员属于后者。作为导演，我在与他们合作时，恪尽职守，始终遵循一个原则：让演员在《武林外传》中完成自己的喜剧角色的塑造，但不想将其变成彻头彻尾的喜剧演员。事实也是如此。阎妮、姚晨、沙溢等，演技提升、内心丰富后，已能胜任各类角色，有意识地摆脱了《武林外传》的表演模式。包括这次拍电影，阎妮曾担心再演老板娘会否“定型”。这些演员人红了，情未变，首映式上都情不自禁地感动落泪，《武林外传》是他们成长中最关键的一环。

对话宁财神：

《龙门镖局》是为微博时代打造的

他有一个古怪的网名：宁财神；一个古怪的长相：身材瘦小，蓄着平头，眉毛又弯又粗，与人聊天时偶尔眼睛睁得很大，不知是兴奋还是惊讶。但熟悉他的人说，其实他这个人很真诚，胆子不大，甚至有点羞涩，言行举止绝不像他喜剧作品中的人物那般张牙舞爪。

他从小就与众不同：由于脑瓜聪明，15 岁就以少年大学生的身份，考入上海华东理工学院学习国际金融专业，毕业后到北京发展，玩过期货，开过设计公司，当过网站编辑，又为追一个女孩开掘出写作潜能……终于，一部别开生面的古装情景喜剧《武林外传》使他一夜爆红，成为内地炙手可热的网络写手。

2006 年春，宁财神曾随《武林外传》导演尚敬，主演姚晨、阎妮、沙溢等应邀来今晚大厦与观众见面联欢，忆起与天津观众的激情互动和交流，宁财神至今感到十分温暖。

2013 年夏，宁财神“七年磨一剑”的《龙门镖局》在天津卫视落幕，观众的反应也从最初的吐槽逐渐归于理性，给予作品相对客观公正的评价。在此过程中，宁财神做了一件其他编导较少做过的事：与观众同步观看《龙门镖局》并搜集各种反馈，尤其是那些吐槽的内容，这样，戏播完了，他也知道了观众究竟想要什么，为他即将着手创作的《龙门镖局2》提供改进的依据。

宁财神近影。

当头一棒，只因观赏心理浮躁

杜：《龙门镖局》开播之初，观众反应就两极分化，有喜欢的，也有吐槽的，而吐槽者中，有些人只看了第一集就断言它是个“烂片”，马上换台，而且遭到这种待遇的剧作远不止你这一部，具有一定的普遍性。你认为这反映了怎样一种观赏心理和批评风气？

宁财神：你说得很对，《龙门镖局》第一拨儿收视，观众、网民，包括媒体，不熟悉这部戏的节奏、人物和风格，盲目拿它与《武林外传》比，第一天就给它定性为“烂片”，不看了。这对我是不公平的，等于不分青红皂白，上来就给我当头一棒。其实《武林外传》一开始也不被大家认同，播出的第一周也被骂惨了，骂它不伦不类，骂演员不会演戏，怀念《我爱我家》；这回播《龙门镖局》，又怀念《武林外传》，骂我，跟上次一模一样。《龙门镖局》40集，他只看了十分钟就给毙了，这说明什么？说明我们的观赏心理浮躁；好在很多人坚持下来，第二天恶评就少了，喜欢的人越来越多了。还有这个时代最被动的一件事，就是现在很多年轻人看电视剧，类比的往往是美剧，因为现在有话语权的，音量大的，都是看美剧的；国产剧只有播火了，他才看。硬拿我跟美剧比，怎么比呀！人家一个团队，光编剧就多少人啊，况且一年才24集。就等于外面在打仗，我什么防护也没穿就直接扔战场上了！

我认为不同的题材和样式，不同的表演风格，不同的语境，从观赏者的角度说都有一个逐渐适应的过程。同为情景喜剧，看惯了《我爱我家》，再看《武林外传》，就会觉得表演怎么这么夸张过火，感觉不舒服；美剧也是，看惯了《六人行》，再看《摩登家庭》，也会觉得特别奇怪，不舒服。

《龙门镖局》是为微博时代打造的

杜：我感觉，除了与《武林外传》类比，与美剧类比外，有些不喜欢《龙门镖局》的观众，是否因为看不懂或不喜欢你在剧中大量使用的网络语言和网络典故？你说过，这部剧是为微博时代打造的，为什么？

宁财神：微博时代，简单说就是手机的时代，大家在刷新资讯时完全没有耐心，需要在短时间内见到最大量的资讯和信息，而《龙门镖局》便适应了这一时代要求，在信息量上是密度很大的。几乎每个人都有这个感觉：看第二遍时会比第一遍好看。因为他在大致熟悉了人物和剧情后，会有足够的精力转而发现每个地方的笑点和槽点。信息无处不在，如果观众没发现，不觉好笑，不是笑点高，恰恰因为你没发现它是个笑话。所以《龙门镖局》在网络上的搜索量数据特别高，相对更受网民的欢迎。

杜：你本身就是网络作家，你的创作素材是否主要是从网络上发现和吸取的？

宁财神：有媒体写我说，《龙门镖局》中采用了大量网络段子，我跟他们急了，我说，网络段子的意思是人家写的笑话你用了，等于抄袭。我即使用的话也会在片尾注明“本片中，某某段落来自互联网”。我也一直在呼吁尊重版权。我用的叫“网络典故”，比如形容一个女孩鲁莽就叫她“张飞”。很多东西感觉像网上的，其实大量来自生活，来自动漫和坊间，是一个特别庞杂的知识体系，如果观众知识面狭窄，就会只看到网上的部分。

杜：看你的作品，感觉就是一群古装人物演绎的现代故事，嬉笑怒骂中，影射了现实，针砭了时弊，这是否就是你的追求？

宁财神在拍摄现场。

宁财神：当然。我想在当下允许的语境内反映现实生活。打个比方，有一集说到网络暴力问题。网民在一个信息不完全透明的情况下，你有多少权利对人进行道德的攻击和判断？当你伤害了别人时，连句道歉的话都没有！可以说，《龙门镖局》每一集都在讲如何适应这个时代，这个环境，于是有的观众会觉得“说教”多了，但我觉得这要看比例，网友们很熟悉这些网络语言、网络典故，所以我觉得，《龙门镖局》更受网民的欢迎。

不认同“宁氏喜剧”的提法

杜：从风格定位上说，《龙门镖局》属于幽默搞笑，还是“无厘头”式的喜剧？

宁财神：“无厘头”的定义不准确，因为周星驰是无厘头，《武林外传》是无厘头，我们也是无厘头，无厘头只是喜剧中形式感比较强的一种方式，《龙门镖局》不同的是，它的动漫感和舞台感更强一些。

杜：你的电视剧被称作“宁氏喜剧”，你认同这个提法吗？你的喜剧和幽默细胞是与生俱来的，还是受到哪位前辈的影响？

宁财神：我不认同“宁氏喜剧”的提法，因为我还没到开山立派的时候。我在语言风格上受王朔的影响，在戏剧风格上受周星驰和美剧的影响。我其实看美剧特别多，对我创作的状态、情节结构、处理方式等，都是蛮有影响的。例如美剧《六人行》。

杜：喜剧是一种笑的艺术，而让人笑是很难的。你的喜剧中有那么多笑点，而且那么接地气，说明你的生活积累很丰厚。

宁财神：对，但我觉得更多的还是对时代的观察、思考和还原。我平时关注最多的还是民生吧，即人怎样活得更有尊严，更有安全感，这是每个人都需要的东西，也是容易产生“笑果”的东西。

再拍《龙门镖局2》会好一个级别

杜：据说，已落幕的《龙门镖局》是你的“测试版”，未来的修订版和《龙门镖局2》（或称第二季，这无疑也是受美剧影响）才是“正式版”。是这样吗？

宁财神：是的，到《龙门镖局2》我就会知道，观众究竟想要什么？这次我是一边看网上《龙门镖局》的直播，一边搜集网友的反馈，相信一轮下来，再拍会好很多。所以我这次要把剧本写满意了再拍，我要求《龙门镖局2》比《龙门镖局1》好一个级别才可以。

杜：我觉得你跟踪、搜集网民反馈，了解他们的观赏需求，为今后的创作提供依据的做法是十分聪明的，在影视编导中也是不多见的。你从中得到了什么启示，如何做到让《龙门镖局2》再上一个档次？

宁财神：我每天凌晨会与网民一起，等待网上的更新，直接了解网民的意见和反应，哪个人物，哪个情节和细节，给他们

宁财神执导的《龙门镖局》电视剧海报。

带来什么感受。比如所谓“说教”，我发现一超过30秒钟，网民就要吐槽了，因此再拍时，我会将它控制在两三句话，30秒钟以内，点到为止。又如，《龙门镖局》中有一集，讲述的是我做编剧时如何被片方牵着鼻子走的遭遇，我自己写时觉得特别过瘾，我太太熟悉圈子里的生活，她看了也说好。但观众就是没感觉。为什么？他们没有这方面的生活和切身体验。所以，这类“小众”的、大家兴趣不大的故事，《龙门镖局2》中就不会再写了。相反，网络暴力那集，网民反应特热烈，评论留言满屏皆是，这样的故事就可以多写。总之，我要把《龙门镖局》播出过程中的收视率、各个年龄层的反应、网民对该剧的口碑和意见等方面的真实数据，花一两个月时间一一梳理出来，好好沉淀一下，再开始《龙门镖局2》的创作。

杜：你对自己未来作品的更高目标和追求是什么？

宁财神：时代在变，观众在变，编导的目标和追求当然也要变：过去是跟国内比拼，现在是跟国际比拼——电影跟好莱坞比拼，电视剧跟美剧比拼。未来想做戏不难，做好戏，做有特点、有口碑、能留下来的戏，难！

太太是我作品的第一读者

杜：你身兼作家、编剧、监制，近日又成为江苏卫视《非诚勿扰》常驻点评嘉宾，即所谓的“黄柠檬”组合。从你个人兴趣来说，更喜欢幕前还是幕后生活？你的写作习惯是怎样的？

宁财神：在不考虑其他因素的情况下，我当然最想埋头写作了。比如我过一段时间就可以宅在家里写《龙门镖局 2》，操心的事会少很多，这是我最开心的时刻。我一般白天睡觉，夜里写作，因为夜里清静，电话少，心静一些。我每天写几千字，最多一万字，再多脑子就不够用了，写出的东西容易“水”。

杜：平时除了上网，你最爱读些什么书？

宁财神：我的阅读量非常大，主要是文史社科类的书籍；小说基本不看，怕看到好故事，记住了，自己写作时会不经意间用上，成了抄袭了。

杜：据说你走上文学之路，是从追女孩、写情书开始的，你聊《武林外传》，聊出一个老婆，是你现在的太太程娇娥吗？

宁财神：是的，原配。认识她时我已开始写《武林外传》了，写的过程中不断征求她的意见，如果把她逗乐了，她说好，这一集就算“过”了。写《龙门镖局》时也是这样。所以说她是我作品的第一个读者。在生活上，我没精力也没时间理财，完全交给她来打理。她现在开了个连锁客栈，在上海和武汉两边跑。

对话田沁鑫：

我骨子里是个戏迷

短发、圆脸、圆眼镜、黑色中式对襟小夹袄、黑色灯笼裤，一身修行装束配上腕间一串佛珠，眼前的田沁鑫不像当红话剧大导演，更像一个参禅打坐的佛家女弟子。

这位乍看有些深奥古怪的中年女子，接触之后便会感到她的热情、幽默和率真；尤其当你了解了她的身世、才气和业绩后，便不得不对她刮目相看。

田沁鑫，中国国家话剧院导演，以解读中国文化经典闻名，成名作《生死场》即根据女作家萧红的小说改编，之后的《赵氏孤儿》、《桃花扇》、《红玫瑰与白玫瑰》、《明朝那些事》、《四世同堂》和《电影之歌》等，无不以现代艺术观念与东方美学的完美融合、肢体表达和诗化语言的完美融合，以及复杂的时空结构、强烈的视觉冲击，在中国戏剧舞台上独树一帜。个人及作品屡获中国舞台艺术最高奖，如国家舞台艺术精品工程、文华奖编剧和导演奖、曹禺文学奖编剧奖、“金狮奖”导演奖等，被誉为当代最具实力和影响力的新锐导演。

2012 年春，“田沁鑫戏剧演出季”之《四世同堂》在北大百年纪念堂连演三场，场场爆满，一票难求。而作为演出季的女

田沁鑫艺术照。

主角，田沁鑫却抽身来到天津，排练她的最新力作、由刘晓庆主演的话剧《风华绝代》。

前往田沁鑫下榻的天津一家星级酒店探访时，她正与天津人艺院长钟海及一位年轻美术设计席地而坐，面对茶几上一个微缩的《风华绝代》布景模型，商讨最后的修改方案。

时间分分秒秒过去，待田沁鑫送走众人，终于能与我面对面交谈时，已是夜阑人静。紧张排练了一天新戏的田导面带倦意，不时打个哈欠、上下眼皮不住“打架”，却依然思路清晰、谈兴不减，而且有问必答，实话实说。

交谈中最令我震撼的是，虽身为导演，获奖无数、享誉海内的田沁鑫却公开抱怨当导演太累，不是她理想的职业。那么，她最喜欢干的是什么呢？“我骨子里是个戏迷，”田沁鑫笑着说，“看戏、参禅、喝茶，是我人生的三大爱好。”

当画家的愿望被妈妈扼杀

杜：据我所知，你自幼打下坚实的传统文化功底，而且多才多艺，是个跨界的复合型人才。先介绍一下你的身世和经历吧！

田沁鑫：我是地道的北京人，一半血统是在旗的，与老舍同属正红旗。祖先是皇太极入主中原时，与皇上一起进京的（笑）。我是被隔辈人带大的，姥姥姥爷酷爱京剧，姥爷与马连良关系不错，所以我从小就受到传统艺术的熏陶。小时候我最爱读明清小说，《红楼梦》、《水浒传》、《三言二拍》；外国小说看过《简·爱》、《基督山伯爵》等。科幻小说我也爱看，尤其叶永烈的科幻小说几乎被我看遍了。

小时候我挑食，身体不好，父母就送我到什刹海体校锻炼，由西方现代舞老师给我们上课，较早接触了现代舞。稍大父母又送我到戏校学习。但我爱看戏胜过爱演戏，因为我一上台就哆嗦（笑），当演员完全没有饭吃。我最大的愿望是像妈妈那样当一名画家。我觉得我要画画会非常幸福，因为我生性好静，比较内向，画画可以不说话，只跟画笔、颜色和线条打交道，不用跟人打交道。最难的是跟人打交道，多累呀（笑）！

杜：画画你正式学过吗？为什么没走上绘画道路呢？

田沁鑫：嗨，当画家的愿望被我妈妈扼杀了（笑）！她是个画家，却不让我报考美术学院，说女孩子哪有几个能成大画家呀！再说你画得水平也不够，要考美院就得求人，而她不愿意求人。

画画的梦想破灭了，我就到电影学院旁听。我喜欢电影文学，但电影学院分数线高，我考不上。我还喜欢考古，想考北大考古系；看了电影《李四光》，觉得敲石头、与大自然接触挺好玩，也想考地质大学……我就喜欢孤独的职业（笑），从未想过当导演。为什么最终选择了中戏导演系？毕竟我学过表演，专业上比较接近，又是做幕后工作，而且相对比较好考。

我骨子里是个戏迷

杜：这样说来，你在戏剧导演上的成就，基础都是在中戏的四年学习中打下的吧？

田沁鑫：也不全是。我觉得我最受益的是看戏。因为早在戏校学习时，我就看遍了北京人艺、青艺和全国各地晋京演出的剧目。据不完全统计，我国的地方剧种多达三百六十余种，在戏校七年，我看了三年戏，没看过的剧种，大概只有西南地区的傩剧了。

一位朋友曾经问我，如果你没名没钱，最想干什么？我想了特别短的时间就想起来了——我大学毕业后一无所有，就喜欢骑辆自行车到京城各大剧场看戏。我会为今晚能看一场北京人艺的话剧兴奋不已；会为认识一个剧场工作人员或演员兴奋不已，会请他吃饭，让他为我踅票；也可以去做义工，能让我“蹭”出戏看。看完一出戏，我会跟朋友一起，大冷天在一个特别小的铺子里，买瓶啤酒、一盘最便宜的花生豆，兴奋地聊着甚至骂着那出戏，骂完下次还看（笑）。这就是戏迷的生活，我骨子里是个戏迷（笑）！

杜：从你的话剧中，可以看到西方现代艺术的影响，这是否与你曾到英国和日本“游学”有关？什么叫“游学”呀？

田沁鑫：看戏呗！在中戏上学时，我有机会参加了东京青少年艺术节，两个月里看了好多戏。去英国是1993年参加伦敦国际艺术节，其间还访问了莎士比亚的故乡，在他墓地旁的教堂里看到莎士比亚的雕像，与以前看到的画像不同，是一个大脑袋的男人，脑袋长得像个大冬瓜（笑）。我还在麦克白、哈姆雷特等戏剧人物塑像前，一一模仿他们的姿态合影留念……所有这些都是无形的影响。我想，有这样与世界戏剧大师亲密接触的机会，也是苍天眷顾吧！临别，我花七英镑买了一尊莎士比亚的雕像背回中国。当时我很穷，花钱很省，却舍得省下一顿饭钱买个雕像，大家都觉得很奇怪（笑）。

导演就是个攒戏的师傅

杜：我觉得你的艺术经历特别有趣：妈妈把你当画家的愿望扼杀了；现在，由于做了导演，又把你当戏迷的乐趣剥夺了。不过，当导演毕竟是你情愿的呀？

田沁鑫：谁想当导演啊（笑）？我喜欢当戏迷。由于是戏迷，人生就有很多误会，也有很多幸运。误会是：你是个戏迷，却把它搞成专业了；幸运是：正因为你把它搞成专业，你看戏时所有的积累都帮助了你。人生就是这样一种欢喜和无常。然后有些戏不用太费力气就能做出的原因，是我知道这出戏怎么搞，以及怎么搞得更好。

话剧《夜店》剧照。

杜：那是因为你肚子里装的戏太多了！

田沁鑫：对。什么导演艺术家呀？你想明白了，就可以放下身段，干得比较轻松自由。我就知道，无论话剧还是什么剧种，只要有演员存在的都叫戏班子，戏班子里自然有攒戏的师傅。导演是什么？就是攒戏的师傅，真没什么可以讴歌和炫耀的。我常对青年导演说，别总牛烘烘的，不就是天赋好点，鉴赏力高点，还有不知哪来的一点情怀；然后会写点字，能把你的意思写清楚了，发个导演阐述或与记者聊时能聊到点儿上，就完了呗（笑）！是不是艺术家，得看后天的修为，有无善良悲悯之心，能否让观众体味到你那个舞台上所有假想的社会里的人情世

话剧《四世同堂》剧照。

故，从中得到一种情感和心灵的观照，或者产生某种思想和思考。如果你不把这个弄好，只想着艺术家的大帽子，那就本末倒置了。

我的戏剧比较“癫狂”

杜：都说你的舞台剧别开生面，好看、过瘾，恐怕与你的艺术观和美学追求不无关系。如东方美学与现代艺术的融合、肢体表达与诗化语言的融合等。你是怎样在舞台营造出这样的艺术境界的？

田沁鑫：我的戏剧比较癫狂（笑）。我会把古典的美学形式进行现代化包装和呈现，“翻译”给当下的观众，非常有画面感和艺术气质。不错，我在英国接触过西方现代艺术理论，看过伦敦大剧院和泰晤士河边的戏剧表演，甚至法国残酷戏剧创始人安特·纳尔托的很多极端艺术理论也影响过我。但所有这一切都是为了消化吸收后，为我讲述中国故事服务。比如《桃花扇》，我想在舞台上看到明朝人的生活方式，看到秦淮河畔一群风韵迷人的美女徜徉其间；侯方域等人划着船，与岸边三三两两的歌伎们眉目传情。那些女演员们都是抱着跑龙套的惯性思维来的，我说你们不是龙套，而是剧中一个角色，每个人的服装造型都很漂亮优雅，绝不敷衍。我会尊重每个人的生命存在方式。

杜：去年（2011），你的《夜店》和《大家都有病》十分火爆，就是“癫狂喜剧”的代表作吧？

田沁鑫：对，《夜店》受欢迎的程度是我始料不及的。因为我的制作人李东与徐峥关系挺好，徐峥演过一部电影《夜店》，就改编成话剧，也让年轻演员们练练手。《大家都有病》是根据台湾漫画家朱德庸的同名漫画改编的。这两部戏在表演风格上都符合我提出的“癫狂喜剧”的概念，即比黑色幽默更正面、热情些，演员演得很癫狂，观众看得很开心，这不挺好吗（笑）！

《风华绝代》是为了捧晓庆姐

杜： 近日，你和刘晓庆出席话剧《风华绝代》发布会的新闻被各大媒体炒得火热，你是怎样想起要将赛金花的生平事迹搬上舞台的，为何要请刘晓庆领衔主演？

田沁鑫： 也是一种缘分吧！国家话剧院把老舍名著《四世同堂》成功搬上舞台，目前已在海峡两岸演出数十场，近日又在我的戏剧演出季上公演，黄磊、秦海璐、陶虹、辛柏青等都在繁忙的影视拍摄间隙赶来参演，让我很受感动。《四世同堂》的出品人、北京巨龙公司老板刘忠奎是天津人，又是晓庆二十多年的好友，所以我们一拍即合。晓庆是位好演员，也是我的偶像（笑）。正是她提出排演《风华绝代》的。香港导演李翰祥在世时，就想请晓庆出演赛金花。我这次接捧也是为了“捧角”，无角不成戏嘛！天津人艺也是我少时有过依恋的剧团，因为我与吴祖光先生是忘年交，天津人艺演过他的《闯江湖》，给我印象很深。这次一接触，感觉演员们不仅表演有功力，人也风趣幽默，与他们的合作对我来说是一次愉快的经历。

杜： 能自我评价一下你对当前话剧演出市场的贡献吗？

田沁鑫： 这几年话剧市场比较活跃，为什么有些戏本来我兴趣不大也要做呢？就是为了培育市场，多往火堆里扔点劈柴吧（笑）！不管是桃木、梨木、核桃木还是檀香木，作用各不相同。最好是檀香木，有些可能是破烂也没关系，只要火堆不灭，就算物尽其用了，你说呢？

04

第四辑

我与影视明星们

我与刘晓庆：

女人活得漂亮才是本事

刘晓庆，是中国电影的一个传奇：她成名于20世纪70年代末，纵横影坛三十余载，多次荣获金鸡奖、百花奖，是名副其实的影坛“大姐大”；她狂傲自负，经常因口无遮拦引发争议，是不折不扣的“问题女王”；她驻颜有术，愈老愈显得年轻漂亮，更是许多人心中一个不解之谜……而对接触过她的人来说，她只是个性太强、对工作太专注和心态太年轻而已。何况，她身上的有些“毛病”，随着受挫后的觉醒和人生阅历的丰富，已有了很大改变。

一

初识刘晓庆，是1991年8月26日，我在刘晓庆经纪人刘忠奎的陪同下，前往天津望海楼电视剧《风华绝代》片场探班。《风华绝代》是海峡两岸四十多年来首次合拍电视剧，讲述了清末民初一个传奇故事，由刘晓庆和台湾帅哥欧阳龙主演。我们赶到拍摄现场时，刘晓庆正在化装，旁边还坐着从北京前来探班的她的好友姜文。化完妆，刘晓庆一边吃着早点，一边

刘晓庆（素描）
杜仲华 作

对记者说，她在《风华绝代》中一人饰二角：春妮和慈禧太后，这是角色的挑战；春妮要从17岁演到30多岁，这是年龄跨度的挑战，加上两岸首次合作，意义非同寻常，这是她愿意接拍这部连续剧的主要原因。

有趣的是，整整二十年后，她主演的描写民国奇女赛金花的话剧，剧名也叫《风华绝代》。只是，前一个《风华绝代》在大陆遭到禁播，后一个《风华绝代》已在全国巡演百场，各方评价颇高，火爆异常。非凡的演员爱演非凡的人物，刘晓庆就是一个典型。

二

1995年，刘晓庆饰演了中国古代唯一的女皇帝武则天。

就在被媒体炒得火热的《武则天》在央视黄金时间隆重推出时，刘晓庆却远赴法兰西，不知是否为了躲避媒体的追踪，寻找一份安宁的心境。在她看来，一个艺术形象完成后，是好是坏，是丑是俊，自有公论，无须自己饶舌。尽管如此，我还是通过关系，在她远走高飞的前夜采访了她。

杜：《武则天》问世之前，已有港台两个版本，你演武则天能超越它们吗？

晓庆：原则上，我做事情不去和别人比，而与自己的过去比，向自己挑战。我的对手就是我自己。

杜：你这几年下海经商，淡出影坛，马上演武则天，心理上有无压力？

晓庆：没有。我一直认为我做电影工作是很合适的，不像有人说的刘晓庆遇到挑战了，急流勇退了等等。当时对电影的兴趣减退，就不拍了；现在突然想拍，就拍了。唯一不适应的就是这几年下海，坐办公室多，主要是脑力劳动，而拍《武则天》，每天清晨五六点钟就要赶到涿州外景地，光化装就要三四个小时，而且一天要拍很多场戏，有时还跳着拍：这一小时拍16岁，下一小时就拍七八十岁，不但要马上换妆，还要表现出两种不同年龄和心理状态。你说辛苦不辛苦？

刘晓庆在电视剧《武则天》中饰演的武则天。

杜：很多人对你能演出十几岁少女的娇媚感到惊奇，这除了化装的因素外，有无表演上的诀窍？

晓庆：这是一个演员应当做的事，是分内之事。我知道自己能干什么，不能干什么，在我可知的领域内做我力所能及的事。例如我不能制造飞机，也就没必要去尝试了。

杜：你演老态龙钟的武则天，不担心损害你的形象吗？

晓庆：我从来就不是以形象取胜的演员。我认为漂亮与否并不重要，重要的是性格的魅力。武则天就是一个个性独特的女人，她的悲剧也就是她性格的悲剧。

杜：你的下一部片子是《潘金莲》吧？你总是喜欢有争议有难度的角色。

晓庆：我们每次做的事情，都应该是崭新的、前所未有的，在没有道路的地方开辟出道路来，没有什么可以借鉴的东西。我想演一个我所理解的潘金莲，侧重心理方面的描写。

杜：看来你今后会以艺术家和企业家两种身份交替出现？

晓庆：我这人比较自由散漫，喜欢随心所欲，因为人生是短暂的，应该抓紧时间做自己喜欢做的事。感情生活也是，有感情时就有，没有时就没有。

杜：你是否仍然认为，你是中国最好的演员？

晓庆：如果投票选举中国最好的演员，每人只能投一票的话，我肯定投自己。自己都不相信自己，就什么也别干了。我就是这么个理论。当然，我会花十倍的努力，去做花一倍努力就能做到的事情。

杜：名、利、地位，很多人可望而不可即的东西你都有了，你的人生还有什么遗憾吗？

晓庆：现在对我来说，有三件事最重要，第一是健康，第二是亲情，第三是知识。这些是属于自己的，其他都是身外之物，过眼烟云。

三

世纪之交，以饰演年龄跨度长达 60 年的女皇武则天而复出影坛的刘晓庆，已做起制片人，连续推出《逃之恋》、《皇嫂田桂花》等电视剧。

2000 年夏，应《今晚报》文化部之邀，刘晓庆率《皇嫂田桂花》主创来津，参加研讨会并与观众见面。

见面活动定在上午十时开始。从清晨起，便有刘晓庆的“粉丝”们陆续聚集在今晚大厦的高台阶前，肩上背着相机，手里拿着各种剪报和签名册，准备与难得一见的偶像零距离接触。

九时许，等候“女皇”接见的人群中忽然发生一阵骚动，定睛一看，只见一个蓬头垢面、上身赤裸的虬髯汉犹如“半路杀出的程咬金”，一屁股坐在今晚大厦的高台阶上，让人避之唯恐不及。保卫处通知警方，欲请走这位不速之客，不料，此人竟起身与警察矫情起来。

“谁是这次活动的组织者？”警察问身旁的一个保安。

“是我。”我不敢怠慢，上前答道。

“请你马上取消这次活动！”

“警察同志，这恐怕不行，这次活动的消息已经见报，如果取消，观众闹事怎么办？”

警察可能觉得此话不无道理，于是采取了行动。不久，一辆“110”警车鸣笛呼啸而来，停在今晚大厦门前。再找那个门前“搅局”的虬髯汉时，早已无影无踪。这时，悬在我心上的一块石头才算落了地。

2000年夏，刘晓庆率电视剧《皇嫂田桂花》主创来《今晚报》座谈联欢，时任《今晚报》副总编辑贾长华（后排后）设宴欢迎刘晓庆一行。坐者左为方青卓。

上午十时，刘晓庆率《皇嫂田桂花》剧组准时到达今晚大厦，稍事休息后，便到二楼大厅与观众见面、签名。这时，大厅里早已人满为患，水泄不通，这可忙坏了现场维持秩序的保安们。那天，刘晓庆的心情格外好，她面带微笑，不厌其烦地为每位“粉丝”签名、合影，一个多小时中竟用干了八支签字笔，右手食指上还磨出一个大血泡！更令刘晓庆感动的是，在其后的《皇嫂田桂花》研讨会上，读者代表夏凯将他精心书写并装裱好的一副对联赠送给她，上联是“诽也罢谤也罢好人怕嘛”，下联是“演也能导也能无所不能”，看到读者如此贴心的评价，刘晓庆脸上乐开了花。

之后，在刘晓庆因税案遭到羁押时，《今晚报》总编辑、也是我的好友贾长华多次在不同场合调侃我："杜仲（杜仲华的昵称）听说刘晓庆进去了，难过得好几天睡不着觉！"

玩笑归玩笑，睡不着觉的人轮不到我，但作为一家严肃的主流媒体，我们在刘晓庆落难时没有落井下石，跟风炒作，却是真的。

2004 年 3 月，刘晓庆复出来津拍片时，我到片场探班，与她进行了一次朋友式的交谈，并将交谈内容见诸报端。据说，这是她获释后首次与内地记者接触、交谈，此前，她只接受过香港凤凰卫视名嘴吴小莉的简短采访。

四

2012 年 7 月 13 日，刘晓庆怀着一种激动不安的心情来到天津，准备她在天津大礼堂的两场大型传奇话剧《风华绝代》的演出。

我作为晓庆的老朋友，当天下午捧着一束鲜花跑到大礼堂后台的化妆室，预祝她在天津的首场演出圆满成功。随后，刘晓庆轻妆淡抹、一身黑色运动短装来到舞台上，出席媒体见面会。面对不断闪耀的镁光灯和记者们的提问，她笑容可掬、仪态大方、从容应对，表现出一种历尽风雨洗礼后的成熟和淡定。

就在一年前，北京巨龙公司老板刘忠奎邀请国家话剧院著名导演田沁鑫为刘晓庆量身打造一部传奇话剧。田导擅长驾驭现当代文学经典，曾将老舍的《四世同堂》成功搬上话剧舞台。这次，他们不约而同想到了冯骥才的文化小说《三寸金莲》。于是，在我的引荐下，田导等主创两度来津拜访大冯，洽谈合作意向。之后田导忙于其他演出，计划一度被搁置，后因某些技

刘晓庆在话剧《风华绝代》中饰演的赛金花。

术问题，制作方不得不改弦易张，将目标锁定了《风华绝代》。在导演田沁鑫眼里，历史上的赛金花，皮肤白皙粉嫩，神态妩媚多姿；而且既然人称“赛二爷”，就必有泼辣豪爽、敢作敢为的一面，加上富有传奇色彩的人生经历，与刘晓庆颇多相似之处。田沁鑫说，看戏是看角儿的，她排练《风华绝代》就是为了捧晓庆这个“角儿”。于是，她让两个不同时代的传奇人物，在舞台上实现了一次“美丽的邂逅”。

对刘晓庆来说，《风华绝代》最大的挑战不是赛金花这个角色，而是话剧这种艺术形式本身。“因为人物理解起来，与我演过的其他角色区别不大，难度也不大。她其实只是一个草根，被当时的朝廷利用了一下；对我最难的是如何掌握话剧的表演技巧，因为我没有这方面的专业训练，况且当时是一边排练一边写剧本，给表演增加了好多难度。”

如何理解和演绎赛金花这个历史上的奇女子，刘晓庆自有主张：“我要演的，是一个刘晓庆式的赛金花！”进入剧组排练前，刘晓庆做了不少“功课”，如翻阅有关赛金花的书籍和历史资料，包括田沁鑫搜集的图像模糊的人物照片。但实话实说，没人真正了解历史上的赛金花到底什么样子，所以必然要加入演员自己的世界观和对人物的理解：“我觉得赛金花与我的脾气禀性有点相似，热情、好强、不畏人言，敢作敢当，危难之中挺身而出。当我开始进入角色时，感觉与她找到了心灵相通之处，一点都不陌生了……”

于是，人们看到了一个具有专业和职业精神的刘晓庆：为记熟台词，她一连看了 14 遍剧本，首次排练，一个下午就基本完成了一幕台词的表演和调度。剧中的赛金花有几段哭戏，每次她都真情流露，声泪俱下；每次下跪的动作，她也毫不迟疑“扑通”一下跪到地上，使双膝出现了一片瘀青。当田沁鑫心疼地劝她“悠着点儿”时，刘晓庆爽朗地笑道：“我是个不会讨

让自己变漂亮是女人的一种本事。

巧的人，要哭就真哭，要跪就真跪，只有掏心掏肺，全身心投入，才能让自己变成有血有肉的人物，而不是一个苍白无力的空壳。”……

大幕开启，当一身素雅旗装、面容清丽、身材婀娜的刘晓庆出场时，全场霎时爆发了一阵掌声和惊叹声，为她饰演的赛金花的扮相，也为她不老的神话。

的确，无论喜欢还是不喜欢刘晓庆，她在艺术人生路上百折不回的精神和不老的容颜，都是一个最大的谜，也是她最大的魅力之所在。所以，当被问及保持青春活力的秘笈时，她十分认真地表示：“我希望大家关注我的作品，而不要关注我的话题。实际上，没有一个话题是我自己制造的，演员也没有能力左右这些话题。如果非要回答这个问题，我会总结一下，写一本书，谈谈我对时尚和美的观念和态度，给爱美的女孩们提供一点参考。经常有人说我整容了，我权且把它当成对我变漂亮的夸赞。我认为美是发自内心的，只要你始终拥有一份美好善良的心，你就一定是美的。女人活得漂亮是一种本事，让自己外表和心态年轻也是一种本事。”

刘晓庆说她保持年轻的“秘诀”有三：一是心态好；二是喜欢运动；三是保持良好的生活方式。

刘晓庆还有一点“奇”处，如果你以为喜欢她的都是爸爸妈妈、爷爷奶奶辈的，就大错特错了：她的“粉丝”从“70后”到“90后”，现在主要是“90后”。而她与“粉丝”们沟通的主要方式是微博。刘晓庆开通了多个微博，拥有的“粉丝”近两千万，平均每天要发布两条微博。一些“90后”的小朋友爱看她的美图，还以不发就不睡觉相“威胁”，所以，刘晓庆演出或参加活动后回到饭店，立刻发布最新图片，哄她的“90后”小“粉丝”们“赶快睡觉”。刘晓庆还酷爱电游，什么“植物大战僵尸”之类，玩起来就忘乎所以，于是又获得一个“时尚御姐”的称号。

对话范冰冰：

演员是一群“精神分裂者”

瓜子脸、高鼻梁、大眼睛、白皙的皮肤和傲人的身材，范冰冰的美常常令人惊艳，从而想起白居易的著名诗句：“天生丽质难自弃”。

范冰冰成名很早，加盟琼瑶的电视剧《还珠格格》时，年仅15岁，其后便星运灿烂，一路走来，佳作迭出，从古装的《大唐芙蓉园》、《胭脂雪》，到现代的《手机》和《苹果》，不但高产，且获奖无数，其中分量最重的是2004年，因主演冯小刚的电影《手机》荣获第27届《大众电影》百花奖最佳女演员；2010年，因主演李玉的《观音山》夺得第23届东京国际电影节影后桂冠。2012年，她在《福布斯》中国名人榜上位居第三，是前三甲中唯一的女性。她还是时尚达人、名品代言，是中国扶贫基金会等多个社会公益机构的慈善大使、爱心大使……

“范爷”、“劳模”是人们对范冰冰的赞誉之词，确实，她的敬业精神在娱乐圈里有口皆碑。

陈可辛说：范冰冰本人的故事已经可以拍一部电影了。

刘德华说：她是内地最用心的年轻女演员。

陈凯歌说：女星有貌或有才不难，难的是两者兼备，冰冰就是一个最好的例子。

自然，人红是非多，在鲜花和夸赞背后，有关范冰冰的负面新闻也一直流传坊间，充斥媒体，令人津津乐道。起初她不胜其厌，久而久之，身上仿佛有了“免疫力”，面对非议和误解往往“一笑而过”，将全部精力都用在自己所热爱的表演事业上，反而获得了心灵的自由。

2012年5月，刚刚从第65届戛纳电影节开幕式上走红毯，以一袭漂亮的“中国瓷”再次夺人眼球的范冰冰，返国后不久，便以电子邮件的方式，回答了我向她提出的问题。

当人们津津乐道于她的负面新闻时，是否也应以公正客观的态度，关注一下她的另一面（也是主流方面）呢？

穿着“中国瓷”，觉得非常骄傲

杜：你的每次戛纳之行，无一例外会成为海内外关注的焦点，而焦点中的焦点，是你别出心裁的“中国风”造型的服装：从前年（2010）的“龙袍加身”，去年的“仙鹤红裙”，到这次的“古瓷仙子”，都是典型的中国符号、中国气派，可以说气场强大，夺人眼球，彰显了中华文化的独特魅力。你和你的服装设计师是怎样产生这一创意和构想的，意在向世界传达怎样一种精神的和视觉的形象？

范冰冰：首先，我是中国人，当然要在服饰中突出自己民族的特色。“龙袍”那年是我第一次走上戛纳电影节的红毯，很希望让看到我的世界各国的人们都知道我来自何方，于是才想到了把中国风的元素融合在服装上。当我站在红毯上，很多国外的记者用他们的语言腔调叫着fan或bingbing的时候，我觉得非常骄傲。中国的电影市场与国际接轨的时间不算太长，我们作为一批幸运的电影人，能有机会走出国门欣赏和学习国外的

戛纳红毯上的“中国瓷”。

电影艺术，以及帮中国和中国的电影加油打气，是一件令人骄傲和自豪的事情。这次也是最后时刻才想到穿 china（中国瓷）礼服，我的同事们在前一天一直待在我的房间里不走，想弄明白我到底要穿什么。我当时真的还没想好。虽然在戛纳走红毯很重要，但我不会提前一两个月把所有衣服都准备出来，很多东西不是靠准备就可以的。如果说一定要准备的话，就是一定要有文化上和审美上的准备。

杜：听说你第一次在戛纳走红毯时，心情也有些紧张，当时是怎样克服心理障碍，达到像今天这样从容自信的？请谈谈你三次参加戛纳电影节的过程、变化和内心感受。

范冰冰：应该说是一个不断成长和逐渐成熟的过程吧。第一年在戛纳是跟王小帅导演的《日照重庆》剧组去的，当时大家看到我穿着龙袍显得非常镇定，其实我内心很紧张很紧张，我下车的时候手都在发抖，设计师卜柯文一边扶着我，一边嘲笑我胆小，我身边的同事们则帮我鼓劲打气，所以我才能看似淡定地走过红毯。第二年是受戛纳组委会的邀请，跟韩国电影《登陆之日》剧组一起去的。那次心里已经有了点谱儿，不再紧张了。今年（2012）我是代表欧莱雅来。其实每年作为官方赞助商的代言人都会最先踏上红毯的，整个红毯上只有我们四个代言人，就像一个团队，感觉很强大。再加上跟她们几乎每年都会见上几次，彼此熟悉了，所以走起红毯充满自信、轻松自如，已经完全放开了。

对误解和非议，只能一笑而过

杜：你说过一句颇为精彩的话：你身穿的不仅是中国符号，也是一件“不会碎的瓷”，你的愿望无疑是好的，也受到了海内外媒体的高度关注和赞扬。而与此同时，也有业界和网民发表不同见解，比如你的唐代仕女发型和粉面红唇，容易让人想到日本的歌舞伎；还有人认为这几年华语电影在戛纳乏善可陈，明星们却争相走红毯争奇斗艳，于是，电影节变成了时装秀。你对这些不同的声音怎么看？感到过难过、不公和委曲吗？你想对对你持不同看法的人说些什么？

范冰冰：其实对于我本身的一些不好的声音，我并没有看得那么重，我的耳朵是可以“自动开关”的。但是国籍问题是不同的，看到有人说我被误认为是日本人的新闻，我觉得挺可笑的，因为目前中国还没有戛纳电影节的同步直播，所以有些不实的消息出来后就会很快以讹传讹。其实我这个人可以接受任何批评，比如你前面提到的那些毒舌评论，怎么说我都能一笑而过。但我不能接受捏造的事实，尤其是涉及我的国籍，往大了说就是最根本的民族自豪感问题，我会很介意。

演员就是一群“精神分裂者”

杜：你的“范爷”称呼是怎么来的，据说你自己也认同这个称呼，为什么？

范冰冰：2010年的时候我拍了一本男性视角的杂志，从此这个称号就叫开了。我并不十分认同这个称呼，当然也不讨厌。我希望大家看到我的另一面，所谓“爷们儿”的一面，但不想让我女性的一面渐渐被忽视。所以，还是叫我小范儿吧！

杜：都知道你是个工作狂、娱乐圈的“劳模”，你说过“24小时都在想工作的事情”，真的吗？你为何这样热爱自己从事的事业，其动力来自哪里？有没有感到疲劳和厌倦的时候，是如何克服的？

范冰冰：演员是我从小梦想的职业，因为演员可以尝试的角色之多，是大部分人梦不可及的。我是一个喜欢不断尝试新鲜事物的人，说起来，也只有演员这个职业才能满足我这个“喜

范冰冰在电影《观音山》中（左）。
范冰冰在电影《胭脂雪》中（右）。

好”。有时在片场拍戏，一想到第二天将要尝试的是不同类型和性格的人，我就全身充满动力，再多疲劳也一扫而光了。不过，我今年没有把自己工作排得太满。我觉得人生就像是长跑，一直铆着劲不停歇的话，估计还没到终点就“挂”了。我不想让我的人生和事业像炸弹一样随时可能爆发。所有人都知道我是一个工作狂，忙起来不要命，但我觉得也要在适当的时候放慢脚步休整一下，或许能跑得更长远。

杜：你说过，你拍过的所有片子自己都喜欢，为什么？还有，你最想挑战的角色为何是一个精神分裂症患者？

范冰冰：我演过的所有片子，都是我辛苦工作的结果，都是我的成绩和经验。我想不到有什么理由去否定自己的劳动成果，那样太对不起自己了！至于精神分裂症患者，演员不正是这样的一群人吗？

未来的爱人最好像一部百科全书

杜：你是时尚达人和一些国际品牌的代言人，你对时尚怎么看，你认为一个女人怎样打扮自己才算漂亮得体？

范冰冰：我推崇健康。再美丽的衣服没有一个健康的人来诠释，那美丽也会变得很黯淡。我希望是我穿衣服，而不是衣服穿我。

杜：现代社会人们似乎对明星，尤其是女星的绯闻和隐私津津乐道，关于你坊间就有很多传说，对此，你愿意正面回应一下吗？

范冰冰：谣言止于智者。

杜：你说过，喜欢成熟、稳重、有型的男子，你遇上过这样的令你心动的男人吗，你对爱情和婚姻持何种态度？

范冰冰：我对男人的外貌没有太多的要求，但是他必须有才华、有趣，最好像是一本百科全书，因为我是个非常爱问“为什么”的人，有了这些，其他的都不重要了。

回馈报答社会，是件开心事

杜：听说你在西藏阿里救助了一批先天性心脏病儿童，当我们社会公益事业的公信力正在降低时，你为什么还要选择做这些善事？

范冰冰：2010年，曾经去过西藏阿里的我的一位好朋友，在一次见面中跟我说起他在阿里的所见所闻，令我深受感动，很希望尽自己的力量帮助他们，也希望去那里看看。所以同年夏天，我就跟工作室的同事一起去了阿里，看到了那里孩子的生存环境和生存状态。如果我们凭空去想象，是无法体会到那边的状况有多么艰苦和困难。虽然那里的风景很美，但是一想到那边的孩子们要遭受的痛苦，你就会义无反顾地想要救助他们，于是就有了“爱里的心”。这个名字其实也很好理解，就是“关注、关心、关怀阿里地区的先天性心脏病儿童”。

范冰冰热心公益事业，与藏区儿童在一起。

杜：你是如何帮助他们的，要知道，这与一般捐赠钱物奉献爱心不同，其中的风险很大啊！

范冰冰：是呀，心脏病手术风险很大，所以当我决定要做这个项目时，我的母亲和同事都是不赞成的。在行动中，我们首先让分散在牧区的孩子聚集到一起，再从阿里坐汽车到拉萨，然后休整三天后转火车到北京。在这个艰难的旅程中，几十位从未出过远门的孩子和家长，对一切都充满了未知。而且也确实曾经有一批送孩子的车在途中就开进了冰窟窿，所幸没有产生严重后果。也有孩子到医院做了手术却因并发症而进入加护病房的例子。但是这些不更说明了这个项目的意义和我们行动的价值吗？其实帮助别人很简单：从你的真心出发，小到一个问候，大到一笔巨款，都是奉献爱心的表现。我更愿意用“回馈、报答”来代替“公益”这个字眼，然后你就会发现这是件很开心的事儿！

对话姚晨：

我随性又追求完美

一双清纯的眼睛，一张爱笑的大嘴，几乎成了姚晨的标志性形象。自从演了古装情景喜剧《武林外传》中那个风风火火、“二”得可笑又可爱的女侠郭芙蓉后，她的星运便势不可当，迅速跻身一线女星的行列；在随后的谍战剧《潜伏》中，又因成功饰演与孙红雷一起假扮夫妇的地下工作者而再续辉煌。在陈凯歌的影片《搜索》中，她又变身为一位电视台女记者，真实自然、“接地气”的表演广受称赞，再次成为媒体和公众关注的焦点。

对一个演员来说，虽然最能体现其价值的是艺术创作，但他们在社会生活中担当何种角色，同样会成为一种公众评判指标。姚晨就是这样：她出道以来演过的影视作品数量并不太多，倒是她在网络世界里大显身手，以微博“粉丝”数量全球第三的佳绩，获得了“微博女王”的称号，为她赢得了旺盛的人气。姚晨还屡屡出现在各种社会公益活动现场，向需要救助的弱势群体奉献爱心。2010年，姚晨受邀担任联合国难民署中国区代言人，先后探访菲律宾、泰国和埃塞俄比亚的难民营，从而获得了该组织的高度评价。她还是各种《时尚》杂志的封面人物和产品代言人。虽然近年来她的婚姻变故经常成为各大媒体的

姚晨近影。

娱乐头条，但终究不能抵消她的“正能量”。

谈陈凯歌：十分享受与他的合作过程

杜： 由陈凯歌执导的电影《搜索》就要公映了，这是今年（2012）暑期档最值得期待的一部国产大片。先谈谈你与陈导的缘分吧，你与陈导以前有过接触吗？他是怎样选中你参加《搜索》的拍摄的？

姚晨： 好的。我在陈导筹拍《赵氏孤儿》时与他见过一面，当时因为时间和档期的原因未能合作成功。这次拍《搜索》他又找到了我，与我聊了聊剧本，重点介绍了剧中的两个女主角叶蓝秋和陈若兮。我当即谈了谈我对这两个角色的理解和认识，陈导听了很高兴，说你总结得非常对（笑）！结果他把陈若兮这个角色给了我。

杜： 据说你拍完《搜索》后觉得自己很幸运，“像赚了一样”，是因为有机会在大导演的气场和创作氛围中出演一个角色吧！通过这次接触，你对陈凯歌的认知有了哪些变化？

姚晨：陈凯歌对我而言，曾经是一个遥不可及的人物……在电影学院上学时，学院有个小金字塔，老师说陈凯歌是中国导演中唯一在上面刻上名字的。当时，他的电影已参加了世界三大电影节并获了奖，他的作品是我们影视教材的范本，他是电影学院的骄傲、中国电影的标志性人物。可以说，任何一个年轻演员都不会拒绝与他的合作。

孰真孰假？

在合作中你会发现：陈导是一个十分热爱电影和投入电影的人，也会不遗余力毫无保留地把他的人生经验包括表演方法告诉你，不会模棱两可，让你猜不透。所以跟他合作的过程特别享受。而且我的工作习惯和方式与他也非常合拍。我是一个慢热型的演员（笑），喜欢一条一条慢慢拍，他也是，在此过程中可以不断寻找人物的感觉。我之所以感到自己“赚了”，就是因为难得遇到一个很懂戏、又跟你说戏的导演。怎么说呢？我觉得跟陈导拍完戏，像多学了两年表演课一样！

杜：在对角色的理解上，你和陈导产生过分歧吗，最终是谁说服了谁？

姚晨：当然有分歧，但基本都是导演说服我（笑）。毕竟电影是导演的艺术，而且我也充分信任他，他的人生阅历呀，艺术修养呀，肯定都比我们丰富、深厚得多！

谈《搜索》：塑造一个“接地气”的记者形象

杜：《搜索》中你饰演的陈若兮是一个电视台记者，有人说这部片子是你的“记者处女秀”，为此你还到电视台体验生活。不知你是如何看待记者这个职业的？

姚晨：记者这个职业，在大部分人心中都会觉得其面孔是模糊的。因为这种职业代表着一种客观和公正，多数情况下记者是把自己隐藏在职业身份后面的。当我走进这个群体时才发现：在它的背后是一个个鲜活的面孔、鲜活的灵魂。他们与我们一样，也有自己的家长里短，喜怒哀乐；也面临着时代抛给他们的种种压力，甚至比一般人承担得更多。为何我拍完《搜索》，又与网媒合作拍摄了一部纪录片《姚望》，找了十一个不同类型的记者，听他们讲述自己的故事？对我而言，更感兴趣的首先是这些鲜活生动的人，其次才是他们的职业身份。演《搜索》里的陈若兮也是这样，先把人物演明白了，才去强调她的职业特征。

杜：听看过《搜索》的媒体记者反映，你的记者演得像、“接地气”，你是如何让演员姚晨变成记者陈若兮的，听说你演完陈若兮，连思维都调整为记者的思维了……

姚晨：（笑）当然是这样，说实话，我这个人物是片中唯一一个没有过多大起大落情绪段落的，导演给我的任务都是各种“生活流”镜头，做饭啊，与同事相处聊天啊，看上去好像没什么戏。所以我想，索性把这些生活细节表现得更地道、更真实，“接地气”的说法可能就缘于此吧！

杜：上次在郭德纲的《今夜有戏》录制现场，就听陈红夸你拍戏时特别认真、敬业，开拍前一周就与赵又廷培养了一段感情，是这样吗？

姚晨：嗨（笑）！因为我们俩上来就演了一对谈了三年恋爱的人，挺亲近的，然后呢，他又是台湾同胞，不太好意思演激情戏，我就主动一点呗，找他聊聊天，吃个饭，打打镲，送点好吃的哄哄人家（笑），后来就相处得跟哥们儿一样了，再演恋人的感觉就好了很多。

杜：为了演一场醉酒的戏，听说开机前导演与你喝了一瓶二锅头？

姚晨：对对对，导演陪我喝的，为了把角色的醉态表现得更逼真。我本身没什么酒量，上来就喝大了，基本上在我意识清醒时说完最后一句台词，就烂醉如泥了（笑）！

谈性格：我自由随性，又喜欢追求完美

杜：在你主演的影视作品中，我最喜欢的还是《武林外传》，那个动辄“排山倒海”的女侠郭芙蓉，豪爽率真、大大咧咧、“二”得可笑又可爱；好像从那时起，你就被定位为喜剧演员了。你认为自己身上的幽默细胞是与生俱来的，还是剧本赋予或导演挖掘出来的？

姚晨：嗯，我觉得还是被尚导他们挖掘出来的（笑）。因为我不是演喜剧起家，在电影学院上学时也没有这个分类。恰好碰上《武林外传》这样的风格样式，就要调动身上可能潜藏的幽默细胞。但作为一个专业演员，喜剧、悲剧、正剧都要能演，

姚晨、孙红雷在电视剧《潜伏》中（左）。

姚晨（右二）在陈凯歌电影《搜索》首映式上（右）。

姚晨在电视剧《武林外传》中。

只有喜剧天才才有可能创造一种独特的喜剧表演方式。

杜：《武林外传》、《潜伏》和《搜索》，可以说是你的代表作。三部戏演下来，你觉得在表演上有哪些提高或突破？

姚晨：嗯，小时候（指演《武林外传》时）演戏反而不会想那么多，表演更松弛、随意性更大吧！要说认真，没现在认真（笑），只是运气好，因《武林外传》一炮而红，一路走得比较顺畅。现在慢慢大了，成熟了，回过头去想想，那些东西都不是白给你的，一定要懂得珍惜。

杜：你说过，你内心是个懒孩子，但总有一只手拽着你，这只手就是现实。你认为在"被拽"和主观努力之间是怎样一种关系？因为一个人的成功不可能是完全被动的和只靠机遇的。

姚晨：我吧，是天秤座的人，天生懒惰；天秤座又是完美主义者，一旦选择了做一件事情，就会认真地全力以赴地做好，无论工作还是生活都是这样。我是能不选择就不选择（笑）。所以我的经纪人很无奈地说：你应该再勤劳一点，多参加点活动（笑）。

杜：我注意到，你经常参加时尚活动和做时尚品牌代言，你对时尚持何态度？

姚晨：时尚是一种时代风尚，我像所有女孩子一样，也爱穿衣打扮、也爱臭美呀（笑）！我有时也会关注一下流行趋势，但不狂热追求这个东西。

杜：最近你为某男性杂志拍了一个泳装封面照，在网上被炒得火热，有网民说你一改往日的端庄知性，呈现出狂野性感的一面，你自己怎么看？

姚晨慰问非洲儿童。

姚晨：因为《时尚先生》一年拍一个女明星，又是第一次拍海的主题，在海里只能穿泳装嘛，我想穿就穿呗，谁没去过泳池呢！到拍摄现场一看，才知这件泳装布料这么少（笑）！但我觉得也没什么不好。

谈公益：幸运的人应该帮助不幸的人

杜：你被称作"微博女王"，你是怎么对微博产生兴趣的，又是如何做到"粉丝"数量节节攀升，至今已达两千万，稳居全球第三的？另外，微博对你来说不仅是表达自己的平台，还能凝聚更多正能量，如选择转发一些带有求助性质的社会公共事业，利用你的人气为解决问题提供更多的可能性。

姚晨：微博嘛，就是当时大家都开，我也开了（笑）。"粉丝"数量吧说快也不快，到上千万也有三年时间了。对我而言，只是愿意在这个平台上与大家分享一些积极的快乐的东西。因为你是一个公众人物，占用了这么大一个公共平台，确实应该承担一部分力所能及的社会责任。能力越大，责任越大，的确如此。

杜：你是联合国难民署中国区代言人，曾到泰国、菲律宾和埃塞俄比亚的难民营慰问难民。联合国难民署为何选择你担任代言人，据说你是受好莱坞影星皮特和朱莉的影响而接受邀请的？

姚晨：我不是联合国难民署中国区代言人的唯一人选。他们物色了好几个人，然后分别打电话征询意见，我是唯一同意去的（笑）。可能大家对联合国难民署的职能不太了解，我本来也不了解，幸亏之前我看过朱莉慰问难民营黑人儿童的图片，对难民署的工作有一定的印象，所以就欣然接受了。

杜：通过走访世界各地的难民营，给你最大的触动和感受是什么？

姚晨：最大的感受就是，一个国家没有战争、没有饥荒是多么幸运的事情。我们是一群幸运的人，幸运的人应该帮助不幸的人，这是我们的责任和义务。我只是做了我该做的事，仅此而已！

对话秦海璐：

智慧能让一切变得美好

2000年，当一位名不见经传的女孩成为台湾电影金马奖新晋影后时，几乎所有人都在问：她是谁？为何如此幸运？

的确，她的外貌并无惊人之处，刚刚走出中央戏剧学院大门，首度“触电”便获此殊荣，不能不令人感叹命运对她的青睐。使她获奖的电影《榴莲飘飘》，或许没有多少人看过，很难对她的表现妄加评论；但只要了解一下她的从艺经历便可明白：她的成功固然有机遇和运气的成分，却也不尽然。

1978年出生于辽宁大连的秦海璐，9岁被选入戏曲学校学习京剧，专工刀马旦，17岁考入中央戏剧学院，与章子怡、梅婷、袁泉等七位96级同学并称“七朵金花”。从艺已有十个春秋的秦海璐，起点很高，成名很早，但幸运并未如影随形，始终眷顾于她。继《榴莲飘飘》之后，她拍摄的多是小成本的文艺片，从《像鸡毛一样飞》、《冬至》，到《阿司匹林》、《爱情呼叫转移》，产量不小，却因“叫好不叫座”，藏在深闺人未识。更多的观众是通过电视剧《好想回家》、《金婚风雨情》而领略她的不凡演技和实力的。

对艺术片的执著追求，终于在秦海璐的而立之年迎来一次

秦海璐生活照。

秦海璐在《冬雪》中。

秦海璐在电影节上走红毯。

秦海璐在水城威尼斯。

秦海璐（右二）与刘德华等在电影《桃姐》首映式上。

“井喷式”爆发。10年前，她因《榴莲飘飘》获最佳女主角提名而在威尼斯电影节上走红毯；2011年的第68届威尼斯电影节上，她与刘德华、叶德娴主演的电影《桃姐》入围主竞赛单元，再次现身水城威尼斯。她参与创作主演的纪实电影《到阜阳六百里》，表现出一个小人物心高气傲，却屡遭挫折的漂泊感，广受好评。而拿奖拿到手软的则是她主演的另一部电影《钢的琴》。这部小投资文艺片迄今已荣获上海电影节、中国电影华表奖多项大奖，并扬威多伦多、东京电影节，最近又连获金鸡、金马最佳女主角提名，使秦海璐再度成为影坛热点人物。

我们是市场眼中的“笨小孩”

杜：首先祝贺你主演的电影《钢的琴》获得本届金鸡、金马奖最佳女主角提名。这部小成本文艺片在业界赢得一片叫好声，已在多个电影节上获奖，你是怎样走进《钢的琴》的，是什么吸引你接拍这个片子？

秦海璐：谢谢。获得提名我当然很开心，但对我来说，更关心的是我对角色的塑造和演绎，能否得到观众的认同和喜欢。主演《钢的琴》，起因是2008年我在上海电影节做评委，青年导演张猛拿了新人奖，他拿《钢的琴》的本子去创投会。当时评委里我和韩国导演郭在容都很看好张猛，我们注意到这是一个好本子，而张猛也需要更多的帮助，所以从这部电影的筹备开始，我就积极参与进来。

杜：你说过，是以“不同于以往的情感”对待这部电影的，并在拍摄资金链断裂时解囊相助，为什么？

秦海璐：因为从一开始我就参与进来，而拍摄过程中我也看到都拍了些什么，我认为这是一部有诚意的电影，于是我就拿了后期的钱，希望它成为一部完整的作品让大家观赏，而不是留下一堆无用的胶片。

杜：谈谈你与导演张猛、主演王千源的合作经历，还有你是怎样塑造陈桂林的女友淑娴这一形象的。

秦海璐：我与张猛、王千源都是中戏的同学，剧组里大部分人也都是东北人，拍摄外景地又在鞍山，所以感觉特别亲切，就好像大学的时候大家一起完成一个作业似的。淑娴是典型的东北女人，大气、仗义，其实淑娴这个角色更多的是为了辅助和完善陈桂林的性格刻画，找对了角色定位，这个人物就“活”起来了。

杜：《钢的琴》无疑是今年（2011）影坛获奖最多、口碑最好的一部小成本文艺片，但与所有类似影片的遭遇一样，它“叫好不叫座”，没有打开市场。我从你的博客上看到你对此的反思，认为你们从一开始就没有为进入市场做好准备，“因为我们是市场眼中的笨小孩”，很形象，也切中了要害。以后，你会继续坚守文艺片阵地，还是要努力学会屈从市场、适应市场？作为一个创作型演员，你对文艺片的前景有何预期？

秦海璐：我们不是没做好准备，而是根本没有准备！可以说，《钢的琴》就不是为市场而生的电影，它可以说是国产电影的新类型。我觉得现在中国的电影市场正处于发展阶段，还很不成熟。眼下对于中国的老百姓来说，看电影还是过年吃饺子的事，而不是喝下午茶、品咖啡。吃饺子当然是选馅料最丰富的，大制作、大投资、大公司这些商业元素齐全的电影来看。但是总有一天，观众有了喝下午茶和品咖啡的习惯时，就会在电影的类型上有更多元化的要求。我相信到那时，文艺片就不会有现在这样被雪藏的遭遇了。

每一部作品都能帮助我成长

杜：你成名很早，从中戏毕业不久，便以电影《榴莲飘飘》一举夺冠，成为当年影坛一匹最大的"黑马"。初出茅庐就获此荣誉，你有思想准备吗，你认为这是机遇对你特别垂青吗？

秦海璐：完全没有准备，可以这么说。我也不认为机遇特别垂青于我，因为我有自己的生活和艺术积累，从小就刻苦练功，从小就不快乐，进入影视圈也不是一帆风顺的。

杜：据说得了金马奖后，你曾抑郁过一阵子，还有人说你一度销声匿迹了，是这样吗？

秦海璐：拿奖之后我就做了几年自己以前一直想做的事情，那个时候没想继续当演员。我当过秘书，开过发廊，办过公司，公司破产了，就到外边拍戏，挣一笔钱回来养活自己，再干自己想干的事。一直以来我都为我能做自己喜欢做的事而开心。

杜：作为一个演技派演员，《榴莲飘飘》之后，你有哪些自己满意的作品？近一两年你的影视作品较多，是否又进入一个创作活跃期？在演技上有哪些提高和突破？

秦海璐：应该说，每一部作品都帮助我成长，每一部作品回过头再看时，心里都会有一个新的理解和诠释。我觉得演技跟生活的积累有很大关系，一个人经历得越多，感受和理解的东西也就越多，这些都对表演有帮助。常常有人问，这部戏你有什么突破啊？其实导演找一个演员来演一部戏，就是因为感觉你是适合这个角色的，而不是让你来突破自己的。所以我不把有没有突破作为表演成功与否的主要标准。

杜：据说《到阜阳六百里》的导演一见你就被你身上与众不同的气质吸引了，觉得你就是片中女主角曹俐，心高气傲，却难敌生活的再三打击。而你认为这与你从小到大一直漂泊的人生经历有关。请谈谈拍这个戏的感受。

秦海璐：是的，我扮演的曹俐是一个有家不能回，想回家时却已经没有家的人，我想导演看中的正是我身上的这种“漂泊感”。有一场戏，就是曹俐把所有人都送走之后，一个人回到住处面对自己的一场戏。当时我内心的碰撞是很激烈的，那场戏导演让我自由发挥，我就深入揣摩人物，力求把曹俐那种孤独无助的复杂心境表现出来。拍完之后我的心情久久不能平静，觉得自己仿佛与角色融为一体、不可自拔了。

杜：你即将参加第十二届亚洲艺术节并主演张爱玲的话剧《红玫瑰与白玫瑰》，是你所在的国家话剧院交给你的任务，还是你对话剧情有独钟？影视和话剧表演有互补之处吗，对你来说哪个更过瘾？

秦海璐：这个嘛，我从小就是学京剧的，当然对舞台表演有一种特殊的感情。我认为影视跟话剧表演很不一样，最大的不同就是话剧演员可以看到观众，可以看到他们随着你的表演哭，随着你的表演笑，你的表演与他们的反应是一个你来我往的互动过程，并且情绪是一个完整的过程，大幕一开，导演就“拜拜”了，你想怎么演就怎么演。而在影视表演中，导演如果不满意，随时可以卡掉你。此外，电影比较注重一种氛围的营造，电视剧要求表演的快速和准确，这三种表演形式完全不同。

杜：未来会“演而优则导”吗？

秦海璐：其实我希望将来可以担任一个电影的监制。在我心里，监制才是电影王国里的决策人，可以从全局把控一部电影。如果想做好监制，就要对电影的各个环节都有所了解，所以我也在越来越多地参与电影的不同艺术部门的工作，希望更多地了解怎样才能完成一部电影。

智慧能让一切变得美好

杜：熟悉你的人都知道，生活中的你本性率真，心直口快，我行我素，也因此传出与某位女星的不和；你的有些“雷人”话语也常常被人误读，如“漂亮女人都是睡出来的”。你对此怎么看？

秦海璐：这是生活的一部分，你不能要求每个人都真正地懂你，我的座右铭就是“不求尽善尽美，但求为所欲为”。

杜：你说过一个演员必须做到“德艺双馨”，“德乃一世之事，艺乃一时之事”，你是如何产生这样的认识，怎样要求自己的？

秦海璐：德是做人的根本，不管你是从事什么行业的。

杜：生活中你崇尚质朴自然的美，你认为自己身上最美的是什么？看到网上说你有一双“最昂贵的单眼皮”，你认同吗？

秦海璐：智慧，我觉得有了智慧就能让一切变得美好。

杜：愿意谈谈你的爱情观和婚恋观吗？据说你不相信一见钟情的爱，为什么？

秦海璐：我觉得男人应该让一个女人有可以仰视他的部分，仰慕嘛。我特希望有一个人能帮我作决定，事情来的时候他说怎么样，我照着做就行了。所以我的爱人一定要能让我有这样的信任感。

对话韩雪：

为艺术才能突破底线

乌黑的秀发，白皙的皮肤，标致的鹅蛋圆脸上，微翘的嘴角和明净的双眸，散发出一种清纯柔美的独特韵味。

如果说，故乡苏州的小桥流水孕育了韩雪的美貌和灵性的话，那么，成年后走上影视表演和歌手之路的她却并非顺风顺水。虽然《错爱一生》、《地上地下》、《娱乐没有圈》、《囧探佳人》、《代号十三钗》等影视作品使她声名鹊起，屡获年度新人、全能艺人、风尚女歌手等荣誉称号，但三次走上央视春晚和在北京奥运闭幕演出中的高出镜率，却引发了坊间种种猜测和质疑，仿佛她的成功不是依靠自己的天赋和奋斗，而是沾了所谓“家庭背景”的光。

2012 年，在湖南卫视热播剧《亲爱的回家》和《偏偏爱上你》中，又见韩雪芳容，依旧楚楚动人。通过她的一位记者朋友，我得以与她进行了一次愉快的交谈。快人快语的韩雪否认自己成功的背后有什么“家庭背景”，也不喜欢像有些明星那样走红毯、忙通告。“我觉得一个好演员一定要非常敬业和努力，不可能台前幕后都释放光芒。我没那么大能量，只能在戏里释放自己”。

韩雪生活照。

成功不是靠特殊“家庭背景”

杜：我是从电视剧《错爱一生》中认识你的，给我的第一印象就是你有一种林青霞般的清纯气质。这些年来你演戏、唱歌、上春晚，多才多艺，全面发展，被誉为“新生代玉女掌门人”。听说你出身革命干部家庭，爷爷是位老红军，良好的家庭背景一定对你的成长产生了深刻影响。

韩雪：对，我出身于一个军人家庭，爷爷奶奶是离休干部，父母也是从部队转业的，有一个良好的生长环境。我自幼喜欢文艺，6岁参加苏州少儿合唱团，经常参加各类文艺比赛。当时家里希望我把它当成一种课余爱好，主要精力还是要放在好好读书上。我在苏州上的是重点中学，学习成绩优秀，还是班里的团支书。高三时，我参加了香港嘉禾“世纪之星”影视新人选拔赛，拿了一个全国金奖，之后被大赛评委之一的香港导演马楚成看中，在电影《浪漫樱花》中饰演了一个角色，从此萌生了当演员的念头，却遭到家人的反对。他们担心娱乐圈是个大染缸，怕我跟着学坏（笑）。可能每个孩子在十七八岁那个阶段都有些叛逆心理，都不希望按家长规定的路线走，所以我一直坚持、据理力争，最后还是爷爷开了绿灯，但为我写了八个字：“纷纷万事，直道而行”。多年来我一直以这八个字为座右铭，严格要求和管束自己，一方面在专业上给他们交了一份还算不错的成绩单；另一方面我并未因为身处娱乐圈而沾染坏习气，为人处世、生活状态并无大的改变，他们也就放心了（笑）。

杜：现在回过头来看，家庭教育和影响在你成长过程中起了积极和正面的作用，不像坊间流传的那样，似乎是因为你特殊的“家庭背景”，才能迅速蹿红，接连几次上春晚，在奥运闭幕式演出中大出风头的？

韩雪在《地上地下》中（左）。
韩雪在《北平往事》中（右）。

韩雪：我觉得他们误解了这个问题，以为我有这样一个家庭，一定会为我牵线搭桥，烦门托窍。其实我爷爷已去世多年，而且与这个圈子没关系、够不着。我之所以有这些机会，一方面是我多年奋斗的结果；另一方面还有我的公司和团队帮我联系和争取机会。但奇怪的是，他们总把功劳记在我家庭的账上，可能是觉得我实在没什么可以炒作的绯闻和负面新闻，才把这当成话题吧！可是我不需要这样的话题。我也不擅长在圈子里活动，像有些明星那样，每天有很多局、很多应酬，状态挺吓人的（笑）。我现在居住在上海，除了拍戏，很少有什么交际或应酬。我觉得一个好演员一定要非常敬业和努力，不可能台前幕后都要释放光芒，我没那么大能量，只能在戏里释放自己（笑）。

不想被贴上“玉女”的标签

杜：你参加香港嘉禾影视新人大赛和马楚成导演的《浪漫樱花》时，尚未经过上海戏剧学院的专业训练，能从六千多名参赛者中脱颖而出，证明你很有表演天赋啊！

韩雪：哪里呀，那次大赛我心中无数，发挥也不出色。后来我问马楚成导演：当初你们为什么让我拿了金奖？他说：你可能不是台上最漂亮的女孩，也不是表演最好的选手，但你脸上的微笑特别纯洁和真诚，就像一张白纸，好在上面画画（笑）。拍《浪漫樱花》时，对白全部采用粤语，像听天书一样，马导就为我找了一个粤语老师，用双卡录音机把我的台词全部录下来，回家后一遍遍听、学；一到拍摄现场最头疼的就是背台词，生怕发音不准被导演骂（笑）。当时我真的非常单纯，什么表演啊，机位啊，镜头啊，一概不懂，任凭导演摆布，让怎么演就怎么演。《浪漫樱花》的主演是郭富城和张柏芝，我在现场就如同小粉丝一样，每天欣赏偶像的表演，特别新鲜、特别开心。正是这部“处女作”使我对表演产生了浓厚兴趣，才报考了上海戏剧学院。后来我才悟到：在上戏学习的好处，不是教会了我怎样演戏，而是给了我一种方法和能力，以及作为演员的基本素质。

杜：很多人都是通过《错爱一生》认识和喜欢上你的，你清纯的“玉女”形象尤其令人印象深刻。

韩雪：我其实对“玉女”的称号不太认同。对一个演员来讲，不希望有这样的标签。这是我最早发行唱片时，公司为我定的“玉女型歌手”，当时还是个小女孩，纯纯的，说“玉女”也未尝不可；随着年龄的增长和艺术上的成熟，只靠一张漂亮的脸蛋，就有被淘汰的危险了。一个好的演员，只要自己身体里有的，什么角色都可尝试，绝不能把自己固定在一个类型上。

“冷美人”也有调皮幽默的一面

杜：你在影视作品中塑造的多是善良、纯真、柔弱甚至苦情的形象，却在其后主演了一部轻喜剧风格的《娱乐没有圈》，一反常态地演绎了一个很青涩、很“二”的女娱记林曼怡，还为此成立了工作室，为什么？

韩雪：《错爱一生》固然是成就我的一部戏，但此后我遇到一个特大的困境：很多类似的苦情戏的剧本都送到我手中，重复同样的角色很难突破自己；而且我自身的能量在这种角色身上已释放完了，再演还有什么意义呢？拍《决战南京》时，导演最初想让我演一个地下党，类似《潜伏》里姚晨饰演的那个角色，最终我选择了饰演军统女特工，然后大家又找我“复制”同样的角色。我想开拓自己的新领域，弄个好玩的（笑）。正好在南京拍戏时，《扬子晚报》的鞠健夫前来探班，送我一本他的新书《娱乐没有圈》，并聊起娱记与明星的一些好玩的故事。我忽然觉得这是个很好的电视剧题材。说实话，我打过交道的娱乐记者绝大多数都是严谨的，只是因为这个职业的特殊性，为了增加话题性和吸引读者眼球，才写些“八卦”的东西。我很想在戏里成为他们中的一员。生活中大家看到的我都是偏冷冷的，也不是很有幽默感，很好玩（笑），熟了以后你就会

韩雪在《错爱一生》中。

发现：其实我也有调皮的时候，很“二”的时候（笑）。真的可以在喜剧中一试身手。于是我找来一位编剧构思剧本，剧本完成后，我想到台湾当年有一部热播剧《败犬女王》，导演林清振将喜剧元素与小温情结合得特别好，后来我去台湾拍戏时便联系到他，长谈了两个小时。几天后他回复我说，他读了剧本，愿意担任这部戏的导演。《没有娱乐圈》从创意到播出用了一年时间，快播出时导演说，你从头到尾抓这个戏，到头来谁也不知道你，太可惜了！就这样，在出品方浙江华特和湖南卫视之后，又加上“韩雪影视工作室”的名字。

在跨界的尝试中游刃有余

杜：除了在表演上不重复自己以外，听说你对影视创作的跟风现象也颇为不屑？

韩雪：是啊，去年（2011）就有一些片方找我拍宫廷戏，我觉得大家都扎堆演这些戏时，如果我也去，就有跟风之嫌，而且容易引起审美疲劳，所以主张尽量把题材叉开些。

杜：我注意到，你近年来也在尝试打戏、古装戏？

韩雪：今年（2012）春节后，我刚拍完胡玫的《曹操传》，我在戏里演貂蝉，戏份不多，但可以边演边学，创作过程非常舒服。胡玫导演是用拍电影的班底和手法拍电视剧的，对每个演员、每场戏、每个镜头都精雕细刻，我很喜欢她这种严谨认真的创作态度。我还参加了前年（2010）播出的浙版《西游记》的拍摄，我演白骨精（笑）。

杜：你从2007年起三次登上央视春晚舞台，有歌曲演唱《竹林风》，有与周炜、句号合作的小品《街头卫士》，还有与冯巩等合作的相声剧《不能让他走》，发掘出你多才多艺、跨界发展的潜质。

韩雪：其实我特别害怕演小品（笑），总觉得影视表演贴近生活，小品却要夸张变形，表现方式不同，很难驾驭。参加央视春晚对我而言最大的收获是跨过了一个坎儿：这么大的舞台我都上了，还有什么角色不能胜任呢（笑）？

杜：作为影视歌三栖演员，你在音乐方面的才能也不可小觑，出过不少专辑、单曲和翻唱歌曲，还在各种大型演唱会上一展歌喉。你在音乐方面的追求是什么，如何与影视摆位？

韩雪：我是两条腿走路，2000 年就与索尼唱片签约，到期后未再续签，主要是不想再做唱片公司包装下的歌手，不想使音乐作为一种产品让大家接受。在影视作品中，大家真正喜欢的是你创造的角色；而一个歌手却可在舞台上穿自己想穿的衣服、唱自己想唱的歌，更能体现你的真情实感和真实的生活状态。

为艺术才能突破心理底线

杜：都说演艺圈是是非圈、名利场，身处其中，如何能做到洁身自好？

韩雪：这个世界本来没那么多事，就看你自己如何对待。如果你爱去人多的地方，必然是非就多；不这样做，也不会有什么事沾到你身上。像明星走红毯，有时是个很奇怪的场合，比谁穿得漂亮，露得多，穿不合适就会招来非议，我不喜欢这样。

杜：你一向以清纯形象示人，据说拍戏时不愿拍吻戏、床戏，这样会不会限制了自身的发展？

韩雪：我并未说过不拍吻戏、床戏，只是这个说法被人放大了。因为以前年纪小、单纯，遇到这种情况，导演常常会通融一下，改改戏，或采用“借位”的方法拍。我想，既然能设法绕过去，为何一定要实拍呢？不愿拍吻戏、床戏是我的一种本

韩雪在《偏偏爱上你》中。

能反应，除非确实是情节发展的需要，为艺术我是可以突破心理底线的。当然，如果有些导演拿这个当卖点，就要靠袒胸露背博取眼球，这本身就不适合我，我不喜欢这种方式。

杜：最近有垃圾短信将你的名字也列入明星陪吃陪睡名单，你没有保持沉默，而是发微博幽默回应了一下，为什么？

韩雪：这种群发的垃圾短信很多人收到过。当时我的感觉一是觉得好笑；二是认为必须以调侃的方式回应一下，因为如果我没反应，别人看了会产生误解。我不希望别人这样看我，我要对得起自己的清白。

杜：从微博上看到你主演《偏偏爱上你》时，对真爱谈了一点感受。听说你的择偶标准是对方要善良、有智慧，不一定漂亮，看来你更注重男人的内在品质？

韩雪：对呀，因为我不是外貌协会的（笑），没必要在外形上过于挑剔，虽然有时开玩笑说爱看帅哥，但真到生活中，我更欣赏有智慧的男人。

对话张歆艺：

我喜欢不假修饰的美

高挑曼妙的身材，飘逸鬈曲的长发，标准的鹅蛋脸上五官精致、娇俏玲珑，尤其一双清澈灵动的眸子，更折射出其内心的率真与知性。

这便是张歆艺给人的第一印象。

张歆艺出生于四川成都，巴山蜀水滋养了她的美丽与灵性，爱好文艺的父母又开发了她的艺术潜质。她自幼能歌善舞，尤擅民族舞蹈，在深圳歌舞团工作两年后，又考入中央戏剧学院，走上影视表演之路。

在媒体有关张歆艺的报道中，流传最广的是名导赵宝刚为一部电视剧选角时，使用“激将法”让“初生牛犊不怕虎”的张歆艺拍桌子的故事。

“那时的我年少气盛，有些轻狂，要是现在肯定不会了。”张歆艺笑着对我说。

其实，“挑剔”她的人也正是欣赏她的人。初次见面，赵宝刚便为她独特的气质所吸引，认为她有灵气，可塑性强，虽是新人，演技却不稚嫩。正是赵宝刚的《给我一支烟》，使她声名鹊起，此后，又在《我们无处安放的青春》、《柳叶刀》、《苏菲

张歆艺写真照。

的供词》、《羊城暗哨》、《拿什么拯救你，我的爱人》、《风声传奇》和《新上门女婿》中，塑造了不同类型、性格迥异的人物形象，演技日趋成熟，人气越来越旺。

2012年一个冬日的晚上，正在山东录制电视剧《大宅门1912》的张歆艺，收工后接受了我的访问。因拍摄景地气候寒冷，加上拍片劳累，身体严重透支，她患了感冒，一面不停地咳嗽着，一面畅谈了对艺术、生活和爱情的独到见解。

谈缘分：赵宝刚选角有“特异功能”

杜： 最早认识你，是在赵宝刚执导的青春偶像剧《给我一支烟》中。你饰演的女主角叶子命运凄美，情路坎坷，令人怜爱。当时，你刚从中戏毕业，涉世不深，表演上还是一张白纸，赵导怎会把戏份这么重的角色交给你呢？

张歆艺： 人与人之间，必定有一种缘分。宝叔与我之前从未谋面，通过几次聊天就取得了信任，认为我能胜任剧中女一号。一般导演选演员都要试戏，而他仅凭与演员聊天，凭对演员语言、状态和情感表达方式的观察，就能基本判断出这个人在镜头前的表现。他真的是有特异功能啊（笑）！

杜： 叶子是个风情万种的歌舞厅小姐，你是如何表现她身上的风尘感的，事先做了哪些功课？

张歆艺： 当时，剧组请美工师为我们做造型，做完特别像小姐（笑）。赵宝刚却说，你们都错了，这是你们想象中的“小姐”，轻浮、俗艳；生活中的所谓头牌小姐你们见过吗？她们开名车、穿名牌、背名包；她们可能英文很流利，很有文化气质，一点也看不出是“小姐”。这样，我们把原来的设计推翻重来，赵导亲自带我们上街购置行头。你看我在剧中，穿的、戴的，都是名牌，造型挺清爽、大气的，头发还做了一些漂染，以增加人物色彩。

张歆艺在新版《拿什么拯救你，我的爱人》中（左）。

张歆艺（右二）在《给我一支烟》中（右）。

关于表演，我曾问过赵导，怎么演出叶子的风尘感？赵导说，你不用演，只需考虑一个问题：怎么通过你的表演，让所有男人都喜欢你、爱上你。他并不具体告诉我每场戏怎么演，所以对我的折磨特别大。因为当时我还是个孩子，一夜之间忽然要变成女人。所以我就疯狂地看电影，看好莱坞大腕的表演，不断揣摩、借鉴，告诫自己千万别刻意去演，结果呈现在观众面前的叶子，反而显得很真实、自然、真挚、可爱，很多观众都被叶子迷住了（笑）。

杜：据我所知，《给我一支烟》是被"雪藏"了一段时间才播出的。如果不是这样，你很可能更早成名。你认同成名须趁早，还是有了一定积累和实力后再出名？

张歆艺：我比较倾向于后者。因为如果成名早，走得可能就不像现在这么踏实。比如说我的侄儿想考中戏，我希望他凭自己的实力考大学，希望他有挫败感，知道这个行业竞争的残酷。这是一条看不到未来的路。

谈表演：演员只是一张宣纸，一个载体

杜：在你的表演生涯中，有两类戏演得最多，一是言情和家庭伦理剧；二是谍战剧。想过这是为什么吗，是偶然，还是你

对剧本选择的结果？

张歆艺：一个原因是现在涉案剧受到限制，大家就疯狂地拍谍战片（笑），换一个年代，把案件变成谍战。我拍了《风声传奇》后，很多人觉得，哎，这女孩挺适合拍谍战剧的，纷纷找上门来。同时，在可供选择的一堆剧本里，我比较喜欢也比较靠谱的，有可能就是谍战片了。

为何拍《新上门女婿》？就是因为谍战片拍得我头都大了（笑），很想换换口味。恰在这时有人送来《新上门女婿》的剧本，导演又是一起合作过的乔梁，我就接了，又推荐了与我演对手戏的张译。这次拍《大宅门1912》，又是年代戏，本不想演的，但宝爷（郭宝昌导演）的太太柳格格和她姐姐蛮喜欢我的，托人给我捎来剧本，盛情难却，才接受下来。

杜：《风声传奇》之前已有电影火了一把；你演的顾晓梦，周迅已演过，你有无心理压力？另外，与现实题材相比，年代戏是否表演难度更大？

张歆艺：难度是挺大的。演员总说，我们学表演的，要让自己成为戏中的某一个人。谁能成为别人呀？再怎么钻研，怎么揣摩，都没办法让自己变成另外一个人！只能把演员自身作为一个载体，就像一张宣纸，遇到不同的角色，就画不同的肖像画。这是我的一种美学观念，或表演观念。我要把我的心掏空了，再填满了，与这个本来不存在的人物神交，了解她，贴近她。比如顾晓梦这个人物，周迅演就是周迅的样儿，我演就是我的样儿。不同形态的载体，传达的是共同的信息。

杜：剧中的爱情戏是一大看点。你与廖凡演的夫妻，因党派、信仰不同而同床异梦。你说“感情戏比酷刑更受折磨”，为什么？

张歆艺：因为在戏中，她的感情与她的工作性质是分裂的，背道而驰的。在感情上她要靠近这个男人，在工作上要防着这个男人，内心就很矛盾和纠结。她要不断地在道德和灵魂上拷问自己，所以在表演中我感到备受折磨。

杜：《新上门女婿》中的富二代钟卉，倔强、任性，为追求真爱，不惜与传统决裂，与父母冲撞，这种在“80后”中比较多见的叛逆性你喜欢吗？

张歆艺：的确，很多人认为“80后”比较叛逆，而在这个戏里，我们恰恰让“80后”“翻身”了。《新上门女婿》开拍前剧本并不成熟，如果按原来的剧本演，观众可能要骂死我了（笑）。我不喜欢原来的钟卉，那么偏执，那么不在乎别人的感受，我们在剧本和人物的调整上下了很大工夫，把人物的基调改变了，找到了她的“根儿”——尽管依然任性，而她心里始终有爱。

谈美貌：我更喜欢不假修饰的美

杜：听说上大学时，同窗称你“小头”，你的博客也取名“小头努努”，内中有何含义？

张歆艺：因为我个子高嘛，头和身高的比例接近九比一（一般是七比一），所以叫“小头”。“小头努努”是一种自勉，激励自己要努力再努力（笑）。

杜：业内对你有很多评价，如“文艺女”、“优质偶像”等，你认同吗？更愿做演技明星，还是偶像明星？

张歆艺：我没得选，只能选择做自己喜欢做的事，把事情做好。这么多年，我不敢偷懒、不敢怠慢，说好听点，为大家奉献几部好作品；说难听点，避免在激烈的竞争中败下阵来。不拍戏时我喜欢读读书，看看影碟，与长者聊聊天……每天开开心心，享受当下。

杜：经常听你谈到一些女作家的名字，感觉你看书挺多的？

张歆艺：（笑）可能在演员中我算看了点书的。我是喜欢写书的这些人，如萧红、陆小曼、林徽因等。什么样的人会有什么样的情感、写什么样的文字。我是对她们好奇、感兴趣，才去读她们的作品；读了她们的作品，更喜欢她们的人。

杜：我从网上看到你的不少写真照，拍得很漂亮。

张歆艺：我真的不喜欢这些时尚杂志为我做的化装造型，把我拍成了另一个人。生活中的我是很随意的，平时也不化妆，不穿名牌，顶多穿条长裙、T恤或牛仔裤、白衬衣，舒适而简约，没有照片上那么奢华靓丽（笑）。

杜：可是现在的女孩子哪个不爱美、不喜欢时尚呢？

张歆艺：是啊，大趋势谁也控制不了。但我更喜欢不假修饰的美。比如舒淇，我并不认为生活中的舒淇不好看，我与她合作过，她不化妆也很好看，脸上有点小雀斑，头发梳得蛮自然的。真正漂亮的女孩，是浓妆淡抹总相宜的。

杜：你为自己的美貌背过包袱、把它当过资本吗？

张歆艺：背过包袱，也当过资本（笑）！真的因为现在的社会很浮躁，人们很看重外表。为何女演员比男演员更好发展呢？因为在一个男权社会里，美女总是受到优待的（笑）。

谈爱情：在爱和被爱之间，我选择爱

杜：我觉得你在爱情观上也有特立独行的一面，比如你说“爱就是得不到，爱就是有瑕疵，爱就是远远地看着”等等。

张歆艺：曾经有人问我：在爱与被爱之间，你选择爱，还是被爱？我说，我选择爱。很多女人觉得被爱是幸福的，而我认为爱是幸福的。因为爱是一个人的事情，爱情是两个人的事情。当你发现自己爱上一个人，愿意为他付出和牺牲时，会感到很快乐（哪怕他不爱你）。这是任何物质利益如金钱、房子换不来的，是你赖以生存于世的一种动力和快乐源。

杜：据说你想找一个圈里人谈恋爱，为什么？

张歆艺：嫁圈外人也有嫁得好的、幸福的，但与同行谈恋爱，能相互理解、惺惺相惜，对早出晚归甚至夜不归宿，在镜头前与异性演员拥抱亲吻，对方都会理解，因为工作性质如此。圈外人肯定受不了，除非你别干这一行了（笑）。

杜：你找到自己的如意郎君了吗？

张歆艺：说实话，还没有。但我一定能找到适合我的。我只有步入婚姻殿堂的那一天，才能确定自己找没找到，才能告诉大家（笑）！

我与陈数：
陈数、赵胤胤婚礼的文化意境

2011年9月16日，陈数和赵胤胤在“梦幻之岛”巴厘岛举办了简约而浪漫的婚礼：婚礼只邀请了二十多位双方的至爱亲朋，仪式只进行了20分钟，而二人的爱情誓言亦言简意赅，充满诗意——

赵胤胤：“千言万语化作三个字：不分开。”

陈数：“有了你，生命才完整。”

一个是风姿绰约、气质优雅的“白玉兰视后”，一个是潇洒帅气、蜚声国际的钢琴王子，人生最幸福的时刻却如此传统和低调，与当前社会上风行的婚礼形式，尤其是明星婚礼的奢靡之气，形成了鲜明对照。

9月25日，我收到陈数用特快专递投送的一个大红结婚礼盒，盒面上没有想象中的双喜字，而代之以一个楷书“好”字。打开礼盒，内嵌八只小盒一只大盒：小盒分别装有柴、米、油、盐、酱、醋、茶、蜂蜜；大盒里装的是心形巧克力。礼盒内一本线装小册子中，则引经据典，图文并茂地诠释了“好”字的内涵：“女子合一为好，女为淑女，子为君子，淑女与君子的结合，便是美好之事”；而人生开门七件事的“柴米油盐酱醋茶”，

陈数和赵胤胤在巴厘岛举办的浪漫婚礼。

有情人终成眷属。

和与之对应的精神生活的“琴棋书画诗酒花”，也从《说文解字》中追根溯源，表达了一对恩爱夫妻对爱情和人生的态度，营造出一种温馨浓郁的文化意境……

27日中午，正在剧组拍戏的陈数利用拍摄间隙接受了我的独家采访。然后从下午一直拍戏到凌晨三时。只睡了四小时，又开始新一天的拍摄。一位舍弃了新婚蜜月的幸福时光而全身心投入工作的人，难道不令人尊重和感动吗？

杜：婚姻是人生的一件大事，“洞房花烛夜，金榜题名时”，历来被看成人生最得意的时刻。尤其在当下，社会上大操大办的婚礼成风，明星们更是奢华铺张时，你与赵胤胤却采取了比较传统的和低调的方式，反映出你们脱俗的观念和品位，使人感受到一种温馨浪漫的文化意境。能谈谈这样做的原因吗？

陈数：首先，感谢您提出了一个文化意境的话题。由您提议并做这个话题还真是合适。话说两年前，我与赵胤胤谈到婚礼时，我说我可以不要婚礼，因为我不希望心目中非常神圣的一件事情、非常神圣的一个时刻，最后有可能落入一种俗套，失去了心目中期待的那种美感。说实在的，现在社会上风行的那种婚礼方式和习惯不是很适合我，这可能与我的观念、我的性格都有关系。但又不能不顾及社会风气和亲友的感受，如果不能两全的话，干脆就不要办这个婚礼。这是我最初的想法。是赵胤胤希望给我一个婚礼，他的亲友们坚持说，陈数没结过婚，应该给她一个婚礼（笑）。

关于婚礼，我其实更推崇西式婚礼，即将教堂里的仪式与晚宴分开来办，我们从电影中看过很多这样的场面。一对新人在正装的亲友注视下步入教堂，由神甫或牧师主持仪式，整个过程只有半小时左右，但我特别欣赏这个真诚而神圣的时刻。仪式之后，该喝香槟的喝香槟，该跳舞的跳舞（笑）。我们在巴厘岛举行的便是这样一个婚礼。

杜：世界上美丽的地方很多，适合办婚礼的地方很多，怎么想到了巴厘岛，以前去过那里吗？

陈数：巴厘岛这个事情，是去年（2010）年初时第一次看到巴厘岛的图片，觉得是我期待的梦幻中的场景，可以说一见倾心。当时就与赵胤胤商定在巴厘岛举办婚礼。原打算去年就办的，因种种原因未办成。今年（2011）春节我们去巴厘岛踩了一次点，看了岛上的环境，酒店的情况，拟定了邀请的宾客以及如何布置婚礼现场。在邀请宾客的问题上，其实我们俩在圈子里有很多朋友，但我们更希望只邀少数亲友来见证这个时刻，不想太奢华、热闹。我在自己的博客里写过："婚礼，很多人说那是对灵魂的洗礼。然而，自私如我，却不愿把人生中最美妙的时刻与别人分享。心与心的结合是那么私密与安静，在众人面前，我想我会不知所措……"当然，我们也尊重和理解传统的婚俗，毕竟国人最关心的不是一对新人登记结婚，而是喝他们的喜酒（笑）。所以回国后就在北京举办了一次婚礼分享会，向大家宣布一下，放映一下我们在巴厘岛婚礼现场的纪录片，如同身临其境，与我们分享一下那个幸福快乐的时光。

杜：我觉得你们的婚礼誓言也富有诗意，赵胤胤说"千言万语三个字：不分开"；你说"因为你的出现，生命开始完整"。是当时即兴说的，还是提前设计的？

陈数：其实没有准备，我也完全不想准备。因为一旦提前准备了，就有点作秀的感觉了。说真的，直到婚礼开始前，我还不知道自己说什么。我觉得只要两个人真心相爱，只要感情真实而深刻地存在着，说什么都不会是废话（笑）。结婚誓言，一般是男方先说嘛，我就听他到底讲什么？其实"我爱你"之类的话，在我们之间早就相互表达过了，不需要用结婚誓言来证明了。

杜：你和赵胤胤的婚礼选择在诗意的巴厘岛，你们的婚礼

2011 年 9 月，新婚燕尔的陈数赠送我的别具情趣的大礼盒。

誓言充满诗意，寄给亲友的“好”字礼盒也充满传统文化韵味。所以，我从你们的婚礼中感受到一种温馨浓郁的文化意境。“好”字礼盒的创意独具匠心，你们是怎样设计的？

陈数：“好”字礼盒，我们从今年 6 月就开始筹划了。“回礼”是广东的一个民间习俗，在北方并不常见。所谓“回礼”，是新婚夫妇回赠宾客的一份礼物，也许它的价值并不昂贵，但要能表达谢意、诚意。这方面我们设想过多套方案，如烧制一套精美的景德镇陶瓷杯子等等，有存放价值和纪念意义的，又一一否决。后来就想到结婚过日子，离不开“柴米油盐酱醋茶”，还有与之对应的“琴棋书画诗酒花”。前者是形而下的物质层面，后者是形而上的精神层面，在中国的传统文化中，二者不可偏废。

大家知道，赵胤胤是个美食家，对烹饪艺术颇有研究。我们有一个共通点：都是从事艺术创作的，看似高高在上，不食人间烟火（笑），其实都是特别追求实实在在普通生活的人。以前你采访时我也说过，我们该买菜买菜，该做饭做饭，想看电影时就一起买票进电影院，这是我们特别开心踏实的生活。有时，他穿着家里的便装就到我拍戏的剧组探班，工作之外的场合，不会把自己架得很高（笑）。

杜： 礼盒以“好”字命名，内中的含义是什么？礼盒的设计也很精妙，既古色古香，又不乏现代时尚之美，可见设计者用心良苦。

陈数： 我们从传统文化中寻找灵感，从《说文解字》和古典诗文中引经据典，确定“好”字礼盒的主题：物质与精神的合二为一，才是我们向往和追求的美好生活。

当我们这个大的主题确定后，得到一个非常棒的好朋友的全力支持，那就是“好”字礼盒的设计者郭承辉先生，他是一位国学造诣很深的设计师，千禧年龙票、“筷子笔”、“枕边书”等都是他的杰作。礼盒以“好”字命名就是他的创意。他说，婚事通常用双“喜”字来形容，而你们的婚姻超乎了双喜之事，用“好”字最恰当。“好”字拆开是女子，“女”是陈数，“子”是赵胤胤，美女与君子的结合，郎才女貌，琴瑟和鸣，便是美好姻缘。

“好”字礼盒内的“柴米油盐酱醋茶”，我们用迷你款圆形乐扣盒子封存，每样东西用的都是名牌调味品，专门找人灌装的，非常费工夫（笑）。民以食为天，结婚过日子，个中滋味都源于此。而“棋琴书画诗酒花”，即我们的精神生活和文化情怀，在礼盒中用“家”来诠释，内装心形巧克力——尽管生活五味杂陈，只要回到“家”，便是无尽的甜蜜。“好”的乐扣盒中盛着我最爱的蜂蜜，可养颜明心，“女为悦己者容”，这也是我对爱与美的认知。

邬君梅：

这个“辣妈”是奇葩

她算不上美艳，却气质优雅；算不上大牌，却是奥斯卡评委；出镜不算太多，却个个有光彩……她就是美籍华裔女演员邬君梅。

在热播剧《辣妈正传》中，邬君梅饰演的职场“女魔头”李木子形象，与孙俪饰演的“80后”“辣妈”夏冰相比，更成熟老辣，工于心计，从而被称为“极品辣妈”。

邬君梅出道很早，她的银幕处女作是黄蜀芹执导的《青春万岁》，当时她只有16岁，正在上海读高中。而真正使她崭露头角的，是意大利名导贝尔托鲁齐的《末代皇帝》。这部夺得好莱坞多项大奖的电影不仅“火”了陈冲，也同时让人认识了邬君梅。此后，她到美国留学，在欧美各国拍电影，并嫁给一个名叫“奥斯卡”的美国导演。不知是否老公带给她的幸运，她成为奥斯卡终身评委，还被美国《人物》杂志评为“世界最美五十人”之一的亚洲女星。

国内观众熟悉和喜欢邬君梅，是从近年才开始的。一部献礼片《建国大业》中的宋美龄，两部电视剧《蜗居》、《辣妈正传》中性格和命运异曲同工的宋太太和李木子，令人对她的魅力和

邬君梅生活照。

演技刮目相看。在她身上，有一种独异于国内影星的气质和气场，这无疑是她独特的艺术经历和东西方两种文化背景相互作用的结果。

“文绣”使她走上国际影坛

都说邬君梅的表演具有多面性和可塑性，这从她历来饰演的角色中便可一见端倪：既有文绣、宋美龄这样的“王后”级人物，又有现代怨妇和时尚辣妈这样的普通人，而无论何种类型的角色，在她的演绎下都会活灵活现，血肉丰满。

与所有明星一样，她的成长也有一个漫长曲折的过程。

走进意大利大导演贝尔托鲁齐的《末代皇帝》剧组时，她还是个 18 岁的高中生，在表演上基本还是一张白纸。开拍之初，没有文绣的戏，她只能每天在片场看别人演戏；又因是无名小卒，不似陈冲等大牌明星那样有专车接送，于是与导演耍起小孩子脾气，要求放弃拍摄送她回家。老贝又气又无奈，只好又

陈冲（左二）、邬君梅（右一）在《末代皇帝》中。

是请吃饭，又是送礼物，终于把她“哄”高兴后留下来。

《末代皇帝》在海外公映时，邬君梅正在美国夏威夷太平洋大学读酒店管理专业，一天，有个同学近距离凝视了她良久，然后满腹狐疑地对她说：“你看过《末代皇帝》这部电影吗？里边有个角色特别像你！”邬君梅既意外又窃喜：“不是像我，就是我，我参加了这部电影的拍摄！”

消息传开，大家前呼后拥地一起去电影院看“文绣”。影院老板知道了，很高兴，当即为“文绣”免单，让邬君梅第一次尝到了当明星的“甜头”。

《末代皇帝》在奥斯卡横扫九项大奖，不但捧红了陈冲，也使邬君梅在国际影坛崭露头角——虽然她的“文绣”戏份不多，却荣获意大利电影金像奖最佳女配角提名，其后在欧洲和好莱坞拍摄了《忍者龟3》、《喜福会》、《天与地》、《铁与丝》等十几部电影。可以说，正是当年险些被她放弃的《末代皇帝》，正是“文绣”这个角色，一举改变了她的命运，使她一路走到今天。

塑造一个“神似”的宋美龄

“文绣”离我们远去了，即使当年看过《末代皇帝》的人，也不曾记得青涩时期的邬君梅是何模样了；但有一个角色却在观众面前挥之不去，她就是邬君梅版本的“宋美龄”。

客观地说，邬君梅从外形上并不像宋美龄。当年，《宋家王朝》导演吴思远邀她饰演宋氏三姐妹时，也无明确的倾向，反而是邬君梅读完剧本后最喜欢宋美龄，主动请缨饰演这个角色的。十年后，韩三平筹拍国庆六十周年献礼片《建国大业》时，脑海中浮现出的宋美龄的第一人选就是邬君梅。“我一直觉得你跟美龄的气质很接近。”电话中韩三平对邬君梅说道。

“我还以为是拍《宋美龄传》，回国后才知被忽悠了。”邬君梅笑言。

在《建国大业》中，宋美龄戏份很少，她是在未见剧本、只知张国立饰演蒋介石的情况下爽快答应韩三平的。

只有小演员，没有小角色，虽然戏份不多，邬君梅绝不等闲视之。她知道自己在外形上不像宋美龄，正如诸多影视剧中的宋美龄一样，在外形上多被美化和理想化了，却缺乏宋美龄的

邬君梅在电影《建国大业》中。

神韵和气质。邬君梅决定在“神似”上下工夫。为此，她翻阅大量历史资料、与宋美龄有关的图书，包括英文版的《最后的皇后》，了解她的生平事迹；还在卧室的墙壁上贴满宋美龄的照片，每天与之朝夕相处，力求让自己与角色“灵魂附体”。

于是，我们看到了邬君梅的“这一个”宋美龄，她一亮相便很有“气场”，站在同样有气场的张国立的蒋介石面前，一口一个“达令”，温婉柔媚，优雅大气；而当她帮助丈夫处理国务、到美国国会发表演讲时，则表现出一个女强者的果敢、激情与霸气。演员自身的独特气质，加上对人物性格多侧面的准确把握，邬君梅的宋美龄与历史上的宋美龄便产生了一种奇妙的化合，令人确信她就是自己心目中那个宋美龄。而她与角色在经历、素质上的某些相似之处，如都受过西方文化的教育和熏陶，都会一口流利的英文，气质都比较优雅脱俗等，则是她的宋美龄迥异于其他版本的“宋美龄”的一个重要基础和条件。

《蜗居》：兔子急了也会咬人

演过若干“王后”级人物，特别是三次饰演宋美龄，被称为“美龄专业户”后，《蜗居》中的怨妇宋太太成为邬君梅的一次“凄美转身”，也使人看到了她表演的可塑性。

国内荧屏上的“怨妇”形象并不罕见，但邬君梅的宋太太却格外生动鲜活，令人过目不忘。她有理智的一面，也有冲动的一面。面对丈夫的出轨，她最初的对策是“忍”。作为一个中年女性，她为家庭做出了很大牺牲，对丈夫付出了全部的爱，所以她伤心，落泪，在丈夫面前吐露心声，企图用真情感动对方，挽救濒临破碎的家庭。但宋先生已深陷婚外恋的泥淖不可自拔，宋太太不得不与“小三”摊牌。她采取的是“先礼后兵”的做法，动之以情，晓之以理，用一个过来人的身份劝诫年轻人：

邬君梅在《蜗居》中。

你不能这么做！当劝阻无效时，她们发生了肢体冲突。情绪失控中宋太太一脚踢掉了海藻的孩子。于是一切变得不可收拾。

在从隐忍向失态的情绪过渡中，邬君梅的表演层次分明又不失分寸。起初，她给人的感觉只有委曲、凄楚、怨恨，一副苦相，双眉紧锁，泪水涟涟，令人不禁心生怜悯。但是，当对方的行为终于突破她的心理底线时，邬君梅表现得像一只发疯的野兔，自己已伤痕累累，便不惜与对手拼个鱼死网破，那歇斯底里的狂暴令人不禁倒吸一口冷气。从这种形象上的巨大反差中，可以看出邬君梅的表演是多么富有张力和可塑性！

“其实我不同意‘小三’的说法，”邬君梅说，“每个人都有自己的情感经历、自己的独特处境，理智地分析，你会发现她们也有可以理解和值得同情的一面。”然而令她始料不及的是，当她在《辣妈正传》中趾高气扬，变成一个时尚“女魔头”时，仍未摆脱情感失意这个“怪圈”。

这个“辣妈”是一朵奇葩

热播的《辣妈正传》中，有两个“辣妈”，一个是孙俪的“80后”少妇夏冰，一个是邬君梅的“女魔头”李木子，两个“辣妈”本来各有各的身份地位和生活轨迹，孰料最后却殊途同归，回到原点，各自面对一个婴儿车中的宝宝，举杯互勉：“愿每个女人都成为自己生命中的女王！”

如果说，孙俪的“辣妈”是一朵“奇葩”的话，那么，邬君梅的“辣妈”更是一朵“奇葩”，因为她是“极品辣妈”，更成熟老辣，人生落差也更大。

在《辣妈正传》中，邬君梅一出场便令人忍俊不禁：时尚套装，浓妆艳抹，性感红唇和夸张的眼角，于优雅中平添了几分妖媚，御姐风范呼之欲出。作为办公室“女王”，她作风独断，控制欲超强——怀孕时不许下属在办公室吃便当，怕闻油腻味；不得大声喧哗，怕惊扰了腹中胎儿；更令人大跌眼镜的是，产后她为了事业生活两不误，竟然在家中安装了监视器，随时“遥控”保姆的一举一动。

如何演出“女魔头”的“凶”劲儿？着实让邬君梅为难了一把。生活中的邬君梅，知性、自尊、随意，很少对人发脾气，几场戏下来，导演和孙俪都嫌她太“温”。为了贴近角色，邬君梅只好强迫自己“变态”，对服装、化装颐指气使，尖刻挑剔，事后又忙不迭地向人家赔不是。作为时尚杂志主编、公司高管，李木子在感情生活上一直很自信，从未对丈夫洛天与乔安的接触产生怀疑。当她终于发现了丈夫“精神出轨”的蛛丝马迹后，上演的不是宋太太的家妇式苦情戏，而是符合其“身份”又令人瞠目的方式，从容应对，见招拆招。她制造了一系列假象，迷惑洛天，让他以为自己精神出了问题，从而破坏洛天与乔安

邬君梅（左）在《辣妈正传》中。

的关系。邬君梅恰恰是在这些工于心计的手段中，彰显了她的“女魔头”本色。终归是，人算不如天算，当洛天识破她的诡计，与她分居，更加放肆地与乔安“精神恋爱”时，李木子面临的是与宋太太同样的困境，她在事业和家庭中苦心经营，机关算尽，却做梦也未想到又回到了原点。

在人物命运的大起大落中，邬君梅完成了她对角色的塑造：从浓妆艳抹到洗尽铅华，从犀利刻薄到温顺平和，从心比天高到回归现实，让李木子褪去昔日的“女王”风采，恢复了她作为一个普通女人的本分。她刻画了人物性格的多侧面，揭示出人性的复杂性。她的表演收放自如，较少矫饰，所以看起来很舒服。剧尾，当李木子慷慨大气地出手帮助患病的洛天前妻时，我们甚至觉得这个人物其实挺可爱的。而这种“可爱”离不开邬君梅的自身魅力和对角色的出色演绎。

05

第五辑

我与音乐家们

对话郎国任：

郎朗是怎样炼成的

他培养出了当今世界上最具才华的钢琴巨星。

他当过工人，当过警察，当过文工团员，当的时间最长的是这位巨星的父亲。

他就是大家常说的“郎爸”——郎朗的父亲郎国任。

2012年秋，郎国任出版了一本新书《我和郎朗30年》，引起了社会各界、尤其是那些“望子成龙”的家长们的高度关注。他为什么要写这本书？书中讲了哪些成功背后的故事？他培养孩子的经验能够复制吗？带着这些问题，我对郎国任、郎朗父子进行了独家专访。

朗国任在北京东四环一处环境幽静的公寓接待了我们。房子的内部为复式结构，又是一楼，所以楼梯是通向负一层的。楼梯拐角处悬挂着郎朗的巨幅照片，聪慧、倔强而自信的眼神和一双灵巧的手指，使他征服了世界——从美国总统到英国女王，从男高音歌王到天才指挥家，不是他的粉丝，就是他的赞誉者。负一层面积很大，内有大厅、纪念品陈列室和乒乓球室。国际球星、也是郎朗好友梅西的写满全队签名的10号球衣，则被挂在醒目的位置。不用说，爷俩儿都是体育爱好者。“文体不分

“郎爸”在郎朗的奖杯和纪念品陈列室。

家”，在这里得到了最好的体现。

杜：不久前采访倪萍时，问她最近读什么书，她列出的书名中，就有您的《我与郎朗30年》。可见无论名人还是百姓，做家长的、尤其是希望孩子学点艺术的，都会对您的书感兴趣。您是怎么想起写这样一本书的？

郎国任：我是千千万万琴童家长的一员，我和他们一样，不能预知未来，我所能做的只是每时每刻的不懈努力。30年里，我们相依相爱，共同面对，共同进取，共担风雨，艰辛每天发生，压力无处不在。但我们还是一路走来了。今天，郎朗成功了，我想把这些难忘的经历记录下来，让喜爱郎朗的朋友们了解和体味。这本书写得很快。我每天晚上口述，像讲评书一样（笑），工作人员帮我记录整理，再加上最后的校对阶段，大概写了一个半月时间。每每回忆起过去，我的眼泪总会止不住地落下。

今年是郎朗的而立之年，我应该送他点什么？这本书就是一个最好的礼物。

杜：实际上，您的书不仅是送给郎朗的礼物，也是写给无数望子成龙的家长们的。您是他们的榜样。您想通过这本书告诉他们什么？

郎国任：现在钢琴热更厉害，家长都渴望培养孩子成才，所以这本书的内容具有普遍性，不光我们这代人看，现在年轻人也成家了，有了孩子也会看。其实这本书记录了一些本应秘不传人的东西（笑）；但是我向来觉得，一个孩子如果是好材料，总会成才的。人到一定程度心态要放平，不能把郎朗当成自己的私有财产，而是应该把好的经验传给下一代，为国家培养出更多优秀人才。

杜：郎朗从小就表现出很强的艺术天赋，这是他今天成为世界级钢琴巨星的基础；而您对他的人生规划、为他的成长所付出的艰辛努力，以及他本人的勤奋好学，也是他成才的不可缺少的后天条件。在您看来，您的影响在他成才过程中占有多大比重？

郎国任：这个我在书中也提到了，他受我影响的比重，儿时占70%，10岁左右占50%，13岁占30%，现在只占0.1%（笑）。发现郎朗有音乐天赋，大概在他九个月时。当时，收音机里经常播一首电影插曲《大海呀，故乡》，听久了，襁褓中的郎朗居然能做出某种反应；两岁半开始学钢琴时，他居然能把卡通片《猫和老鼠》中的音乐弹奏出来！我们这代人虽然书读得少，但有一点，我家几代人都喜欢音乐，我本人也有艺术专长。我曾自学二胡，更对钢琴产生了浓厚兴趣。我先练习，再培养他的兴趣。当时他个子太小，只能把他抱到我大腿上弹。包括英语，他学得也很快，这也是他能成为国际级钢琴家的要素之一。千里马要有伯乐，做家长的要有头脑与眼光，给他做好人生规划。

杜： 作为超级球迷，郎朗与球星梅西关系最好，刚才在负一层我也看到了那件球衣。您认为体育和艺术、踢球和弹钢琴之间有什么必然联系吗？

郎国任： 当然有。你知道，我当过兵，一直是用部队作风和体育精神训练郎朗的。我跟郎朗都热爱体育，都是足球迷。他能从球里看出艺术（笑）。我以前说希望郎朗能当大师、当一流钢琴家，现在则希望他当超级巨星，似乎超级巨星对于年轻人来说更有时代感和诱惑力。他弹钢琴时非常富有体育精神。每每弹奏到高潮时，在辉煌的乐章、澎湃的激情和眼花缭乱的技巧中，他已融入到音乐的意境中去，正如李斯特琴技高超，就在于他的技术已完全化为一种音乐形象，达到一种“化境”；又如足球世界中的巴西队、西班牙队，踢得已经是“艺术足球”了。

卡卡曾跟郎朗讲：为什么他有一段时间总是不能上场，是因为长时间替补，比赛的感觉没有了（笑）。但是梅西总在竞技状态中。梅西的盘球技术变化莫测，令后卫防不胜防，这一点跟郎朗有异曲同工之妙。郎朗的弹奏为什么受到欧美观众的喜欢与肯定？总结起来，除了音乐会规模、观众喜爱程度和票房等因素外，最重要的是在演奏上——无论他弹到哪儿都能有控制力，无论怎样弹奏都能上升到新的境界，而且每场都有新的发挥和创造。郎朗对西方音乐的理解和演绎非常到位。

郎爸助理插话： 说到军事化训练，在我们楼栋，每天都是郎朗第一个响琴，最后一个收琴。日复一日，年复一年，谁能做得到？严格、严谨、不懈的努力，是爷俩永恒不变的坚定信念，才走到钢琴领域的金字塔顶端。很多人问，现在郎朗 30 岁，他跟郎爸谁管谁？郎朗说，从他出生那天起，他和郎爸就是“合体”。

杜： 不久前，美国“虎妈”的魔鬼式教育，曾引发关于东西方两种教育方式的争议。作为“郎爸”，您怎么看这个问题？您成功的经验是什么？

郎国任：首先，“虎妈”在美国，她本人是教授出身，和我的培养目标是有很大区别的，她培养的孩子要上综合大学，尽管是哈佛这样的名牌大学；我培养的是艺术人才，是金字塔尖上的人，两者没有太多的可比性。

其次，我的严格训练是基于坚信郎朗是个天才。我觉得家长对孩子的认知一定不能盲目，而要科学地分析。培养孩子要讲究方法，弹基本功、练习曲的时候孩子会觉得枯燥，不愿意练，那时候你要严格起来，有单兵教练的感觉，让他根本想不到乏累与无趣，这样坚持一个小时就过去了，效率还高。很多人问郎朗，会不会觉得没有幸福的童年，他其实觉得还挺好的（笑）。但一到晚上，练曲调的时候，我就给他拉琴、唱歌，有时还跳舞，那种感觉和气氛完全是放松的、启发式的。

杜：您认为您的经验能复制吗？

郎国任：我的经验当然可以复制，尤其是现在学习条件越来越好了，当年郎朗去德国、日本比赛时，我家连电视机和录像机都没有，就天天听半导体、看音乐词典。像我这样辞掉很好的工作、一心培养郎朗的父亲几乎很少。我也是没办法，看着郎朗的才能，我想尽一切办法帮他成才。下这样的决心，关键在于你觉得值不值，因为成功与否，最终还是取决于孩子本人。

杜：这里还有一个如何给孩子定位的问题。如果只是为了加强孩子的艺术素养，或将来有个谋生的手段，也许不用下您这么大工夫。您的定位是让孩子在国际上拿奖，甚至成为大师，这就完全不同了……

朗国任：是这样。1996年郎朗在日本参加世界青少年钢琴大赛，报名人数80多人。当时东道主日本出钱举办，六位选手进入决赛，其中有四名俄罗斯选手、一名日本选手，郎朗是唯一一名中国选手。当时主办方跟我们说，你们争取铜牌吧。但

我对郎爸说，你是我们这一代
爸爸们的榜样！

我与郎妈。

我们是“组团”采访的。

郎朗私下跟我说，我不要铜牌，我要争第一！决赛时，郎朗弹的肖邦第二协奏曲是特别有深度的一首曲子，有阅历、内心丰富的人才能诠释好。当时场上竞争十分激烈。评委打分时，一位中国评委、四位俄罗斯评委一致决定把冠军颁给郎朗。郎朗高兴得蹦了起来！可以说，没有这种拿金牌的精神、不服输的精神，就没有郎朗的今天。

杜：听说郎朗每年都要在全球演出一百多场钢琴音乐会，还不算那些国家级大型演出和公益演出活动。如此大的工作量，你们是怎么坚持下来的？

郎国任：我们爷俩几乎很少生病，身体强壮，意志坚定，所以我们能干成事（笑）。郎朗现在一年一百二十多场演出，还要忙于基金会和学校的公益演出，最辛苦。但郎朗好强，精力也旺盛。他的公益事业是面向全世界的，去白宫表演已经五六次了，连美国总统奥巴马都自称是郎朗的粉丝。郎朗见到亲人和朋友都很亲切，发自内心地对你好，对父母也非常孝顺。所以说做人很重要。孩子的发展一定要全面，不能只练技术，不练人。

杜：作为一个世界级钢琴巨星，郎朗完全有能力利用他的影响，将中国文化的软实力传播出去。在这方面，你们有什么规划吗？

郎国任：确切地说，以前并不知道路怎么走，但我们没耽误一天时间，没落下一步。超一流的演出，目前世界范畴内只有几个人能承担，其中包括郎朗。比如卡内基音乐厅独奏会，郎朗频频受到邀请，已在那儿表演了五次，最火爆时台下坐满了，还要在舞台上加座。今年（2012）6月14日，在德国02体育馆举办了郎朗30岁生日演奏会，作为一个中国人，在异国他乡有上万名外国观众给你的孩子过生日，这个场面太轰动了。那天像马拉松似的（笑），郎朗排练4个小时、演出3个小时，是他演出史上最忙碌的一天。最后唱生日歌时，50个儿童把郎朗围到台前、又举起来。我拿着摄像机，看着舞台上欢腾的景象，看着夜空中绽放的礼花，顿时热泪盈眶。

下一步如何发展？在演出上，郎朗作为超级钢琴家，专做世界各大乐团的开幕、闭幕演出；在文化交流上，我的团队正策划以郎朗为平台，以他的全球影响力来宣传我们的国家，设法将中国音乐文化推向世界。总之，艺无止境，我们的奋斗也是不会停歇的！

对话郎朗：

用神奇十指征服世界

在北京见到郎朗时，很难相信眼前这位身穿黑色运动衫和牛仔裤、态度真诚而谦和、脸上甚至还带着几分稚气的阳光大男孩，就是那个用神奇的十指征服了世界的人。

他被誉为当今世界最年轻的钢琴大师，“中国的莫扎特”和“中国的形象大使”，甚至说他的出现“改变了世界”——改变了世界对中国的看法、流行对古典的看法和人们对艺术与商业关系的看法。

郎朗三次应邀到白宫演奏，与老布什、小布什和奥巴马总统私交甚好，老布什还与郎朗坐在钢琴前“四手联弹”。2012 年 6 月，郎朗在英国女王登基六十周年音乐会上演奏后，女王边模仿弹琴的动作，边问郎朗：“真难以想象你的钢琴怎么弹得这么好，你是如何做到的呢？”

威廉王子则称赞他有一双“神奇的金手指”。

世界三大男高音之一的帕瓦罗蒂生前也十分欣赏郎朗：“因为你和我一样，都有着太阳般的性格！”

与郎朗的会面是由郎爸引见的，之前，我刚与郎爸就他的新书《我与郎朗 30 年》进行了愉快的交谈。郎朗怎么看待父亲的新书？怎样改变世界对古典音乐的偏见？如何在世界上彰显中国文化软实力？下一代琴童面临哪些挑战？且听郎朗一一道来。

杜：刚才与郎爸聊到他的新书《我和郎朗 30 年》，听说他开始写书时没告诉你，想给你一个意外的惊喜、一个而立之年的礼物。你怎么看待父亲的这本书？

郎朗：开始写书时我爸没跟我说，我先从网上得到消息，后来又看到一些迹象，才证实了我爸写书的事儿。我爸写书的角度不同，所以对我而言别有一种吸引力。我们平时谈的都是艺术，不太交流生活和感情上的事，他也不太好意思，很多东西不太善于表达（笑）。通过这本书我更了解了父亲感性的一面。他不光是严父，内心也有比较柔软的部分。可以说，我第一次深切地感受到父亲那种流露真情的爱。2008 年我写过一本书，虽然内中的故事有相同的地方，但这次从书里看到父亲的另一种诠释，仍让我觉得很新鲜、很感动。

杜：在《我和郎朗 30 年》中，我们看到在你成才的过程中，东、西方两种教育方式都在你身上发挥了作用，郎爸在培养你练琴时，不仅有"魔鬼式"的严格训练，同时又很注重启发式教育。

郎朗：是这样，我觉得一个人的成功必须要有全球价值观。比如我爸也在变，不只局限于中国的传统教育方式。尤其出国这段经历对我们都有好处，了解了西方的教育模式，使我们接受和吸收的东西具有中西合璧的特点。现在世界一体化，只在中国成功不是完全的成功。特别是搞西洋音乐，必须要接受西方模式，了解西方文化；当然前提和基础是了解和把握我们自己民族的文化。我爸把中国音乐弄得很通，并从中找出自己的灵魂，他在这方面给我很大的教育和帮助，而不只是起到了督促作用。音乐必须从内心里去体验。从脾气来讲，当年他有些着急，望子成龙心切；而现在相反，他让我别着急（笑）。

杜：有人认为，你的出现改变了世界对中国、流行对古典的看法，你是如何尝试用一种新形式去传播古典音乐的呢？

郎朗：我觉得我的出现对古典音乐是一个改变。中国人可能认为古典音乐深奥难懂，外国人可能认为亚洲人弹钢琴会差一些，这两点在我身上肯定都改变了：近年来，我的国际化巡演得到了世界认同，不光得到认同，而且是站在了首要位置上，成为世界上最受关注的钢琴家。作为中国人，这是一个大的改变。包括之前我在北京奥运会和上海世博会上的演奏，都让钢琴的性能和表现力达到了一个新的境界。

在西方，其实听古典音乐的年轻人不多，但是我的出现能带动一大批人学钢琴。我 1997 年去美国时，老虎伍兹对我影响很大。他，一个小黑孩儿，敢玩一项完全是白人运动的高尔夫球（笑），真是一个相当大胆的举动。而且当时高尔夫没人关注，就是国外所谓有钱人的一项运动。他的出现，让世界上所有人开始关注高尔夫，年轻人也开始喜欢，一时间高尔夫电视台、高尔夫杂志都涌现出来，我当时就特别想学习他的这种成功模式。现在可以说，在一定程度上我做到了，这 15 年的努力没白费，起码，我能通过钢琴影响不同国家的人。这是很不容易的一件事。古典音乐又不像流行音乐那么容易传播，古典音乐又不能完全走流行路线，所以极具挑战性。你想通过一种新形式去传播古典音乐的时候，很多保守派的人就会质疑你，觉得你有问题。所以在本来就很难突破的高雅艺术领域，每次新的开拓新的尝试都很艰难，但我还是要做，我已经看到成果了。艺术是需要不断创新的，创新才有生命力。你演奏到那个份儿上了，就证明了自己的价值。包括我从小的弹琴风格，大家都在讨论，从历史上看可能没有，创造了新一种的弹法。这需要时间来沉淀和证明。

杜：记得两年前，国务院新闻办在面向世界播放的中国形象宣传片时，将包括姚明、成龙和你在内的五十多位中国各界名人，作为一种文化符号，用以诠释当代中国的国家形象。你通过在国外的演出交流，是否越来越强烈地感受到提高中国文化软实力的重要性？

郎朗：你说得完全正确，中国必须建设文化软实力。像今年伦敦奥运会开幕式，他们不需要有多么豪华的排场、多么震撼的场面，而蕴含其中的软实力很强，音乐和艺术语言的影响力很强，只需要甲壳虫乐队、滚石乐队、贝克汉姆、埃尔顿·约翰、大卫·鲍伊、丹尼·博伊尔和007、憨豆这些全球熟知的代表人物出场，世界就全都明白了（笑）。我们中国也非常需要这样的软实力。现在，中国文化的影响还只局限于一定的地域，我们的软实力还要进一步国际化，创造出世界级的品牌，让全世界都知道、都喜欢、都接受。不但有主导性，还要进入市场、进入实体，才能真正成为文化强国。我们现在需要的是在各领域能产生影响世界的顶级人才。比如我们的现代艺术就很强。就在前几天，美国国务卿希拉里在白宫向华裔艺

郎朗接受联合国秘书长潘基文授予的“世界和平使者”证书。

术家蔡国强颁发了首届国务院勋章，同时得奖的还有另外四位驰名全球的艺术家。这样的人越多，我们的文化软实力在世界上的影响就越大，这是毫无疑问的。

郎朗在巴黎埃菲尔铁塔演奏。

杜：我从郎爸的书中得知，在你十几岁时他就让你读莎士比亚，认为莎士比亚的深刻、诗意和精神的丰富性能直接渗透到你的音乐中。是这样吗？

郎朗：我小时候只看动画片，一看真人演戏就换台（笑），最喜欢《猫和老鼠》、《聪明的一休》、《西游记》等。因为动画片需要音乐的支撑，必须靠音乐烘托，一下子把人物感受表现出来。对音乐比较有帮助的还有文学名著、画作、诗词等。我爸让我读莎士比亚时，年纪还小，理解不深，后来在美国柯蒂斯音乐学院学习时，还专门跟莎学家请教过。莎士比亚对我的影响确实很大。

比如我在世界各大乐团演奏，他们每年只跟30个独奏家合作，钢琴在其中最多能占10席；全球这么多钢琴家，如果按两年轮回，才能用20人，跟一个球队选球员一样，除了老将外再选新星。我现在的年龄当不当正不正，面临的竞争力更大：你要在柏林爱乐、维也纳爱乐、纽约爱乐都得到认可，就要有综合实力，像票房、风格、驾驭能力等。就像卡卡上赛季一直上不了主力位置，而要想上场，就要哪个位置都能打。钢琴也是这样。如果只弹“攻击型”钢琴作品，如同射手，可能会出风头、出大名，却不全面，所以也要弹贝多芬、莫扎特这样的“防守型”作品。所以我一般一年弹“进攻”、一年弹“防守”，在不同位置灵动迂回（笑）。

我与郎朗。

杜：除了继续保持你在世界乐坛的地位和影响外，我注意到，你现在已将相当精力用在办学和公益事业上。你对下一代琴童有什么忠告和期待？

郎朗：下一代人面临的挑战更大。我们小时候没什么诱惑，精神很容易集中；现在是网络时代，条件好了，但诱惑太多，分散精力的事情太多。所以希望大家能更用功、更自律、更集中精力地做事，尤其是训练和比赛时，绝对不能分心、不能有杂念。

我在深圳有个郎朗音乐世界，有将近一百个学生，十几个老师，每个季度都会有全球最好的钢琴大师（比如格拉夫曼等）来指导，提供的是国际化的教育。公益和教育是我未来的重要方向之一。不可能一百个孩子都有天分，音乐家不可能量产，但教育系统可以搞得更好。比如技术上，我们比过去好了很多，训练出的学生整体实力很强。水涨船高，大家的水平都在往前冲。

对话蒋大为：

音乐也要接“地气”

“浓浓故乡情，美美故乡梦。我是你的孩子，你是我的母亲。无论走到哪里，我都会自豪地说：我是天津人……”

蒋大为创作和演唱的歌曲《我是天津人》，以独特的视角，真挚的情感，质朴的语言，表达了一位歌唱家淳厚浓郁的思念之情。

蒋大为是国内最具实力和影响力的男高音歌唱家，年届六旬仍活跃在舞台上，把最美的歌儿奉献给观众，堪称歌坛“常青树”。不仅如此，近年来他在音乐理论和创作上也取得一定成就，写出《最美的歌儿献给妈妈》、《我是天津人》等歌曲，前者还荣获了“唱响中国——群众最喜爱的十大金曲”和中宣部“五个一工程奖”。

少年蒋大为。

来津参加2014新年期间

举办的《乡情——海河儿女探亲音乐会》前夕，蒋大为在北京接受了我的访问，话题涉及中国民歌的西洋化问题、电视节目选秀问题、歌曲创作如何接“地气”以及歌唱家自身的文化修养等。“音乐也要接地气，让百姓喜闻乐见，而不能孤芳自赏。”蒋大为如是说。

关于民歌：绝不能走西洋化的路子

杜：新年期间，您将到天津参加《乡情——海河儿女探亲音乐会》，对此，我们很高兴，也很期待。您那具有磁性和穿透力的声线，高超的演唱技巧，尤其是亲切自然的情感表达，都使人如沐春风，大饱耳福。像《牡丹之歌》、《敢问路在何方》等，已成经典，久唱不衰，表明一首好的民歌是有强大生命力的。您是提出科学的民族唱法——中国唱法的第一人，能谈谈何为“中国唱法”吗？

蒋大为：简单说，“中国唱法”就是民族唱法科学化，科学唱法民族化。我觉得当前歌坛存在这样一种倾向：用美声的概念演唱中国歌曲，把民族唱法西洋化。我多次强调，美声是一种唱法，不是一种风格，把中国歌曲唱成意大利味，洋腔洋调，装腔作势，百姓是不爱听、不买账的。其实《我的太阳》、《重归苏兰托》原本就是意大利那波里的民歌，就像陕北民歌是陕北味，东北民歌是东北味，京剧是京味一样。不错，美声讲究科学的发声方法，民族唱法一定要走科学化的路子；但科学化不等于西洋化，科学的方法归根结底是为本民族的内容和风格服务的。不能什么都不要了，连观众也不要了，那你就回家唱去，孤芳自赏吧（笑）！所以有一年我在央视青歌赛上说，中国民歌已经走到了一个拐点，再不回头研究研究民歌怎么唱，老百姓就不听民歌了，宁可去听流行歌曲和原生态歌曲。而所谓

中学时代，蒋大为（左一）就多才多艺。

"原生态"，才是真正民间的土生土长的东西。

杜：从接受美学的角度看，不同年龄和文化层次的观众，对美声、民族和流行唱法，有着各自不同的选择，而受众面最大的似乎还是流行唱法。

蒋大为：这是必然的。比如我们这一代人，文化和受教育的背景不同，可能对民歌、老歌，对歌唱祖国、歌唱时代和歌唱友谊的作品比较偏爱；而孩子们阅历浅，尚在成长过程中，对国家和民族缺乏清晰认知，又处于青春期，可能对爱情歌曲更敏感更有兴趣。我们应当学习和研究一下，为何流行歌曲这么受欢迎？我觉得有两个原因：首先，流行歌曲比较贴近人们的思想和生活，真实、自然、洒脱、有情、有味儿、感染力强。其次，流行歌曲有自娱自乐的成分，谁都能唱，比如"跑马溜溜的山上"都会，"十五的月亮升上了天空"都会，为什么？朗朗上口，便于传唱；而民族和美声唱法太难，没有一定的音乐造诣根本唱不下来。时代在发展变化，演唱方法也要与时俱进，才能唱到百姓心里，产生思想和情感上的共鸣。

关于选秀：不排斥，但不要过于商业化

杜：您如何看待近年来风靡全国的电视选秀、模仿秀节目？从专业角度来说，有无排斥心理？

蒋大为：我从不排斥这类节目。比如央视的《星光大道》，涌现出了阿宝、凤凰传奇、李玉刚、杨光等当红歌手，演员唱得好，老毕主持风格轻松幽默，好看、好玩、逗乐，百姓自然

爱看。当然，说是“百姓舞台”，纯粹的没有受过训练的百姓，是很难过关的。据我所知，在《星光大道》上火起来的明星，多是从歌舞厅走出来的。他们往往一专多能，能歌善舞，变魔术，吹喇叭，吹笛子，有的还能耍贫嘴，讲笑话（笑），在艺术上已经比较成熟了，到了选秀节目中才有竞争力。总之，大家高兴了，怎么玩，怎么唱，都无所谓，但别太商业化，也别弄虚作假。比赛要真实，竞争要公平。如果比赛是假的，获奖者早就内定了，观众普遍看好的选手反而被淘汰，你说还有什么意思？当然，人家有市场运作的能力，咱们也管不了（笑）。

但我不主张儿童参加这类娱乐节目。其实老头老太太通过节目展示一下才艺，年轻人通过节目一夜成名，走上职业化道路，都不是坏事；孩子不同，本来学习压力就很大，在镜头前不可能不紧张，很难展现其自然天真的一面。家长望子成龙的心情可以理解，但据我们所知，世界上的童星，长大后多数转行了，成才的极少。还有给孩子评级，评什么级呀？有的就是为了赚钱。钱要取之有道，千万别误人子弟。

关于创作：写歌唱歌都要接“地气”

杜：记得几年前采访您时，谈到当下好听的歌太少的原因之一，是歌曲创作的滞后。您认为目前的歌曲创作态势有变化吗？主要存在什么问题？

蒋大为：关于当前的歌曲创作，我觉得有两个问题值得关注：一是有些作者好大喜功，总想写些《春天的故事》、《走进新时代》这样的“大歌”，而忽视了为百姓喜闻乐见的通俗歌曲。因为“大歌”总归是少的，大量传唱的是歌颂父母、家乡、山水和爱情的歌曲。刘和刚火在哪儿？就火在《爸爸》这首歌上：内容贴近生活，贴近百姓，洋溢着浓浓的亲情，感人肺腑。

还有我的成名歌曲《牡丹之歌》，从 1984 年至今，30 年中在央视春晚唱过六次，受欢迎程度是绝无仅有的。艺术创作只有接"地气"，才会引起人们情感的共鸣，才会具有永恒的生命力，才会成为经典。二是歌曲创作流于商业化，一个歌手要想取得一首好歌，要从歌曲作者手中购买；歌手为了参加比赛不得不买，歌曲的价格越卖越高，却未必能产生真正的好歌。

杜：您是一位创作型歌唱家，近年来创作了《最美的歌献给妈妈》、《我是天津人》等广受好评的作品，您为什么要亲自写歌，从何时开始创作的？

蒋大为：我的第一首歌，是上山下乡时，在森林警察部队创作的《采伐工人心向党》，在东北唱出了名，慢慢影响越来越大。后来又根据我的生活体验写了《骏马驰骋保边疆》。调到北京工作后，就唱得多，写得少了。这几年因为年龄大了，积累多了，有了创作灵感和能力，才能把想表达的东西通过歌曲表达出来。

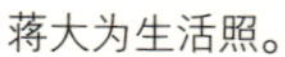
蒋大为生活照。

我不是专业词曲作者，也不是为了写歌卖钱（笑），我写的歌，谁爱唱谁唱，也不在乎什么版权；我还为别人写过市歌、县歌、厂歌……我的歌都是情之所至，有感而发。比如《我是天津人》，作为喝海河水长大的天津人，我对父母，对家乡的怀念从未停止过，有时在梦中都会想起。我看过几首歌颂天津的歌，多是描写天津的海河、建筑和灯光的，的确，天津变化很大，越来越漂亮；但这些歌并不吸引我、感动我，我想从我的角度、我的感受出发，写一首不一样的歌。有一次在

蒋大为、张佩君夫妇同台演出。

2014 年 4 月，我与蒋大为在《桃花盛开三十年——蒋大为师生音乐会》记者招待会现场。

飞机上，脑海中忽然蹦出两句“浓浓故乡情，美美故乡梦”，接着想到天津人的特点：热情、淳朴、善良、勤奋，“我是你的孩子，你是我的母亲，无论走到哪里，我都会自豪地说，我是天津人！”情感的闸门一旦打开，便一泻千里，歌曲的旋律也随之飘出，一气呵成。

舞台上的蒋大为。

关于成功：关键要有悟性和修养

杜：人们常常将成功原因归结为天赋＋勤奋＋机遇，对搞艺术的人来说尤其如此。不知您对此做何理解？

蒋大为：艺术这东西，关键是悟性。就像唱歌，有人一唱就好听，有人一辈子也唱不出来。中国的美术学院多不多？但真正的大师未必是科班出身，齐白石、张大千，都没上过美术学院；歌坛的郭兰英、王昆、李光羲、胡松华、马玉涛、于淑珍、关牧村，都没上过音乐学院。我的经历也能说明问题。我在天津耀华中学读书时，音乐、美术、体育都是100分。后来走上音乐之路也没有正式拜师，就是聆听三大男高音的唱片。一路走到现在，感觉悟性很重要。

杜：大家都知道，您唱歌之外的最大爱好是书法。您为什么要练字，受谁的影响？

蒋大为：艺术有没有深度，往往要看你的人生积淀有多厚，文化修养有多高。我经常对圈子里的年轻人说，你们时间这么多，精力这么充沛，别成天喝酒打牌，没事看看书，练练字，艺不压身嘛！通过这些年临池不辍，促使我读了不少书，唐诗宋词、成语典故，以至每篇文章的谋篇布局、遣词造句、语言特色，都要仔细研究斟酌一番，耳濡目染，潜移默化地丰富了自己的文化底蕴。我最喜欢欧阳询的书法，颜体也写。我有不少书法家朋友，却没有拜师，主要是怕麻烦人家（笑），自己就抱着一本《中国书法大字典》，真、草、隶、篆，一个字用多种字体书写。一次崔永元在甘肃为贫困学生募捐，我让学生送去我的一幅字，拍了26万，当然是因为公益原因，不是真实的价值。但网上已发现我的书法作品了，我一看就是假的，一则我从不卖字，二则不是我的风格（笑）。

我与关牧村：

让爱的阳光普照家庭

2012年11月17日晚，在长寿之乡广西巴马，第六届中国演艺界十大孝子颁奖典礼隆重举行。刘劲、关牧村、王伍福、黄婉秋、朱之文等获得殊荣。一身裙装、雍容大气的关牧村上台领奖时发表的获奖感言只有一句话：“感谢大家对我的信任和支持，希望所有老人们健康快乐、福寿同在！”

这是她的真心话，可谓字字铿锵，落地有声。

11月19日，位于天津团泊湖的关牧村家里，关牧村的父亲关绍甄从《今晚报》上看到女儿获奖的消息，十分激动，百感交集，当即致信《今晚报》社，讲述女儿对自己的一片孝心，字里行间，洋溢着深挚的父女之情，令人动容。

关牧村虽长居北京，却无论多忙，都不忘经常回家，看望团泊湖的老爸。于是，在一个金秋送爽的日子里，我让儿子当司机，驱车前往团泊湖探访这个幸福和谐的家庭。

这是一个环境幽雅的庭院，院子里有自己修筑的鱼池、凉亭、种植的果树和无污染的“绿色”蔬菜。记得上次造访时，关牧村还与小保姆一起采摘了一堆小白菜、生菜、萝卜等，让我带回家“尝鲜”，虽说菜叶子上布满虫眼，炒出菜来却味道很香。

关牧村肖像照。

此番一进关牧村那中西合璧、装修考究、颇具文化品位的客厅，最先见到的是关老，他一开口就吓了我一跳："我今年89岁了，身体还这么好，还能骑车，这么长寿，都是女儿女婿关心照顾得好啊！"细看关老，红光满面、声如洪钟，怎么看也不像年近九旬的耄耋老人。

"您老有福啊！"

"谁说不是，牧村小时候跟我受了不少罪，最困难时连饭都吃不上，现在成了歌唱家，正应了她的一句话：苦难的年代，是人生的一大财富！"老爷子话茬子跟得很快。

"老人家不但身体好，心也年轻、状态也好"，这时，关牧村从楼上下来，寒暄后马上进入话题，"他一生受了那么多苦，却特别知足，特别感恩。我们从苦中走来，对今天的生活特别珍惜。"

关牧村的艺术基因来自父母。母亲李芳芗在北京工作时曾向一个俄国老太太学习唱歌，唱的也是女中音。"那时，母亲经常带我到朋友家弹钢琴，开家庭 party，使我从小受到音乐的熏陶。可以说，我不仅继承了母亲的遗传基因，我的音乐天赋也是母亲发现和开掘出来的。她最要好的朋友邓小姨后来一看到我在电视上唱歌就对人说：整个一个师姐的翻版！说我是母亲的影子，连外貌都与她酷似……"

可惜的是，关牧村十岁时，母亲便因病去世了。弥留之际，她将女儿揽到身边，让她亲了自己一口，然后用微弱的气息，叮嘱她一定要坚持去少年宫练歌。关牧村是肩负着母亲的遗愿走上音乐之路的。

关牧村的成长与父亲也息息相关。母亲去世后，父亲又当爹又当娘，含辛茹苦地把三个孩子拉扯大。尤其在父亲蒙受不白之冤被投入监狱时，正是父亲坚韧顽强的性格和严格的家庭教育，支撑着关牧村度过了人生中最艰难和灰暗的时光。

“父亲对我的影响不光有艺术上的，比如他声如洪钟，嗓子很好，也能唱歌；更多的是在为人处世上对我的影响，比如如何对待人生的困境等等。”关牧村说。

据关老回忆，夫人去世后的日子里，他既要当爹，又要当妈。在那个“新三年、旧三年，缝缝补补又三年”的困难时期，他经常在昏暗的灯光下缝补衣袜，女儿醒来看到父亲一个大男人吃力地做针线活儿，不禁心疼地掉下眼泪。父亲赶忙安慰女儿：“孩子，别难过，坚强些！”

“穷人的孩子早当家”，从那时开始，关牧村默默学起针线活儿，并一点点承担起全部家务。

更令父亲感动的是，关牧村在钢锉厂当工人业余歌手时，已在社会上小有名气，总政、总后歌舞团曾想“挖”走她，但因父亲的所谓“历史问题”，要求她与父亲划清界限，脱离父女关系，遭到女儿的断然拒绝。因为女儿最了解父亲是怎样一个人，他不仅在政治上是清白的，作为女儿，仅仅出于孝心、出于对父母的报恩心理，也不能为了自己的前程而“落井下石”。

终于，关老盼来了落实政策恢复名誉的一天。一次，关牧村在上海演出，《文汇报》记者采访她，她乘机为父亲做起了“征婚广告”：“在我十岁那年母亲去世，当时爸爸仅仅 39 岁，却过早地失去了伴侣。爸爸的身体尚未折腾垮，将来有合适的对象，我要给爸爸找个老伴儿。”

“女儿为父亲的终身大事着想，该是多么关爱多么孝顺啊，一般人很难做到的事，牧村做到了。”关老在致《今晚报》的信中这样写道：“消息发出后，天津和外地不少人给牧村所在的天津歌舞剧院写信，表示愿意与我结为伴侣，共度晚年。我想，

关牧村为群众演唱。

这些人恐怕多是奔着牧村来的，也就没了心情，觉得跟着孩子一起生活，心里更踏实。后来我到中建六局工作，有好心人介绍了天津长途汽车公司保健站的韩若兰大夫，我们一起去上海旅游结婚——当时，牧村正在上海拍摄电影《海上生明月》。"

这些年来，关老夫妇的衣、食、住、行全由关牧村负担和照顾。一家卫视主持人采访时问关老："关牧村经常给您汇钱吗？"关老幽默作答："她的银行卡就在我手里！"关牧村出国或从外地演出归来，总要给韩姨捎些首饰等她喜爱的小礼物；韩姨生病住院期间，关牧村常去医院探视并带去贵重的营养滋补品，直到最后为韩姨送终。

老两口相濡以沫，恩恩爱爱，共同生活了30年，关牧村的孝心和爱心始终像阳光一样温暖和照耀着这个幸福和谐的家庭。

对演艺界"十大孝子"这个称号，关牧村有自己的独到见解。在她看来，孝敬父母是中华民族的传统美德，也是做人的一个基本原则。身为公众人物，被评为"十大孝子"，不是为了荣誉，不是为了作秀，而是希望对社会有一种示范作用，使更多人都来孝敬父母，并由家庭延伸到社会，大家都来为公益事业奉献爱心。

关牧村爱老敬老，是从小养成的习惯。父女俩一路颠颠簸簸、坎坎坷坷走来，相互扶持、关爱和鼓励，即使女儿成了家喻户晓的歌唱家，仍心静如水，保持一颗平常心，用父亲的话说："在她身上，平和中透出一种释然，一种惊涛骇浪后的宁静安详，一种自己掌握自己命运、奋发向上的豪迈气概。这种心态也许就是她在音乐艺术上达到今天这样境界的最重要的基础。"

在关家客厅的临窗处，有一个空间是专属关老的，案几上摆放着一摞书籍和报纸，老人闲来便浏览一番，不仅看书，也写书。

上面那段话即出自关老今年（2012）出版的一本书《我和女儿关牧村》，书中不仅披露了大量鲜为人知的家族命运故事，文笔也相当不错。这与关老当过记者不无关系。

"老爸有自己的一套养生之道"，关牧村深情望着父亲道：

> 他心特宽，特豁达，什么事都不往心里去，哈哈一笑完事。所以满面红光，声如洪钟。他每天早晨到院子里呼吸新鲜空气，拍打拍打自己，活动活动腿脚。这么大岁数了，还骑着自行车到镇上买菜、取报纸。我怕他摔倒，想给他换个稳当点儿的三轮车，他说啥也不干，说骑车是为了锻炼身体。我和江泓每次回京，他都亲自到镇上为我们买些豆腐、沙窝萝卜之类特产，我家菜园里的菜熟了就带菜，吃不了就送邻居。我们邻居有大学教授，报社编辑，还有国家公务员，关系处得特好，小白菜、豆角、茄子，都是白送。去年韩姨患病做透析时，为了接送方便，我买了辆小铃木，让保姆小苹学会了开车。老爸有时出去也坐。现在，只要小铃木不在，邻居就知道老爷子不在家，心里都空荡荡的；车在，

就放心了，把老爷子看得像个“宝”似的……

在关牧村家做客，男主人公江泓一直陪伴在旁。

上次采访关牧村时，她列举了一生中最重要的几位“贵人”——父母给了我艺术基因、音乐教师为我启蒙、工厂是我的“大学”、施光南是我成功的推手、沈湘助我跃上龙门、江泓使我更深刻更有境界。

“他在思想上为我把关，”关牧村笑着对我说，“他是团中央原宣传部长，喜欢研究哲学、文学、佛学，近年来又痴迷书法。大家都发现我认识他后有了深度、有了境界。我们一起追寻真理、追寻人生的真谛……总之我俩挺‘搭’的，算得上是‘最佳拍档’吧！”

在事业上，江泓是关牧村的好参谋。当娱乐界劲吹选秀风、“中国好声音”时，江泓规劝关牧村不要去，说那是年轻人的事；而关牧村也从不排斥各种娱乐和流行元素：“我主张百花齐放，谁唱得好谁唱。人们的日子过好了，文化也要多元化，也要丰富多彩。”

在生活上，江泓与关牧村共同承担起家庭的责任。江泓的老人已去世，每年，关牧村都陪他回家乡扫墓；关牧村为母亲扫墓时，江泓也必到场。在关老眼中，江泓是个称心如意的好女婿。

由于江泓写得一手好字，我便冒昧提出想收藏他一幅墨宝。话一出口，江泓便爽快答应：“好，我们上楼！”

楼上是他的书房，壁上悬挂着他的作品，笔酣墨饱，韵味十足。江泓染翰挥毫，须庾间完成一幅“高趣自得”赠给我，然后一起合影留念。

有关“星二代”的问题，一直是社会关注的热点。

谈到对孩子的教育，关牧村说她对儿子：“没怎么管、比较

2012年12月21日，我在团泊新城采访关牧村时，接受江泓送我的书法作品“高趣自得”。

宽松、最重要的是家长的言传身教。你做到了，他看见了，就会照你的榜样去做。我从小就向他灌输爱心。比如看画报时，我就给他讲，贫困地区的儿童，没有书桌椅子，那么困难都要读书，你们在明亮的教室上课，多幸福啊！妈妈想帮助他们，你支持吗？他说，我支持，长大了我也要帮他们……儿子今年24岁，从澳洲留学归来后，又到北京对外经贸大学深造。他心地善良、乐于助人，我对他很放心。包括孝敬老人，我们孝敬老人，他也孝敬我们。所以说，如果星二代出了问题，家长是有责任的！”

对话郑绪岚：

生命为音乐而燃烧

有这样一位歌唱家，20 世纪 80 年代诸多影视作品中都可听到她的歌声，从《太阳岛上》到《牧羊曲》，从《大海啊，故乡》到《妈妈留给我一首歌》，每一首歌都是真情的流露、心灵的回响，温婉、细腻、优美，有如行云流水，自然天成。她便是海河水孕育的抒情女高音歌唱家郑绪岚。

如今，三十多年过去了，与她同时代的一些歌手早已淡出歌坛，她却依然活跃在舞台上，连续举办《绪岚情歌——时光倒流 30 年》全国巡演、《红楼梦境》演唱会。2014 新年期间，她又与蒋大为、关牧村、于淑珍、李光羲、郭淑珍、高曼华等一起，在《乡情——海河儿女探亲音乐会》上一展歌喉。

我与郑绪岚的已故男友、摄影家李大平是好友，他生前曾希望我写写郑绪岚。所以，我是带着好友的嘱托访问郑绪岚的。交谈中，郑绪岚畅谈了她的坎坷艺术人生和对生命、爱情和事业的感悟，令人深深感到——她的生命在为音乐而燃烧！

郑绪岚写真照（左）。
郑绪岚生活照（右）。

《妈妈的样子》，献给津门父老的歌

想念妈妈无私的爱，泪水浸透我衣襟
——郑绪岚：《妈妈的样子》

杜：很高兴，新年期间举办的《乡情——海河儿女探亲音乐会》上，又将欣赏到你优美的歌声。你准备给天津观众演唱哪些歌曲呢？

郑绪岚：这次我除了演唱《牧羊曲》等经典歌曲外，还将奉献给家乡父老一首我自己创作的新歌《妈妈的样子》。因为妈妈在我的生命中是如此重要，自从15年前妈妈离我而去后，我对她的思念从未停止过，也一直想为她写一首歌。今年（2013）母亲节那天，我突然有感而发，写了一首《妈妈的样子》。写完唱给大家听，他们无不被感染。你知道，有些歌者是需要苦练才有可能成材的，而我属于天赋比较好的，独特的嗓音条件使我唱出歌来，更容易被大家接受和喜爱。这方面真的要感谢妈妈，她高中未毕业就参了军，虽不是专业歌手，却很喜欢唱歌，是个活跃的女兵。她不仅给了我艺术遗传，而且每每在关键时刻引领我，是开启我音乐之门的“伯乐”。我觉得在天津演唱这首写给妈妈的歌，具有双重的意义。因为我是喝海河水长大的，献给妈妈，也献给天津的父老乡亲。

杜： 据我所知，早在20世纪70年代末，你就小有名气了，后来又调入东方歌舞团，演唱了大量脍炙人口的影视歌曲，其中大部分是王立平作曲的。他是为你量身定做的吗？

郑绪岚： 当然不是。我演唱他的第一首歌《太阳岛上》的时候，我们根本就不认识。他为电视风光片《哈尔滨之夏》作曲时，从一盘磁带中听到我的歌，很喜欢我的声音，便四处打探到我是东方歌舞团学员，于是到我的宿舍来找我，说有一个电视风光片，播出时间已定，音乐却要推翻重来。我们像赶任务一样“赶”出了这首歌。不料电视片一播出，这首歌就火了。然后是《牧羊曲》、《大海啊故乡》……他写我唱，唱一首，火一首，而且无须磨合，十分默契，仿佛是天生的合作伙伴！

《红楼梦境》，就像灰姑娘的水晶鞋

一个是阆苑仙葩，一个是美玉无瑕。若说没奇缘，今生偏又遇着他；若说有奇缘，如何心事终虚化！

——电视剧《红楼梦》插曲

杜： 在你的事业如日中天时，你却一度淡出了人们的视野，与一个美国人结婚远走他乡了。那段日子是不是特别难熬？

郑绪岚： 是的。当时大家都认为我是为了一段爱情而“隐退”了，其实完全不是。我从未想过要“隐退”，是被迫离开了我热爱的音乐、舞台、观众……已经是过去的事情，我就不想多说了。那段日子确实很难熬，我甚至动过从楼上一跃而下

郑绪岚《情系红楼梦》海报。

的念头。其实在美国没有真正住下来，经常回国；只有回来了，才感觉离舞台近一点。到90年代初，我就基本回来了。我找了一份工作，一边养家糊口，一边心系音乐。我当时想：不能上台演出，自费出个专辑总可以吧！于是我把87版《红楼梦》歌曲找出来精心打磨，重新演绎，2000年，我的《情系红楼梦》CD专辑问世了。

杜：我听过你演唱的《枉凝眉》，缠绵委婉，十分动情，在对歌曲内涵的演绎上甚至超越了原唱。当年王立平为何没让你唱呢？

郑绪岚：王立平在为《红楼梦》作曲时，曾把我和施光南请去听他的《枉凝眉》。我听后觉得这组歌曲在音乐气质上非常适合我，但他没有用我，我尊重他的选择。时隔十年，我重新演绎《红楼梦》中的11首插曲，是在观众已“先入为主”的情况下进行的，对我而言是一个巨大挑战。但我确信，它就像是灰姑娘的水晶鞋，我穿着合适！

杜：后来我看到你在新加坡和北京等地，主演过一个《红楼梦》专场，挺火的，这又是怎么回事？

郑绪岚：噢，是这样，新加坡指挥家郑朝吉先生有个创意：把电视剧《红楼梦》里所有的音乐和歌曲，串联成一台晚会。他几经辗转找到王立平，向他透露了这个想法，却被王立平否决了。但郑先生三番五次，锲而不舍，使王立平产生了动摇。“要不就试试吧！”王立平说。“由谁主唱呢？”郑朝吉问。“郑绪岚！”“她行吗？”“你听了就知道了！”

就这样，从2000年起，我在新加坡、北京、南京、台北、温哥华等地举办了多场《红楼梦》专场演出，今年12月3日《红楼梦境》又在北京保利剧院上演。在这个类似小歌剧或音乐剧的专场演出中，我身兼领唱、独唱、一个人的“合唱”和串场词的朗诵，压力非常大，观众反响却非常好。一位大学教授朋友看完演出给我发了一条短信，是这样说的：“我深深感受到你的演唱不仅是甜美的声音，更重要的是用真心、深情在歌唱。我自始至终被这份浓浓的情感感染着，激动不已，泪流满面；同时也十分敬佩你顽强不息的精神，生活给予你那样多的磨难，却使你变得更坚强！”

生死之间：《三千个日出不见他》

时光恍如昨日，他的笑声，他的身影，仍然回荡在梦中。

——郑绪岚：《三千个日出不见他》

杜：我知道，在你事业几起几落的同时，生活中也经历了一

《情系红楼梦》剧照。

些不可承受之重。比如险些夺走你生命的那场大病，比如你的摄影家男友的不幸离世，无疑在你心中留下刻骨铭心的记忆……

郑绪岚：我的病是“非典”那年，所有演出都取消了，我在天津休假时得的。本来不大的病，肠梗阻，因为手术失误，整整三年时间不能进食，靠输液维持生命，造成重度营养不良，体重锐减了20多公斤。在我每况愈下，奄奄一息时，给我的好友朱时茂拨了一个电话，通过他的介绍，我找到北京301医院的一位主任大夫宋少柏，他举着我的片子看了一眼，便告诉我说："他给你切错了地方，把一段好肠子切除，坏肠子留下了！"真令人瞠目结舌、啼笑皆非！但我的身体过于虚弱，不能马上开刀，需要补充营养。由于我求医心切，身体尚未复原时便恳求主任为我做了手术。然后是术后大出血，又一次在死亡线上挣扎。危急时刻，是我的艺术拯救了我。301医院一位女院长是我的粉丝，我在北京的每场《红楼梦》音乐会演出，她都买票去看。听到我的病情后，她立即组织相关人员查找出血原因，止住出血部位。那一刻，我才感到自己起死回生了。

正像俗话说的，祸不单行，几乎与我同时，我的男友不幸罹患了绝症。我出院不久，勉强能被人扶着起身时，便到医院陪护他。他经过几次化疗已瘦弱不堪。我们二人相对无言，唯有眼泪，一直到他撒手人寰的那个黄昏。今年4月21日，在他去世八周年时，我为他写了一首歌《三千个日出不见他》，寄托了我的思念之情。身心受到重创的我，慢慢舔舐着自己的伤口，用了三年时间才慢慢恢复过来。

爱情已逝，艺术是我生命的全部

我是在登声乐艺术的珠穆朗玛，现已走到高寒地区，但距峰顶还有一大段路……

——郑绪岚

杜：你从艺已三十多年，为何艺术激情始终如此旺盛，你演唱的动力是什么？

郑绪岚：是的，我从来没有懈怠过，一直本着一个目标：希望不断提升自己的艺术境界。我的演唱追求真情、纯情，做到这一点，你的歌声不怕不感人。心里时刻想着观众，这就是我演唱的动力。我到东方歌舞团时，已经在天津小有名气，成为专业歌手后仍渴望学习、提高，于是通过刘诗昆结识了歌唱家郭淑珍，向她学习科学的发声方法。然后不断地揣摩、体会、聆听、探寻。年轻时我的声音条件，指到哪儿打到哪儿，HiC，HiD，HiE，非常容易就唱上去了；现在不同了，像我这样身心受过重创，到了这般年龄，仍能独挑一台晚会，为大家真真切切唱两个多小时，多亏了老师们的教导和几十年如一日从未间断的刻苦训练和探索。

杜：走过了几十年的风雨历程，经受了生离死别的痛苦，你对生命、爱情、事业的起落，一定有着刻骨铭心的感悟吧？

郑绪岚：当然有了。比如对生命意义的思考。我曾丢掉过健康，知道健康的重要和宝贵。我认为健康与生命可以画等号。因为没有了健康，生命中除了痛苦还有什么？当我终于有了健康，生命还在延续，“夕阳无限好，只是近黄昏”的时候，就想紧走两步，珍惜每一天、每一分、每一秒的时光，为今生今世最想做好的这件事奋力拼搏。我形容自己是在登声乐艺术的珠穆朗玛，现已走到非常寒冷、空气稀薄的高度，但距峰顶还有一大段路，所以还要咬紧牙关继续攀登，一步步、一寸寸地往上走。爱情对我而言已经逝去了，艺术是我生命的全部！

对话谭晶：

让中国声音从“鸟巢”飞向世界

对谭晶，我印象最深的是她十数年前参加央视青歌赛时，在众多歌手中脱颖而出，夺得通俗唱法金奖的情景。其后，她迅速蹿红，在央视春晚和各种大型晚会上，都可见到她的身影，聆听她自成一格的美妙歌喉。

她的唱法被称为“跨界唱法”，作为一个音乐外行，起初我对此不甚了解，直到听她演唱《我爱你，中国》，才有所顿悟。坦率地说，以前听美声的《我爱你，中国》，更多的感觉是歌唱家在“炫技”，只有谭晶“跨界”的《我爱你，中国》，才真正称得上“声情并茂”。

近年来她又到金色大厅、阿尔伯特皇家音乐厅等世界音乐殿堂举办演唱会，成为继宋祖英后，第二个走向世界的中国歌手。

我对谭晶的多次采访都是通过电邮的方式进行的，真到2012年9月，才有机会面对面。

2012年9月21日晚，北京国家体育场（鸟巢），一部颠覆传统表演模式、投资过亿、吸引了陆川、卞留念、谭晶、吴克群等一流艺术家加盟的大型魔幻音乐剧《鸟巢·吸引》正式公演，让全场上万名观众看得目眩神迷，惊艳连连。

谭晶写真照。

作为全剧的核心人物，谭晶的表演和演唱除了与吴克群在人间的相恋戏份外，多是被吊在“威亚”上在高空完成的，不但具有一定的危险性，也是对她心理素质和表演功力的一个巨大挑战。演出之前，谭晶在后台与我交谈时，畅谈了她出演《鸟巢·吸引》的过程和感受，以及她对中国音乐文化走向世界和从事志愿者工作的真知灼见。

对谭晶来说，演舞台剧已经不是第一次了，歌剧《白毛女》中的喜儿、《木兰篇》中的花木兰等，都表现出她用音乐和表演两种艺术形式塑造人物的能力。此次在《鸟巢·吸引》中饰演“水晶女神”，谭晶是骑着一只朱雀从天而降的；而吊在威亚上表演，对她无疑是一次挑战。

杜：你是怎样与陆川结识并开始合作的，为何要主演这样一部颠覆传统表演模式的音乐剧，《鸟巢·吸引》最吸引你的是什么？

谭晶：是这样的，今年（2012）5月23日，在人民大会堂纪念毛主席《在延安文艺座谈会上的讲话》活动中，我见到了陆川，他告诉我有一个在鸟巢上演舞台魔幻秀的创意，希望我能加盟。我一听鸟巢这个与我有缘分的地方，就怦然心动了。所以，是鸟巢首先吸引了我。然后呢，我是第一次尝试这种舞台魔幻秀；第一次挑战吊威亚的表演；第一次与一位电影导演合作……这么多“第一次”，当然对我很有诱惑力了（笑）！我喜欢每次都不重复，做新的事情。

杜：听说你第一次吊威亚演出，心里也有些害怕，手心直冒汗。你觉得自己在《鸟巢·吸引》中的演唱和表演与之前相比，有哪些不同或突破？

谭晶：（笑）是啊，我也是在锻炼自己的心理素质。以往的演唱和表演都是在剧场里，表演区域相对集中，大家都看得见，表演相对容易些；鸟巢空间太大，在表演上动作上要夸大很多

谭晶在鸟巢主演多媒体歌舞剧。

倍，然后有些吊威亚的表演不仅危险系数高，还要在内心很恐惧的情况下做出美丽的表情和动作（笑），对我来说也挺难的。不过我觉得《鸟巢·吸引》充分发挥了编导丰富的想象力，加上声、光、电等高科技手段的运用，是未来艺术创新的一条重要途径。人类已进入高科技时代了，艺术与科技的结合，将会大大丰富艺术作品的表现力，更加吸引人们的眼球。

杜：你的名字叫“晶”，饰演的角色叫“水晶女神”，《鸟巢·吸引》是否为你量身定做的？这个戏对你来说，最难的是什么？

谭晶：当然有量身定做的成分。“水晶女神”是从一块碎裂的水晶体中诞生的，出来后唱了一段咏叹调，熟悉我的朋友都觉得这个唱段非常适合我，是谭晶的感觉（笑）。要说最难，还是体力上吧。因为舞台太大了，彩排时光是在舞台上跑来跑去，就有几千米；在空中吊了十几分钟，还要掌握平衡，回来累得够呛，浑身都疼，蛮辛苦的。

杜： 近年来，你频繁出现在国际艺术舞台，用你的歌声传播着中国文化。你一直在谋求用国际音乐语言演绎中国音乐，力求让外国人能听懂、接受。

谭晶： 我一直认为，我们的民族音乐，包括原生态民歌，都是非常优秀的，如果仅仅在当地演唱，未免太可惜了。作为一个搞音乐的年轻人，要把传统的好东西继承下来，同时要有创新，更加发扬光大，让更多的人甚至全世界都听到、都欣赏。我特别希望用一种世界性的音乐语言，或世界熟悉的表演手法、配器等，来演唱好听的中国旋律给他们听。我去年在英国皇家阿尔伯特音乐厅的演唱会就是一次突破、一种尝试。好多朋友看了演唱会录像后都予以肯定，说没想到会这么成功。我特别感谢罗伯特，他用西方观众熟悉的戏剧方式，把我所有的歌曲串联在一起，我也在演唱中融入了一些流行元素，让西方观众能轻松地接受，可以说是一次跨界的典范，我自己也受益匪浅。

杜： 在你看来，中国音乐走向世界的主要障碍是什么，是文化背景不同，还是音乐体系方面的差异所致？

谭晶： 其实可能还是交流少的问题。如果我们到世界上演出，仅仅演唱外国歌曲，人家听是听懂了，毕竟还是不了解中国音乐到底是什么样。我觉得今后可以换一种包装方式，如通过音乐剧、舞台剧，用中国的音乐元素，讲述一个外国人也知道的中国的历史或故事，我想他们也会喜欢看的。比如我们在俄罗斯的演出就很受欢迎。不管到哪个国家、哪个地方，只要能传播中国的音乐文化，我就会全身心地投入进去！

杜： 你被称为“国际谭”、“中国晶”，今年以来先后担任了波兰欧锦赛大使、参加了伦敦奥运开幕式、到联合国总部演讲；更在国内坚持从事公益事业，获得了一系列荣誉称号。作为一名歌唱家，你觉得这样做的意义何在？

谭晶：本（9）月16日，我刚刚在韩国获了一个“世界和平奉献大奖”，我得的是“志愿奉献大奖”，表彰我在志愿者这个领域所做出的贡献，包括通过文化交流促进世界和平。我因为排练《鸟巢·吸引》不能出席颁奖活动，他们把奖杯今天拿过来了，所以我感到特别高兴（笑）！我觉得这不仅是对我个人的肯定，也是对志愿者这个群体的肯定，证明中国的志愿者已得到国际上的认同。

06

第六辑 我与笑星们

马三立：

一别十余载，仍在“逗你玩”

一

2001年12月8日晚，相声泰斗“马三立从艺80年暨告别舞台晚会”在天津人民体育馆隆重举办。

这是一个雪后初晴的冬日，路上的积雪尚未融化，泥泞难行，寒风彻骨，却未能阻止数千观众以及参加演出的明星大腕、媒体记者的蜂拥而至。京津高速封闭了，晚会主持人赵忠祥、倪萍和首都演艺界名人马季、姜昆、冯巩、牛群、黄宏、李光羲、马玉涛、郭颂等，都是坐火车来的；他们是否在车上遇到粉丝围观，我们不得而知，但具有此种号召力的，恐怕非三立老先生莫属。

一场媒体大战也将展开，火药味十足。《人民日报》社、新华社、中央电视台和海内外上百家媒体都派出了精兵强将。由于想报道马老告别演出的媒体太多，临时赶来、没有拿到采访证的记者，使出浑身解数欲“混”入场内。据说有一家媒体，竟然用电脑制作的假采访证蒙蔽了守门人的眼睛。连平时请都请不到的电视媒体“老大”——央视某栏目组都被拒之门外。

马三立变形照。

观众的热情更是一浪高过一浪。人民体育馆看台座位不仅爆满，场地内还加了十几排座位，连舞台背面的看台上也坐满了观众，几乎整场看的都是明星的后脑勺。那阵子，翻开各家媒体对这场晚会的报道，大都采用了这样一个关键词——“一票难求”。难求到何种程度？晚会承办方政浩公司总经理刘金芳一个月前因估计不足，曾动员关系单位团购过部分入场券，现在到处是一片买票、要票的告急声，迫使她不得不磨破嘴皮子，从客户手中“回购”了少量入场券，以解燃眉之急。

所有这一切，原因只有一个——天津人太爱马三立了，全国人民太爱马三立了。

这是所有人都始料不及的，也包括在下。

“马三立从艺80周年暨告别舞台晚会”是由《今晚报》社主办的，而我作为活动的组织者之一，从前期策划、宣传到演出，都负有一定责任。前期工作一路顺风。文化版上开辟的

“我与马三立”专栏，陆续刊发了名家谈马老的文章，非常吸引读者眼球。晚会越炒越热。可就在晚会筹备的最后阶段，全国晚报文化记者学会一年一度的年会在海南召开，作为学会常务副会长，每年的学会工作报告都是我做的，不能缺席，只好把后面的难题上交给了报社领导。年会是12月7日结束的，8日一早，我即乘海南航空的班机直飞北京，中午抵京后，报社驻京记者刘杰开车接站，准备在马三立告别演出开始前赶回天津。

这是一个漫长而艰难的行程。由于京津高速雪后尚未开通，只能走老京津公路。车多，路滑，道路不通，绕行，光是出北京就花了两个多小时。公路上同样不断塞车，车上人心急火燎，又无可奈何。终于像龟兔赛跑中的乌龟一样缓缓“爬”回天津时，夜幕已经降临。平日里两个小时的路程，这次竟走了整整半天！到家已经晚上六点，简单收拾一下，饭也来不及吃，便直奔人民体育馆。

晚会现场早已“爆棚”。经过一天的旅途奔波，直到稳坐看台上，我的心仍不能平静下来，因为，好戏马上就要开场了！

二

大幕拉开，在万众期盼的目光中，马三立登场了。中分头，扇风耳，一身中山装，人虽瘦削，却显得很精神。马三立在家人搀扶下缓缓走到舞台中心，连连向四面看台上的观众作揖，立定，开口一句“我叫马三立！”引得全场哄堂大笑。天下谁人不识君，还用自报家门吗？看似多余，可从他口中说出就是幽默。

“今天是我从艺80周年，来了这么多人，我真是受宠若惊，有点小题大做了。你们看我值吗？”

“值！”台下异口同声，然后是一片掌声夹杂着笑声，就像

“马三立从艺 80 周年暨告别舞台晚会”演出结束后，天津市领导与艺术家们走上舞台，祝贺演出成功。

有人指挥似的。

主持人倪萍不久前曾专程来津，为马三立做了一期《聊天》，这次一见面，就夸马老“漂亮”，马三立马上反驳说：“我长这么大还没人夸我漂亮。”

“我是说您酷呀，现在都兴减肥，您这么瘦，所以是漂亮的。”倪萍挺会“捧”。

“我也想减，可没肥可减了，我今年快 90 了，体重从没过了一百斤！”说的都是实情，却很“逗哏儿”。仿佛意犹未尽，他又用手一指旁边的赵忠祥：“把你的袜子脱下来能给我改一背心。”全场哄堂大笑。

接下来，马三立充分发挥了他的“现挂”本事，分不清他是在谈话，还是说相声、抖包袱。

相声名家马季为马老送上他亲笔书写的条幅：“前无古人，后无来者。”马三立拉着他的胳膊说：“我和马季、马玉涛都是一家子，都是马大哈的后代！”

然后又逗李光羲、郭颂玩——

“我是马三立！”（左）

马季为“马三立从艺80周年暨告别舞台晚会”演出题赠书法作品“前无古人，后无来者”。（右）

倪萍叫我唱一段，我这声音怎么比得上李光羲呢，李光羲那是金钟儿嗓。他为嘛有这么好的嗓子呢，因为他平时注意保护，不抽烟，不喝酒，干东西不吃，李光羲嘛，光喝稀的！

还有郭颂，我们认识好多年了，我喜欢听他的歌，他喜欢听我的相声。他这人不忌口，葱、姜、蒜什么都吃，山东的火烧也吃，不噎嗓子。我一想也对呀，不管什么吃的，端起锅来就往嘴里送！

看着马三立不慌不忙在台上“现挂”的样子，台下人要笑喷了。虽然只是“逗你玩”，却反映了老人的机敏和智慧啊！

这真是一场别开生面的晚会，没有彩排，没有台本，说话就像说相声，表演多是即兴的。晚会上，马三立唱“主角”，各位笑星和艺术家们也纷纷献上拿手节目。有人曾总结了本场晚会的五个“之最”，其中一“最”，即创立了最年长演员（马三立，88岁）与最年幼演员（刘小源，6岁）同台演出的纪录。而上海吉尼斯总部则当场向马三立颁发了“从艺时间最长的相声表演艺术家”证书。

晚会圆满结束，领导接见合影后，马三立被他的徒子徒孙们簇拥着走下舞台。此刻，他的内心一定很不平静。“我值吗？”“值！”百姓的口碑就是最大的奖杯。他可以满足了。天津的观众太喜欢他了，中国的观众太喜欢他了，他无愧于“人民艺术家”的称号。

这场晚会产生了穿越时空的巨大魅力和影响力。一年多后马三立离世时，所有接受本报采访的名家——冯骥才、倪萍、黄宏、牛群、李光羲、苏文茂等，在沉痛怀念马老时，都不约而同地提到了马三立告别舞台演出；2004年，读者投票评选《今晚报》创刊二十周年十大新闻时，“马三立从艺80周年暨告别舞台晚会”演出名列其中。

三

2003年2月11日，马三立去世的当天清晨，我正在文化部值班。刚到办公室，就接到报社副总编刘凤山的电话，说一位总医院的朋友告诉他，马老病危了，正在组织抢救。心里一阵难过后，马上联系马老的家属表示关切，并请他们在第一时间将老人病情通知晚报。上午6时40分，马老驾鹤西去。《今晚报》当天在头版位置报道了马三立去世的消息，肩题为《相声泰斗挥手道别　三立老人辞世而去》，主题则用粗黑体标出《人间从此谁逗咱玩》。要说晚报出版部真有高人，这么严肃的讣告性质的消息，竟被处理得如此生动、如此富有人情味，又完全符合逝者的个性和职业特征！绝了！

马三立去世后的第三天中午，马三立的三女儿马景雯、三女婿张宝明便来到《今晚报》文化部，一面感谢报社对父亲去世的慰问和报道，一面将张宝明写的一首《哭岳父》交给我，希望在《今晚报》发表，聊表思念之情。马景雯边说边掏出手帕擦眼泪，“传染”得我也眼睛发酸。

马老生前最爱读《今晚报》，全家人都与《今晚报》保持着一种特殊情缘。作为《今晚报》人，我们为老人家主办过告别舞台演出，与马氏相声传人、马三立长子马志明，照顾晚年马三立起居的幼子马志良有过多次接触，关系也很好。一般说，诗歌散文等文学作品只能发在副刊上，但夫妇俩既然找到我，就没有理由推脱。所以，我就将他们来报社怀念父亲的事实处理成一则消息，发表在第二天的《今晚报》文化版上，并将《哭岳父》一诗附在消息中——

弃学从艺严自修，九十寒暑苦作舟。
啮雪吞毡腰不陷，驱烟卷雾又举头。
弹冠振衣日三省，立德功言毕生求。
半子泪河哀如海，愿翁德艺颂千秋。

3月11日，马景雯再次投稿，题为《爸爸，女儿再和您说句话——写在父亲去世一个月时》。这篇文章我也处理成消息发表了。看到女儿女婿对父亲如此情真意切，我还建议他们写本书，回忆与父亲相处的那些难忘时光。没想到，夫妇俩历时数载，真的把书写出来了。

马景雯、张宝明著《我和爸爸马三立》。

2008年1月，马景雯、张宝明著《我和爸爸马三立》由百花文艺出版社出版。书中以大量翔实的鲜为人知的事实，记述了马三立艰辛坎坷的艺术和人生之路，还原了一位生活中的好父亲形象。书中还多次提到我，说我是第一个鼓励他们写书的人，让我既感动又欣慰。书中还摘录了我在马三立去世第二天发表的采访大冯的文章。我觉得，大冯对马三立的评价是我听到的最精辟的评价——

> 在大冯看来，马三立的相声与他的为人一样，亲切、自然、平易，同时又有极高的技巧。铺平垫稳，从容不迫，最后抖出一个响亮的包袱，于瞬间显示出非凡的智慧。这是最迷人的马氏风格。
>
> 马三立“说”的艺术无与伦比，他的相声不是编出来的，是“说”出来的。他是位“说”的大师。他说相声讲“现挂”，随机的即兴的东西很多，有灵感，有灵气。年近九旬尚有如此机敏和智慧，实在令人钦佩。他的诙谐、幽默达到了一个很高的境界，在当代相声界无人可以逾越。可以说，他是“语言卓别林”。

2003年11月18日，马三立铜像在他的母校——天津万全道小学举行揭幕仪式。铜像的作者是我多年好友、雕塑家刘鑫。他为了这尊雕像可以说用心良苦：雕像采用坐姿，是因为马老站着为大家说了一辈子相声，现在应该坐下休息休息了；让马老身上穿比较厚实的夹衫，是因为雕像安置在室外，怕天凉时老爷子冻着……铜像的大理石座基上，镌刻着冯骥才题写的“人民艺术家马三立”八个大字，则是对老人家一生的最大褒奖。当日，马景雯张宝明夫妇、刘鑫和我站在马三立铜像前，回忆老人家的道德风范，钦佩和思念之情油然而生，心绪久久不能平静……

雕塑家刘鑫（左三）为马三立塑像。

直到现在，马景雯都不愿我叫她“马老师”，而希望我直呼“三姐”。逢年过节，她总不忘打个电话，道一声温馨的节日问候，叮嘱我多保重身体，不要过于劳累。不但问候我，还要给我父母和老婆孩子带好。那情分，简直与亲姐姐无异。

2013年2月11日，是马三立逝世十周年纪念日。2月9日，《今晚报》发表了我与马氏相声传人马志明一起缅怀马老的文章《马三立：一别十载，仍逗你玩》。

的确，马三立的艺术还在，精神还在，他还在“逗你玩”！

赵本山：

重回春晚为哪般

年年岁岁花相似，唯有今朝大不同。

2013，七月流火中，最“火”的新闻莫过于央视春晚主创大“变脸”了。12日，引发全民关注的马年央视春晚终于揭晓了幕后班底，冯小刚任总导演，赵本山任副总导演，阎肃、冯骥才、刘恒、张国立、印青任艺术顾问。

央视春晚办了三十年，“开门办春晚”的口号也提了若干年，但这次“门”开得这样大，导演不再由央视包办，而从社会上招贤纳士，却是破天荒第一次。

在导演阵容中，最令人感到意外的是赵本山，半年前，他刚刚宣布退出包括央视春晚在内的小品舞台，信誓旦旦犹如在耳，便欣然接受冯小刚和央视的邀请，不但重返央视春晚，还担任了副总导演兼语言类节目总监，“变脸”何其快，教人情何以堪？

明星，莫要轻言“隐退”

半年前，当赵本山宣布退出央视春晚和小品舞台时，我曾不

赵本山的表情。

无忧虑地写道："没有赵本山的春晚还是春晚，它可能更时尚，更新潮，更具视觉美感，却少了笑声，少了高潮，对习惯于将本山小品当做大餐上一道主菜的亿万观众来说，确实是一个不可弥补的憾事。赵本山的'隐退'意味着什么？意味着一个时代的结束，意味着央视春晚小品的黄金时代已一去不返……"现在看来，倒有些"庸人自扰"的味道了。

现在，赵本山又回来了，听到这个消息的第一感觉是：我们又被本山大叔忽悠了——看来明星们"隐退""淡出"之类的说法，多数都不靠谱。

既然没想真"退"，为何要做"隐退状"呢？

众所周知，本山连续两年缺席央视春晚，并非他不想上，而是准备了节目却未获通过。这对一个驰骋央视舞台二十余载、通常享受“免验”待遇的“小品王”来说，不啻为一个沉重的心理打击；此时宣布退出小品舞台，既是一种情绪上的宣泄，也可挽回一些面子。所以本山宣布“隐退”可理解为一时的心血来潮、意气用事，是一种情绪化的表现。其次，本山宣布退出小品舞台也是向社会释放的一个试探气球，因为一个家喻户晓的公众人物的去或留，有时并不完全取决于个人的意愿，需要搜集和了解公众的反馈和诉求。或许正是在此过程中，一些公众对本山隐退的惋惜和挽留之情令本山深受感动，这样，当央视和冯小刚向他伸出橄榄枝时，他的回归便是情理之中的事了。

这一点，赵本山自己说得也很明白：“没有春晚舞台，就没有我赵本山的今天，我对它是有特殊感情的……我曾宣布退出，今又回来了，觉得人嘛，难得让人重视，老百姓还认可，领导还信任，我再不出来，就有点不识抬举了！”

本山大叔又回来了，我们表示理解和欢迎，只是，希望艺术家和明星们今后一定要谨言慎行，不要轻言“隐退”。这样，一旦复出时，便少了些尴尬，少了些自圆其说的解释。

该不该留，观众说了算

从赵本山时隔半年便“自食其言”，回归央视春晚这件事上可以说明，一个家喻户晓的公众人物的去与留，有时是不能以个人意志为转移的，还必须考虑观众的愿望与要求。

众所周知，在央视春晚这道除夕夜的文化大餐中，语言类节目是分量最重、最受观众喜爱的部分（例如今年的春晚中，语言类节目的时长占到了整个晚会的一半）；而在语言类节目中，小品受欢迎的程度又超过了相声。这一方面反映了小品这种形式的热烈火爆，更契合人们欢欢喜喜过大年的心理诉求，一方面也与多年来春晚培养和推出的深受观众喜爱的小品演员，有着必然的联系。在春晚小品的鼎盛时期，有陈佩斯和朱时茂、赵丽蓉与巩汉林、黄宏与宋丹丹、郭达与蔡明、赵本山与范伟、高秀敏等多个小品组合，你方唱罢我登场，是何等风光，何等热闹。但随着赵丽蓉的辞世，陈佩斯、朱时茂、范伟、宋丹丹的陆续退出，小品表演队伍日渐萎缩，使赵本山的小品组合成为近年来春晚的重点保留节目。据统计，在央视举办的30届春晚中，赵本山参加了21届；在“我最喜爱的春晚节目评选”中，赵本山连续15年获小品类一等奖，从而无可争议地成为央视春晚的“小品王”。

赵本山在表演。

赵本山的小品为何受欢迎？首先是因为他的小品紧扣时代的脉搏，反映了改革开放给人们带来的从精神到物质的巨大变化，用通俗的话讲，即“接地气”。如《红高粱模特队》对“劳动创造艺术”主题的生动阐释；《昨天·今天·明天》对农民思想观念和生活方式发生的变革的颂扬；《火炬手》和《捐款》对新时代农民焕发出的政治热情和公益意识的张扬等。其次，赵本山还在一系列小品中，以幽默犀利的喜剧手法，针砭时弊，嘲讽了现实生活中的不正之风，如《卖拐》、《卖车》、《功夫》、《策划》等，使观众在笑声中明辨是非，得到某种思想启迪。

当然，赵本山年年在春晚舞台亮相，时间久了难免会产生“审美疲劳”，一部分观众不想再看到他那张老脸，也是情有可原的；此外，据说受地域文化影响，赵本山的小品在南方观众中缺乏市场。对此，我们很难做出精确统计，无法得出正确结论。但哪怕还有一半人爱看赵本山的小品，其绝对数字也是相当可观的。这便是春晚这个全球受众面最大的综艺晚会的独特魅力所在！

摘了“破帽子”又有何妨

一顶破帽子，一身蓝布装，一双农民式的狡黠眼睛和一张自嘲的“猪腰子脸”，伴着赵本山走过了21个春晚，成为他不变的行头，经典的“黑土”造型，以及“小品王”的标志性形象。

遥想当年，喜剧大师卓别林，不就是一撇小胡子，一顶礼帽，一根文明棍，迈着一双八字脚闯荡世界，成为黑白电影默片时代的标志性形象的吗？喜剧明星需要有自己的形象定位，赵本山或许有他的道理。对他那顶戴了20年的破帽子，赵本山是这样诠释的——

> 有人说你要提高品位，提高格调，改变一下形象，别再戴那个破帽子行不行？但这些年我就没敢试一下，我就怕我变成什么也不是了。因为我不是做学问的人，我就是一个人民的演员，就要了解人民的情感，了解自己脚下的这片土地。小品这块市场就是“俗”的市场，如果为“雅”创作，你将失去很多观众。小品能够带来快乐是最重要的，你要把握的格调就是不伤大雅。当然，如果让雅的人也能接受，觉得你的东西有点味道，那就更好了。

也就是说，赵本山不摘破帽子，是为了接“地气”，保持自己人民演员的本色。

但既然赵本山小品的内容是与时俱进的，为何外形和装束就不能与时俱进呢？其现实根据是，随着经济的发展和人民生活的改善，当代农民早就不戴这种老土的帽子了，老赵自己的经济地位也今非昔比了，摘了它又有何妨？如果换个行头，比如说戴上一顶棒球帽，说不定还会给人耳目一新的感觉呢！

重要的是，是俗是雅，接不接地气，走不走味儿，并不完全取决于外在形式。

对“冯赵配”仍抱平常心

一个是“小品王”，一个是“贺岁片王”，“冯赵配”的央视春晚备受国人期待，是理所当然的事情；但也不能指望一个全新和豪华的主创班子，就一定会给春晚带来颠覆性的变化〔其实，今年（2013）央视春晚在形式上已经很新了〕。这一点，智商很高、说话很直的冯小刚看得最明白：“不是我胆大，是央视胆太大了。我接下这个吃力不讨好的烫手山芋，是做好了挨骂准备的，能让一半观众满意，我的累就没白受……”

赵本山与冯小刚在探讨。

的确，冯小刚虽然人脉很广，一上任也出师不利，比如他最铁的哥们儿葛优就没买他的账，拒绝在春晚上露脸。因为对缺乏舞台表演经验的影视演员来说，上春晚未必是他们的强项，而且前提是必须有适合他们的表演形式和一个好的脚本。在马年春晚中，冯小刚可能会有十分新鲜和大胆的创意，令人耳目一新，大饱眼福；但由于“众口难调”，也很难确保所有节目都能讨人喜欢或超越以往……正如冯导所言，让所有人喜欢他的作品和让所有人不喜欢他的作品一样困难。

对赵本山来说，他的压力不仅在于连续两年缺席央视春晚后，以什么节目、与谁搭档回归央视舞台，重塑其“小品王”形象，还在于他要协助冯小刚组织策划整个语言类节目，担子不可谓不重。但可以预测的是，新老结合、适当吸收影视演员加盟和小品语言中的冯氏幽默，将会是马年春晚语言类节目的基本特色。如能劝说陈佩斯、宋丹丹等重归央视春晚，则“冯赵配”功莫大焉。

作为中国人过年的新年俗之一，央视春晚年年搞，年年有人追捧有人骂，几乎成了一道独特的文化景观。究其原因，除了“众口难调”外，对央视春晚期望值太高，不能以平常心看待，也是一个重要方面。

为何人们对央视春晚的期望值这么高？观众的胃口是谁吊起来的？只要看看每年央视春晚导演竞标、提前半年就开始筹办、近年又新辟《我要上春晚》大型选秀活动，以及媒体连篇累牍的报道和炒作，便可找出内中答案。在这种社会氛围下，要想让大家保持“平常心”也很难。而如果平常心没有了，那就宽容一点，理智一点吧，毕竟，这只是一台晚会，能给大家带来欢乐和喜庆，也就足够了。

姜昆：

最大享受是精神

一

2009年6月8日，姜昆与画家韩美林驱车来津，到他们共同的好友冯骥才的天大研究院做客，中午则一同去品尝美林最爱吃的狗不理包子。

“美林画牛我吹牛，不是冤家很对头。画家话家两行当，虽不同屋但合流。”这是姜昆的一首打油诗，出自《姜昆书法集》。

姜昆与韩美林相识相知已有三十春秋。30年前，韩美林是全国青联常委，姜昆刚入青联，尚属小字辈。他最得前辈赏识的是机灵能干，大家要是喝酒小聚，他立马去买花生豆。

“韩美林，我第一崇拜他的艺术，第二崇拜他的人格，”姜昆在饭桌上边享用香嫩可口的“狗不理”，边对大冯描述他心中的韩美林，“他平时说话从不咬文嚼字，都是大白话。他懂绘画，懂雕塑，懂国学，懂音乐，一聊起贝多芬、施特劳斯，聊起贝九、命运交响曲，无不了如指掌。他还酷爱民族民间艺术，他扯着脖子唱歌时我都害怕——害怕他把血管迸裂了！这么博学多才的人从来不摆大师的架子。72岁的人了，还拿三角顶呢！

姜昆的自画像简练传神。

有时天真得像孩子一样。美林还有个最大特点：他总对人说，你知道吗，我觉得我刚刚开始！认识他多年了，这句话总挂在他嘴边。你永远听不到他说要安度晚年之类的话，永远是刚刚开始，永远是在工作状态……”

与大冯对韩美林的评价一样，姜昆也认为，结识美林这样的朋友，是一辈子的幸福与缘分。他脑子里从来没有高低贵贱之分，对所有人都非常真诚。他是一个不可多得的天才、一个国宝级艺术家，心里又装着人民，太难能可贵了。他把心都掏给别人，被骗了也不知道。王铁成说过，“韩美林的作品一半给了朋友，一半给了贼。”还有一位名人说过：“如果韩美林说一个人坏，这人肯定坏；如果他说一个人好，你也别全信！”最令姜昆感动的是韩美林的那句：“最难写的两个字是‘祖国’！”他光着膀子流着汗，对祖国的一片赤诚之心，无半点虚假！

姜昆透露，他要在苏州建立一个“姜昆个人收藏馆”，其中最主要的藏品是30年来收集的韩美林的艺术作品。

“我经常到他家，看到喜欢的东西就据为己有，”姜昆得意地笑说，“他家的艺术品太多了，足有上万件！我就帮他收藏一些，有时不好意思拿，他甚至督促我：赶快拿走，不然就是别人的了！除了艺术品，他写错的字，给我的一个字条，我都要裱好收藏起来……”

姜昆长期与韩美林交往，耳濡目染，竟也喜欢上书法，老师当然就是韩美林。他告诉姜昆，写字一是要慢，不可草率；二是不能张牙舞爪；三是要用短粗的笔，字才能“老苍”、力透纸背。问到书体与老师是否接近时，姜昆摇头道，韩老师是正儿八经的颜体，加上隶、草，形成自己的鲜明风格。他说自己还没有什么风格可言，只是尽量做到笔笔有出处。

由大冯、韩美林的博学多才，谈到艺术家的文化素养问题，姜昆深有感触——“我认为，我们现在最缺的是修养。大众娱乐的东西需不需要？需要，但不能成为主流。我为何到天津来？也想通过正在举办的全国（天津）相声新作品大赛，重振《津门曲荟》的雄风。相声不景气，创作是最大问题；创作的最大问题，则是作者文学功力不够、生活功力不够，驾驭相声语言的功力不够，从而严重阻碍了相声艺术的发展。马三立一个《逗你玩》能流传下来，是长期舞台实践中，一个艺术家与观众相互交流、揣摩观众心理、投石问路、投其所好，不断积累的方法和经验，这就是功力，不是三言两语能说清楚的。”

姜昆还以大冯为例：“他的很多话都是经典，我们相声演员缺的就是这个。记得大冯曾经说，他与小彩舞，一个住楼上，一个住楼下，小彩舞高度近视，抬头也看不清是谁，大冯一低头就能看见她，两人正应了一句老话：‘抬头不见低头见’，这绝对是相声的语言，是深厚文学功底的表现！”

问到相声不景气，是否还有一个不敢讽刺的问题，姜昆说，现在中国已经这么开放、民主，不存在不敢讽刺，只存在如何讽刺的问题。观众的欣赏水平越来越高，民间就有很多精彩犀利的笑话段子，如果我们相声演员没有新的提炼、新的套路，讽刺水平还不如一般观众，谁还会听你的？一部电视剧《潜伏》，为何引起这么大反响？因为它打破了谍战片的传统套路。所以最关键的还是创作思想问题。艺术家必须不断出新，才能跟上时代的发展和社会的进步。

二

2009年6月24日晚，南大东方艺术系演播厅内，数百名莘莘学子通过天津电视台《男人世界》节目的录制，近距离接触到著名相声表演艺术家姜昆。主持人那威幽默发问，被访者姜昆机智作答，加上穿插其间的视频画面；吹笛、跳“忠”字舞的“才艺表演”，以及与大学生相声爱好者的“现挂”，台上台下互动交流，笑声掌声不断，现场气氛甚为融洽、火爆。

对许多观众、尤其是“80后”，可以说是看着姜昆的相声长大的。从《如此照相》、《虎口遐想》到《电梯风波》，姜昆与李文华、唐杰忠合说的相声，通过历届央视春晚走进千家万户，给观众带来无数欢笑与思索。

在这个充满欢笑的夜晚，最感人肺腑、令人动容的，是姜昆自曝在北大荒插队的经历、与李静民相识、相恋、相濡以沫的爱情以及与女儿相处的感人故事。

众所周知，演艺圈流行一句话：嗨，哥们儿，还没离呢？每当遇到这样的“关心”，他都会幽默作答——我也想离，就是离不开呀！当主持人请他总结一下自己的人生感悟时，他表情严肃地说：我认为，男人，最重要的是要有责任感……

姜昆的“大学”生活是在北大荒度过的。

1968年，初中毕业的姜昆随知识青年上山下乡的洪流，来到黑龙江生产建设兵团。当时，他们还是一群尚不懂事的孩子，满怀革命豪情，决心用自己的双手改变国家“一穷二白”的面貌。自幼酷爱文艺的姜昆一到北大荒便被分配到兵团文艺宣传队，他将毛主席关于知青上山下乡的指示编成歌曲演唱，至今仍对歌词倒背如流。他还跳舞、独唱、拉手风琴，拳打脚踢，样样都行。他经常根据当时的手抄本小说，又糅进生活中一些笑料编成故事讲给大家听，初显相声的表演才能。当时兵团中可谓藏龙卧虎，8 团的师胜杰、16 团的姜昆、32 团的赵炎，后来都成为中国的相声名家。

但在当时的政治气氛下，姜昆的艺术才能不可能得到真正施展。有才华的知青经常被评价为“有才无德”、“小资味儿”。有一次，姜昆竟因演唱了一首《莫斯科郊外的晚上》而受到批判，书面检讨还不够，甚至被下放到连队“思想改造”了半年。

改革开放初期，姜昆、李文华合说的相声《如此照相》，很多“80 后”不理解，说照个相，怎么还一口一句毛主席语录呢？姜昆说，很多看似荒谬和不可思议的东西，今天讲是笑话，当时却是活生生的现实。也可以说，是八年北大荒的艰苦生活，发掘和锻炼了他的艺术才能，也触发了他的创作灵感。

在《男人世界》录制现场，主持人向大家出示了一幅姜昆和爱人李静民的黑白合影照，是 1975 年姜昆 25 岁时，在哈尔滨的照相馆里拍摄的。

姜昆和李静民相识于 1968 年 6 月 15 日 10 点 38 分，精确到如此程度，是因为李静民清楚地记得，那是她离开北京乘火车前往黑龙江生产建设兵团的开车时间。正是从那一刻起，兵团领导组织的一支十人文艺宣传队在列车上集中，他俩才相互认识。

这时，主持人提了一个“特俗”的问题：你们俩谁先追谁？

姜昆笑道，当然是她追我。我拿着一件东西跑，她在后边

姜昆、李静民伉俪在《男人世界》节目。

追。“玩笑归玩笑，当时在兵团，她的知名度比我高，是文艺宣传队的骨干，芭蕾、独唱、小话剧都能演，是许多兵团战士追求的偶像。”

当时，兵团里的清规戒律特别多，男女之间不许接触，不许谈恋爱，如果哪个男生胆敢给女生写情书，不仅男生会“下放”，女生也难逃干系：那么多女生，干吗偏给你写信啊？肯定是作风不正派！

由此可以推断，姜昆和李静民从相识到相恋，数年时间未被发现，“潜伏”何等巧妙又隐秘！到姜昆25岁可以登记结婚的年龄，他们的生米已做成了熟饭。“那天，我俩早上起来，手拉着手，走到兵团政治部进行了结婚登记，成了合法夫妻。”姜昆甜蜜地回忆道。

就在姜昆、李静民准备在北大荒安家落户之时，李静民收到了沈阳军区文工团的调令。她问文工团，姜昆你们要不要？不要他，我也不走了。后来，姜昆被马季相中，要调姜昆回北京时，姜昆也问马季：我能带媳妇一起去吗？

1976 年 9 月，姜昆回京到中国广播艺术团报到，仅仅一个月后，中国就迎来粉碎“四人帮”的新时期，重建文艺队伍迫在眉睫，而李静民经过考试顺利进入中国广播艺术团，夫妻二人终于有了事业上的理想归宿。

姜昆和李静民 1977 年 1 月 1 日结婚，婚房只有约 5.4 平方米，屋里放了床，连门都关不上，只好在门框上钉上一块毯子，勉强盖住门缝以遮挡风雨。当时还没有“席梦思”，也摆不下“席梦思”，只能用两个板凳搭起一个单人床，下面再垫上砖头。在中国人住房极其窘迫的年代，有地方住已经不错了，姜昆夫妇很知足。

婚礼也十分简单，姜昆的父亲亲自下厨，在自家小院里摆了两桌喜宴。菜都是在菜市场上买的便宜菜，整个花费不过 140 块钱。有一天殷秀梅到他家做客，大感惊异：“这是人住的地方吗？”李静民显然是位知书达理的贤惠媳妇，她说：“从小生活在艰苦环境中，所以从未觉得苦，这就是我们的生活，挺好。”

1978 年年底，姜昆夫妇第一次感觉手头有些宽裕了，才一人买了一辆自行车。当时，姜昆的月薪是 28 元，李静民是 32 元。1983 年，姜昆主持央视首届春晚时，家里尚无电视机，第二年才买了一台 9 英寸黑白电视机。

当时，姜昆在相声界已有一定名气和影响，他与李文华的相声广受欢迎；而观众越欢迎，他越有危机感：害怕创作不出超越自己的作品，心里特别难受。每当这时，李静民都在身边陪着他，鼓励他：“今天肯定有灵感。”双方默契到有时一个眼神，都能让对方领悟。

“毕竟是一起风里浪里走来的嘛，”姜昆语重心长地对学子们说，“我希望现在的年轻人把眼光放得长远一点。人活在世上，需要房子，需要车，需要钱，需要很多很多东西。而最难得到的是精神上的东西。如果二人在一起有说不完的话，做不完的

我与姜昆。

事，对某些事物有共同的认识和兴趣，这才是真正的幸福。所以我主张年轻人多在精神上、情感上寻找自己的幸福。"

主持人亮出的另一幅图片，是姜昆、李静民的爱情结晶——爱女姜珊 14 岁时参加沈阳秧歌节时所摄。

"她 12 岁上央视节目，演唱《我的未来不是梦》，13 岁参加央视元旦晚会，别人介绍我时，'这是姜昆的媳妇，姜珊她妈'，没我什么事儿！"李静民有些愤愤不平地说。

姜珊的音乐潜质非常好，她要成名并不困难，因为她既有"星爸"、"星妈"的遗传基因，还有一帮艺术界叔叔阿姨的帮衬。七八岁时，她就学过毛阿敏、蔡国庆、那英、屠洪刚。屠洪刚一见她就逗："珊珊，再学学叔叔唱歌吧"，"咱俩切磋切磋"。蔡国庆则顽皮地用眼瞪她："讨厌，学我学这么像！"

毕竟，她还在学习阶段，唱歌只能是她的课余爱好。所以，姜昆夫妇不希望她把过多时间和精力耗费在唱歌上。但孩子往往都有逆反心理，越不想让她干的事她越要干。所以后来姜昆夫妇悟到了：不能将家长的意志强加给孩子。

最终，姜昆选择了躲避矛盾的方式，将珊珊送到澳大利亚读书：远离了娱乐圈名利场的诱惑，让珊珊走上一条正确的道路。

回首往事，姜昆对人生有深刻的感悟，他说："我是一个负责任的男人，不仅对自己负责，对家人、孩子负责，也要对社会负责。我现在事情太多、太杂，处于'一瓶子不满，半瓶子晃荡'的状态。我希望把瓶子灌得再满一点，把事情做得更圆满一点！"

我与牛群：

不甘寂寞一“疯牛”

一

“现在，我开始发布新闻！”

笑星牛群站在一只小木凳上，面对将他家不大的客厅挤得密不透风活像沙丁鱼罐头的几十位不速之客，宣布他将在北京中国美术馆举办一次别开生面的摄影作品展《牛眼看家》。

这些“不速之客”是来自近全国30家晚报的文化部主任，此时正在北京开年会。

1996年5月，尤小刚导演邀请记者们到香山外景地做客，牛群闻风而至。午饭后，牛群请大家到他家串门儿，于是，几十人浩浩荡荡，直奔八大处北京军区大院内的牛群家。

“本人姓牛、属牛、叫牛，明年是牛年，1月5日是牛票首发日，所以我选择这个时间举办《牛眼看家》摄影展览。”牛群谈起他的计划有板有眼，看来“蓄谋已久”。

《牛眼看家》，即牛群眼里的名人家庭。

本身是明星、又生活在明星圈子里人缘极好的牛群，以他独特的身份和视角，用相机捕捉到大量明星台前幕后真切动人

1997年8月，牛群来津举办“牛眼看家”探亲摄影展，图为他赠我的展览纪念封。

的生活瞬间。在名人的家里，牛群刻意营造了他们与父母、妻儿一起享受天伦之乐的“小家庭”氛围，其中尤有趣的是那些名副其实的艺术之家，如陈强、陈佩斯父子；葛存壮、葛优父子；英若诚、英达、宋丹丹一家和谌容、梁左、梁天、梁欢一家等。不仅如此，牛群还深入开掘了“家”的内涵，如将上海球星范志毅夫妻的“家”安排在绿茵场上，体现他们以球场为家的情愫；把台湾艺人凌峰的“家”，安排在他回山东祖籍“寻根”的场景中，使人顿生遐想……

在每帧图片中，牛群都要根据他的创作意图，加上一个耐人寻味的标题和一段精彩而富有哲理的文字。例如，他拍摄的一帧相声大师侯宝林逝世后，侯耀华、侯耀文兄弟在父亲遗像前悲悼的镜头，题目是《笑到最后的人》，图片说明是：“一代幽默大师走了，把笑留给了人间。也许在这一刹那，耀文、耀华会忽然悟到，要想把欢乐送给别人，首先要学会把眼泪留给自己……”笑星的幽默和作家的文采在牛群身上得到淋漓尽致的发挥。

他带着一种抢救文化遗产般的心理，旋风式地穿梭于京、沪、鲁等省市，千方百计“打入”那些年事已高的名人家中。

文坛巨擘巴金，年逾九旬，长年病卧榻上，概不见客。牛群靠着他那张全国人民都熟悉的老牛般温驯谦恭的笑脸，竟然一路畅通无阻：巴老所住医院的护士长，因为喜欢牛群的相声而“网开一面”，破例帮他找到巴金的女儿；巴金之女因为喜欢牛群的相声，破例将其带到父亲的病房；巴金见了牛群，虽口不能语，却颔首而笑——他也是牛群的热心观众！

二

“欢迎光临牛棚！”

牛群在他新居的门口恭候来客，依旧是那件红色老头衫、牛仔裤，聪明绝顶却憨态可掬，一对牛眼笑成了两道弯月。

1997年，属牛的牛群借着牛年的东风，“牛”不停蹄地在全国几十个大中城市举办《牛眼看家》摄影展，其中包括我们《今晚报》为他在家乡天津举办的《牛群探亲摄影展》，总共有140万人参观、60万人留言，场面之热闹，影响之深远，实在令人望洋兴叹！

> 十几万人都问我一个问题：你的照片拍得这么好看，为什么我拍不出来？从那时起，我萌生了一念头：把我摄影的乐趣和体会，通过某种形式表述出来，让更多关心我的朋友分享。实际上，我所做的事情每个人都做得到。“咔嚓”一摁快门，那一声就是历史，历史就在你手中——它可能是你个人的、家庭的，也可能就是我们民族的；你的周围都是精彩的瞬间，就看你能否将它留在胶片上，变成永恒。

于是，虎年伊始，牛群又着手做另一件事儿：与中国摄影家协会和柯达公司合作，拍摄一部介绍摄影知识的电视系列片

《你拍我拍他拍》。在这部“摄影文化娱乐片”中，牛群将以主持人的身份“现身说法”，向普通老百姓介绍摄影知识，采访他拍摄过的名人，揭示摄影艺术的乐趣与奥妙。而系列片的主要拍摄场地，便是被他称为“牛棚”的新居。

“牛棚”位于北京鼓楼外大街，是一套跃层式公寓的顶层，建筑面积 270 平方米，却被他请来的一位年轻设计师装修成 400 平方米。它打破了一般家居的空间分割形式，卧室、客厅全部装成“摄影的状态”，除了摄影棚、暗室，就是底片库，有一面墙上甚至贴满他与名人的合影，并用金属板做成摄影胶片形状装饰墙面，足见“牛棚”主人对摄影艺术的酷爱。更有趣的是，牛群为了纪念自己走过的人生之路，还将一些居室布置成“猫耳洞”、“文革屋”……

“我当了 23 年兵，部队给了我一身本领和做人的基本准则，给了我莫大的荣誉和精神力量。现在，虽然我已脱下军装，骨子里却仍是个当兵的人。我忘不了在云南前线打仗、在猫耳洞演出的情景。我要把这种部队情结化作一片绿洲，永远留存在我的家里和心里。”这个“猫耳洞”是设计师挑了牛群家的房盖，新增的一块空间，面积不大，却整齐地摆放着叠成“豆腐块”的绿色军被以及军人的各种“行头”：钢盔、手枪、子弹、步话机、压缩饼干盒等。

而在“文革屋”中，则四壁糊满“文革”时期的报纸，小桌上陈列着他读过的《毛主席语录》、戴过的毛主席像章……或许正是这种知青加军人的经历和素质，赋予了他永不枯竭的艺术生命的原动力。

无论拍照片，还是说相声，只要能给大家带来快乐，就是我的追求。在世纪之交的今天，在信息网络化的时代，严格的职业界限已不复存在。边缘科学、模糊科学、交叉科学无不向人类提出新的挑战。我愿意迎接这种挑战。有人问我，你对相声处于低谷怎么看？我说，首先这是好事，说明观众的审美水平提高了；如果相声仍像过去那样一枝独秀反倒不正常了——现在观众要全方位地享受人类文明所创造的全部成果，领略文化、艺术和人生的真谛。一个演员必须适应这种变化。我要跳出相声研究幽默，跳出相声实现幽默！

三

自打牛群当上《名人》杂志特约主编，就没吃过一顿松心饭、睡过一夜囫囵觉。直熬得面容憔悴，双眸布满血丝，其壮如牛的身子骨眼瞅着快吃不消啦。

喂，牛哥，宁静的照片凑齐了没有？

牛哥，这期的批评稿一篇也没有，得开天窗了吧？……

电话那头儿是牛群的老搭档、《名人》特约副主编流冰。

说来也怪，《名人》编辑部在哈尔滨，原主办人却是北京的流冰。流冰办了两年《名人》后，忽然琢磨出门道儿：既是《名人》杂志，何不利用名人效应，邀请名人直接来办？何不顺应潮流，变“简装”为“豪华”，使读者耳目一新？

请谁出山呢？最佳人选非牛群莫属。

且说牛群这几年“牛”不停蹄，除每年春节晚会上与冯巩合作表演一段相声外，早已“移情别恋”，一门心思扑在摄影上。因此，当流冰请他出任《名人》特约主编时，他并未表现出太大热情。

流冰哪肯善罢甘休，当即帮他分析了他办《名人》的几大优势——一、他有丰富的图片资源（他搞了十几年摄影，积累了几十万张底片）；二、他在名人圈里有人气、人缘；三、他本身是名人，对名人的酸、甜、苦、辣理解得比一般人更多、更深、更准确；四、可通过一种新的方式和渠道，回报那些厚爱他的观众。

牛群眨眨牛眼，一拍脑门：也是，就听你的，咱也过一回主编瘾！

小“套”就这么拉上了。

到哈尔滨走“牛”上任，发表“就职演说”前，牛群见缝插针来了趟天津，请他的诤友冯骥才主持《名人》中的批评栏目。

牛群把他的由各路“豪杰”主持的栏目一说，大冯便吃了一惊：牛老弟不可小觑呀！思维开放，点子高且有原创性，这是大冯始料不及的。

听说要他主持一个“骂人”的栏目，大冯面露难色：“人说你们演艺界的脸皮厚，我却说你们脸皮特薄。你们受得住捧，经不起骂。叫我主持有个条件，头一期先发一篇骂你……”

牛群慨然应允，请出“巴山鬼才”魏明伦，写了一篇《无刺的相声》，把牛群和他的没劲的相声骂了个狗血淋头。

于是，“冯主持”乐呵呵地写了四句打油诗：“今儿杀了牛，明儿宰百兽，骂禁已大开，好戏在后头。”

孰料，《名人》第二期即将付梓时，批评文章尚不见只言片语。

牛群瘪了。情急之下，欲找大冯“借”一篇《文学自由谈》上的稿子。

大冯道：“那不行！刊物办黄了是你的事，证明文艺界缺乏批评的空气。要不，你找王朔写一篇批评我的文章？”牛群找到王朔，王朔却因一向敬重大冯而不忍开骂。为避免开“天窗”，大冯只好以一篇嬉笑怒骂的《打开天窗说空话》“交差”。

虽说批评性栏目让牛群碰了点壁，那些让名人“露脸”的栏

1996年，牛群（左三）来津拍摄《大冯和他的“三寸金莲”》时，我与牛群伉俪、大冯伉俪在一起。

目，总算给足了牛哥面子。

您想，他聘用的二十几位栏目主持人，哪个不是红得发紫的大忙人？就拿巩俐来说，一会儿拍电影，一会儿出国当电影节评委会主席，小家又安在香港，可以说来去无踪，居然也被牛主编牵着鼻子走，期期“封面人物”由她定夺，还喜滋滋产生了一种“当官”的感觉。

还有倪萍，堪称“国嘴”，忙得一塌糊涂，牛群就有本事“熟不讲理”，不管有空没空，非干不可。让她主持“普通人家”栏目，让“渴望普通”的倪萍“向读者敞开一道小小的门缝，从中瞅一眼名人的普通生活”，也算牛群“知人善任”吧！

除了演艺圈同行，牛群还调动了几位大作家、大学者。他请余秋雨主持的栏目名为《泪在飞》，专门展示名人的哭相。一般人从哭中看看新鲜而已，余先生则从美学的高度分析了喜剧美与悲剧美的内在联系，得出一个精彩的结论：“最动人的哭泣正是在播种笑声。”

还有，赵忠祥主持的《录音剪辑》、刘心武主持的《我写名

1997年9月，大冯（右一）、牛群（左二）、李媛媛（右二）参加我的新书《明星大聚焦》首发式。

人》、白岩松主持的《体检报告单》、鞠萍主持的《钢铁是怎样炼成的》、赵薇主持的《青春偶像》等，都以大量文字和图片，从不同侧面反映了当今名人的生存状态和喜怒哀乐，读来饶有情趣。

当《名人》一路畅销，前景看好时，也有人提出“《名人》别再造圈子”和“《名人》能火多久”的问题。牛群把这些批评原原本本登在他的《名人》上。看得出，他对自己的“人生三部曲”——相声、摄影和办刊，是同样充满自信并全力以赴的！

四

“喂，牛群吗？”

“是我，你哪位？”

“《今晚报》的老杜。”

“你好！”

“你在哪呢？

“蒙城呀！”

“噢，你真在那儿扎下去了，我还以为你只是挂个名儿呢？”

“哪能啊，我得在这儿待两年呢……”

牛群到蒙城当副县长，早已被媒体炒得沸沸扬扬。对一个相声演员和摄影家忽然从政，自然也是人多嘴杂，褒贬不一。

反对者说，牛群只是一名笑星，没资格当县长；法律界人士认为，对牛群的任命不合程序，因而“非法”；更多的人把他当县长看作一种人为的炒作。

“我这头牛是蒙城县孙书记从北京牵来的。”牛群笑道。

上任伊始，孙书记便牵着他这头“牛”，一个乡镇一个乡镇地遛，一个项目一个项目地啃。让局长和镇长们向他汇报，以便及时掌握大量第一手资料。

每到一处，孙书记总是把牛群推到前面，让他代表县里讲话。牛群是家喻户晓的笑星，为人坦诚，生性幽默，讲话激情澎湃，富有感染力甚至煽动性，自然令大家心悦诚服，笑声掌声不断，会也就开得有质量见实效。

孙书记也即兴发言，他说：“把牛哥请来了，我们蒙城名气大了，这是机遇。我们要抓住这个机遇，利用这个机遇。别人看牛哥是在报纸电视上，我们不一样，我们这儿的牛哥是活的！我们不但要利用牛哥的品牌，还要吃牛肉，喝牛奶，扒牛皮，抽牛筋……”在大家笑得前仰后合时，他又说：“当然，首先我们必须爱护牛哥！”

牛哥病了，孙书记“押”他去医院，输液三小时，孙书记守了他三小时。

牛哥水土不服，拉肚子，孙书记把他接到自己家里，让夫人亲自下厨，给他做了五天饭。

牛哥腰酸背痛，孙书记强行将其送到酒店，请按摩师为他踩背按摩。

1996年5月，全国晚报文化记者年会在京召开，其间全体与会者前往北京军区大院牛群家做客。

人心都是肉长的，牛群不能不玩儿命干了。

上任第一天，牛群在“就职演说”中唱了一首歌《今天你笑了没有》，这是这位“笑的使者”表达心声的独有方式。他深知蒙城也面临企业破产问题、下岗职工再就业问题以及牛产品的销路问题。他舍弃优裕的生活环境，千里迢迢到一个陌生的地方当一个“七品芝麻官”，究竟为什么？不就是为了给蒙城的百姓干点实事，让他们富起来，笑起来吗？

作为一个笑星，一个名人，他从政的最大优势是他的名人效应，这是一笔无形的资产。牛群上任两个月，这笔无形资产已产生了相当的效益。

牛群上任之前，有多少人知道中国还有个蒙城？又有多少人知道它是中国第一养牛大县？

一牛独牛不算牛，万牛齐牛才算牛。

一个牛群到了蒙城，全国各地都到蒙城买牛，这是牛群上任后蒙城最显著的变化。

牛群承认他当副县长确实是经过高手策划的，有“炒作”的因素，但牛嫂说得好：“我觉得炒作不是一个贬义词，如果不是为哗众取宠而炒作，炒作的不是坏事，炒作能把一个县的经济搞好，那么炒作一下又何妨呢？”

后记：后来的事大家都知道了，牛群卸任后又重操旧业，偶尔会在央视春晚和“毕姥爷”的“七天乐”节目中露露面，如与赵本山、宋丹丹合作的喜剧小品《策划》，虽已成地道“老牛”，依然风趣幽默，牛气不减当年。

07

第七辑

我与画家们

韩美林：

“天上掉下的林妹妹”

一

在当今画坛，能让大冯每次见面都感到吃惊的，就是韩美林了。他在一篇影响广泛的美文《大话美林》中，这样概括了美林和他的艺术：

> 一刻不停地改变自己，瞬息万变地创造自己，每一天都在和昨天告别，每一天都被不可思议地翻新。

大冯又说，天才是什么？天才就是天上掉下的林妹妹，韩美林就是这个“林妹妹”。

2009年年初，大冯看了韩美林的几本画稿。厚达几百页的集子上画满他奇思妙想的手稿，有一件东西特别让大冯感动，即韩美林为北京奥运创作的吉祥物福娃。他画了无数个不同模样、不同风格的福娃，千锤百炼，才留下我们今天看到的那五个可爱的福娃。还有，一匹马、一头牛，在他笔下也像变魔术一般，千变万化，无穷无尽：有的古典，有的现代，有的似远

韩美林（钢笔画）
杜仲华 作

古的岩画，有的如抽象派艺术，有的像民间艺术品，有的干脆就是文字和符号！“这些手稿，非常鲜明地、充分地反映了他的创作思维——一种旺盛的、绵延不绝的、充满灵性的创造力，有如喷泉一样，一个形象接着一个形象，永远不休止、不停顿……”大冯深情地归纳道。

“美林，我给你办个手稿展吧！”有一天，大冯忽然对韩美林说，“我认为，你的手稿比你的画更能体现你独到的艺术思维和创造力。别人十年磨一剑，可能磨得很好；而你一分钟磨十剑，却是别人做不到的。”

“好啊，太好了。”韩美林很高兴。

大冯说，他太了解美林、太了解他这个人和他艺术的最珍贵之处了。真正的朋友是不会嫉妒对方的；相反，会为对方的每一个成就而高兴而鼓舞。大冯在韩美林艺术馆开幕式上讲过一句话，曾感动过许多人：“我站在美林的对面，因身高的关系不能不俯视他，但我从心里是仰视他的，我认为，能看到朋友的才华和成就，是一个人的幸福。我在他面前，经常能感到做他朋友的幸福。”

大冯说，搞艺术的人有两种，一种是爱心中的艺术；一种是爱艺术中的自己。韩美林属于前者，我喜欢这样的艺术家！

二

2009 年 1 月，大冯在北京开会时遇到韩美林，关切地问他，听说你要做一个大手术？美林说，对，明天我就要住院了。大冯听罢心中一动。他知道美林的病非同一般：他的动脉血管里有一处栓塞，堵了百分之九十以上，随时可能出现危险；血管一堵，人就痴呆了。大冯笑言，无论如何不能让美林变成傻子！但做手术风险又很大，所以国家特意安排他到美国做了一次医学检查。

为了给手术前的朋友“减压”，大冯当即陪他回家聊天，讲了好些笑话，尽量舒缓他紧张不安的情绪。一直聊到夜里十点多，该回天津了，美林忽然握紧大冯的手，声音有些颤抖地说：“大冯，我总觉得我也许闯不过这一关了！”大冯一听，断断不能走了。到十一点时，美林忽然接到姜昆的一个电话，他也听说美林要做手术，刚刚参加完央视春晚的节目审查，就携妻李静民和儿子匆匆赶来探望美林。那晚，姜昆的相声《我有点晕》顺利过关，所以一到美林家，就抖起了这段相声的“包袱”，美林听罢哈哈大笑，脸上的表情也松弛下来。大冯这才起身告辞，姜昆送他出门——

“韩美林就交给你了！”

“放心吧！”

大冯至今仍保存着韩美林手术时，他爱人周建萍发来的手机短信，包括术前韩美林如何开玩笑，哪位医生主刀，一直到手术完成。术后取出一块手指大小的钙化物。卫生部一位副部长在场宣布手术成功。不久，韩美林醒来了，医生问他感觉如何，一向乐观豁达的韩美林竟说：“手术我还没过瘾呢！”

三

大冯认为，爱，是美林艺术激情勃发的原动力。他的爱是广角的，对爱人，对朋友，甚至对一切人，都慷慨相待，以至看上去有些“挥金如土”。“美林是我见过的最阳光的画家”。

画坛“四大金刚”。左起：何家英、韩美林、大冯、宋雨桂。

《大话美林》中讲过这样一个故事：

韩美林与建萍热恋期间，有一天，他接到建萍从外地打来的电话，说当晚就能回到北京看他——从那一刻起，他充满爱意的心就开始歌唱。他边“唱”边画，各种美好奇异的画面源源不断从笔端流泻出来，直到恋人翩然而至，画笔方歇。不到一天，他竟画了179幅小画！这些画后来被烧制成精美的瓷盘，悬挂在他家的一面长墙上，成为艺术家爱情的见证。

尽管韩美林的画作在市场上很昂贵，你到他家去，只要高兴他就画，画了就送你，包括随从人员，每人一幅。每次政协开会，他家都会有一次大party，于是大家管他家叫“娱乐城”。他的客厅里摆放着一架白色钢琴，来人都拿一支黑墨水笔在琴上签名，签得白琴已变成白地黑花琴了，所有你认识的名人的名字几乎都在上面。有一次在他的美术馆里搞活动，濮存昕、吴雁泽、王铁成、殷秀梅、潘虹……一大群名人抓阄分他的画，共做了一百多个阄，大冯负责做阄。当时，潘虹很喜欢韩美林的书法作品《佛缘》，便流露给大冯，大冯便将这个号码“偷”出来成全了潘虹。

韩美林作品。

结果是，每个人都满载而归：怀里抱着一件漂亮的“窑变”陶瓷，腋下夹着画，肩挎一个民间土布背包，手里可能还有一两本画册，整个一个“打土豪、分田地”的阵势！

“他从来不把这些东西当钱”，大冯说，“那不过是他感情的载体，正如同昭（大冯爱人）说的，大家快乐，他就快乐了。他的心灵才是最富有的。这是他保持永不衰竭的创造生命力的一个重要条件。”

四

2013年6月23日下午，北京通州梨园主题公园，韩美林艺术馆南展区开馆仪式、五周年馆庆暨韩美林艺术基金会成立活动在此举行。一时间，群贤毕至，少长咸集，徜徉于红墙绿瓦与现代理念相得益彰的艺术空间，观赏大师匠心独运、美轮美奂的绘画、书法、雕塑、陶瓷作品，出席隆重的开馆仪式、文化论坛和联欢晚会，堪为一场名流荟萃的精彩大 party。

而所有与会者中，最活跃最夺人眼球的其实就是两个人——冯骥才和韩美林，前者属马、姓名中有马，后者平生最爱画马，当工作人员真的将两匹漂亮的名马牵到台前，为两位年逾古稀仍“奔腾不息”的老马过150岁生日时，全场气氛迅即被燃爆……

在文艺界，大冯与韩美林关系最“铁”，两人到一起便插科打诨，给众人带来无尽的快乐。然而同过一个150岁生日，却绝对是个新鲜创意。“我和美林是两匹马，奔腾不息，都很辛苦，所以要牵两匹马上来，为我们俩助威。”大冯说。

确实，大冯和韩美林都是文艺界最忙的人，大冯驾着文学、绘画、文化保护和艺术教育“四驾马车”一路狂奔，马不停蹄；而韩美林也从不服老，多次对朋友说：我总觉得自己刚刚开始……

当主持人周涛请大冯谈谈与美林过150岁生日的感想时，大冯又展开了他那天马行空的想象：

大冯（左二）、韩美林（右一）两匹“老马”共度150岁生日。

我与美林上辈子就约好了，未必同年，但要同月同日生；我很守信用，在约定的农历二月初九出生了，他却临时改变了主意，出生在12月26日，想与毛泽东同一天生日。他欠我一笔账，所以想出一个主意：今年我虚岁72，他78，加在一起正好150岁，一块过个“整寿”吧！

在大冯眼里，韩美林的艺术由三个元素构成：现代性、民间性和远古性。

我曾说过，人类文化史上，凡已定型的人文形态，都入不了美林的法眼。他的艺术是独一无二的。韩美林是我认识的艺术家中作品体量最大的。他刚刚在国家博物馆用三千件作品装满四个展厅，我当时说没人能做到这一点，除非谭利华指挥的北京交响乐团，可以用声音装满四个大厅。然后没多久，他的原子弹又在这个地方爆炸了，又升起一朵蘑菇云，真是不可思议！

当我对韩美林年近八旬仍富创作活力感到既钦佩又不解时，大冯立刻回应道：“韩美林是一个天才，韩美林是一个奇迹！”

除了艺术，韩美林的身体也是一个奇迹。他动过几次大手术，不仅奇迹般活过来了，并且还有这么大激情与活力。

大冯认为，因为这两个奇迹，韩美林的艺术进入一个“化境”，比如他对平面的水墨和色彩复杂变化的感觉；对书法中线条的感觉；对雕塑的立体和物质的感觉；对各种工具材料运用的感觉，以及从岩画开始的远古艺术到当代艺术的融会贯通的理解和驾驭，对古今中外文化的广采博收，都使他的艺术创作处于最好的、巅峰的状态。

对话何家英：

少女在他笔下生辉

在中国画界，何家英是一位响当当的人物：中国艺术研究院博导、天津美院教授、天津画院院长和中国美协副主席……但这些光环仍不能尽显他在艺术上的成就和建树。

画到“通”时格自高。他上通晋唐，下衔当代，从中西绘画中汲取营养；他上通画理，下接地气，从生活中获取创作灵感；他以女性为主要审美对象，在人物形象中注入自己的审美

我与何家英（左）在画室中。

追求和理想；他相信画品即人品，以才情、格调、心智为支撑，确立自己的绘画语言……

何家英的画室很大，画室里摆满书橱、画案、画架、画具和陶瓷艺术品，画架上，是一幅尚未完成的墨色淋漓的写意人物画，迎面墙壁上悬挂着一幅具有东方风韵的《胜利女神》，这是他应邀为北京奥运特别创作的，造型优雅，线条流畅，气势恢宏。

泡上一壶热茶，在画室一隅相对而坐，何家英敞开心扉，娓娓道来。话题涉及他的艺术之路、审美追求以及对当下中国画创作现状的认识和理解，冲淡平和中又不乏犀利敏锐。

一

曾有人问一位画家，为什么历代名画中，多是表现女性形象的（包括女人体）？

画家回答说，因为画家大多数是男性。

看似谐谑，却也多少道出了事情的真谛。

在何家英最驰名的荣获全国大奖的作品中，几乎无一例外是以优雅清纯的少女为题材的。

当我问到这个问题时，何家英的回答极其坦率："我觉得，女人是一种审美对象，历来的画家都偏爱女性形象。我从年轻时，就很喜爱和欣赏漂亮清纯的女孩，在画素描时已表现出对女性题材的擅长。这或许是人的一种天性、或许与我的气质个性都有一定关系吧！"

然而，何家英反对在女人和美人之间画等号。因为女人一旦成为"美人"，其固有的丰富和自然的内涵便被摒弃，代之以矫饰和做作，陷入一种世俗的思维定式。"不知你注意到没有，中国古代和西方名画中的女人，形象都不是非常漂亮的（我马上

何家英作品《十九秋》。

何家英作品《酸葡萄》。

想到了杨贵妃和蒙娜丽莎），对了，她们都被画家赋予了一种内在的气质，内在的美，而不是外在的漂亮！”

20世纪80年代，何家英曾多次到河北、陕西一带农村体验生活，他首获全国美展金奖的工笔人物画《十九秋》，便是生活的馈赠。当时，他一直在苦苦寻觅一个像电影《红色娘子军》中，祝希娟饰演的吴琼花那样的形象，纯朴、刚烈，带点野性的女孩。一次，他坐在田埂上观察一片片红叶低垂、果实累累的柿子树时，忽然，一个村姑从树下经过，令他不禁眼前一亮。他发现：人与树这种穿插隐现的关系颇有些田园诗般的意境；当村姑猫腰俯首捡拾地上的柿子时，后腰露出；站起时，又浮现出许多衣褶，他一下捕捉到画面的造型语言。回城后，他创作了这幅《十九秋》。画面上的女孩正是他在乡下邂逅的村姑：单眼皮儿，厚嘴唇，梳一条黑亮的长辫，手持一枝红柿，表情是农村女孩特有的羞涩和恬淡，一种朴拙厚重的内在美跃然纸上。《十九秋》表现了农家女的青春之美，凝重之美，与那个年代人物画的矫揉造作划清了界限，具有了深远的意境和内涵。

在何家英的工笔人物画中，最具代表性的当属那些优雅、高洁，具有静态美的城市女孩形象。何家英告诉我，这其中有些是他的模特儿，如《静寞无声》、《红苹果》中那些单眼皮的坐姿少女，多么单纯、真挚，甚至有些青涩，却引人怜爱。一次，何家英在给美院学生上课时，偶然看到窗外的葡萄架很有形式感，当即取出纸笔，嚓嚓勾出一幅草图。不久，他的《酸葡萄》问世了。在这个大尺幅的画面上，生动地描绘了五位裙装少女，她们被匀称地安排在葡萄架下，有摘葡萄、品葡萄的，也有看书的，吹笛赏乐的，个个神性安逸（甚至有几分忧郁），姿态优雅，洋溢着一种诗意的情怀。其中的主要人物，是画家根据自己的生活积累综合出来的形象，怔怔的，呆呆的，一双扑朔迷离的眼神，给人一种不可知的神秘感。

二

对何家英的以少女形象为主的人物画创作，著名作家、画家冯骥才有过精辟的论述：

> 一位好的艺术家要做的，绝不仅仅是完成一部作品，而是创作出他独有的世界。何家英的世界，从无惊乍，亦无躁动。何家英把心中的向往和审美追求，都寄寓在他笔下那些文雅沉静的少女形象里了。于是，这些少女个个都是沉湎遐想，默然凝思，朦胧期待。因而，何家英的绘画，看似写真，实为理想。让人不自觉或自觉地走进去，并一直走到他画中的深处。

的确，纵观何家英的人物画，除了形象的审美外，他对画品的审美把握也十分严格和接近完美。

> 无论是形象的选择，还是绘画品格的把握，其实都是画家自身性情和品格的反映，是一种真我的流露。不管我描绘的对象多么不同，都有一种高洁的气质，伤感的情怀，我觉得这是最美的；或者说在我的审美理想中，有一种情操上的取向，我要将此赋予它们……

20 世纪 80 年代至 90 年代初，是何家英工笔人物画创作的黄金时期。其后，他又回过头来，变“工”为“写”，开始写意人物画的追求和探索。

对为何回归写意，何家英称有两个原因，其一，通过写意画，他可进一步理解中国画更内在的精神层面，从中悟出许多画理。从形象审美到笔墨处理，都有一个自我在里面。重新画写意画时，他很自然地脱离了黄胄和石齐。在他看来，文人画儒雅的品格是中国画的最高境界，内中蕴含着深奥的哲学思想和艺术灵性，在水墨写意中追求这些东西非常有意思。

其二，当他的绘画被社会广泛认知后，靠工笔画已不能满足社会和市场的需求。工笔人物一幅画要花费几个月时间，卖掉非常可惜，只有写意画才能解决问题。而一旦改画写意，何家英便感到像穿上了“红舞鞋”，很难再停下来。这使他在写意画的研究中少了几分思考、几分斟酌。“好在我的情怀还在，心还平静，还有定力，还能把握艺术格调，还在不断地进步和提高。”

三

在中国绘画史中，晋、唐是工笔画发展的黄金时期，产生过顾恺之、阎立本、吴道子、张萱、周舫等工笔大家，其画风雄浑雅健，饱满充盈、高逸超脱，表现出画家的不凡才情、格调、学养和直觉的感受。明清以后至“文革”十年，工笔画逐渐衰落，变得纤弱而萎靡，空洞而匠气。有评论家认为，现代中国工笔画在接通晋唐气脉方面做出突破性贡献的，当属何家英。

早在美院学习时，何家英就对周舫的《簪花仕女图》、张萱的《捣练图》、《虢国夫人游春图》等唐代名画心摹手达，后又从敦煌壁画中读懂悟透传统绘画的真谛。他的第一幅工笔人物画《街道主任》便借鉴了唐代人物画以丰腴为美的特点，造型圆润饱满，胖而不丑，与当时流行的大眼、小鼻、尖下颏、腰肢纤弱的美女形象大相径庭。其后他参加了美协组织的创作班，遍览古今中外名画，深入研究创作问题，选择了一条在当时尚不被重视的工笔画之路。

何家英博采众长，不仅从传统中，也从西洋绘画中汲取营养。他超强的造型能力来自素描速写的长期锻炼；有关形象的观念来自西欧和俄罗斯巡回展览画派；而光影、空间、透视和质感等艺术手段的运用也受到西画的影响。

为何有些工笔画画得匠气？因为画家没从本质上理解表现对象，缺乏灵性，缺乏度的把握和控制。工笔人物画要有境界，除此之外，绘画语言最为关键。语言不应被单纯看成一个技巧问题，它以画家的才情、格调、心智为支撑。琐碎、僵滞、纤弱、繁缛，这些“工笔病”统统被称为“匠气”。它们最终还是“人”的病。我以为，深情、高格需用心养，用心不深，下笔即俗。相反，养心为用，其格必高，格高就有境界，所画就不小气。工笔画的语言，我体会，上乘是平和、含蓄、不激不厉、不抛不露，它是中庸有度的，要袪除琐碎，有大的感觉，故要有主势，有整体的韵律；要有笔意，使之有生机；既要坚实，又要灵透。除此之外，其意境还应从人物造型本身生发，从造型中体现出一种引人入胜的韵致，通过眼睛揭示出人的精神本质。

当我请何家英自我评价一下他对中国现代工笔画的贡献时，他谦虚而诚恳地说：

首先我不能贪功，把工笔画的繁荣归功于自己。实际上，现代工笔画早在上世纪60年代就有了非常大的成就，许多画家都在工笔画上有过成功的尝试。我的作用是在挖掘人物心灵和情感上更深入，更接近晋唐风范，包括我的画幅比较大，所产生的视觉震撼也更强烈。

他表示，并不认同他是中国工笔画领军人物的说法，不喜欢非要被放在一个什么位置上。

“您如今的绘画状态和成就是您追求的最高境界吗？”

“不是，无论工笔还是写意，我都想把它画得更恢宏，更沧桑，更有精神内涵和文化品格。”

程亚杰：

一个艺术朝圣者的传奇

程亚杰，这位被称做“世界公民”的新加坡画家又回来了，回到他少年求学和诱发了他最初艺术灵感的地方、他引为骄傲和自豪的故乡——天津。

在新加坡，他被看成大师级画家，新加坡前资政李光耀办公室里悬挂的肖像画，即出自他的笔下。

创作这幅肖像画时，程亚杰还在欧洲进行他的艺术朝圣之旅，奥地利梦幻现实画派创始人沃尔夫冈·胡特的“大师班”发现并破格录取了他，使他成为胡特最得意的东方门徒。在学期间，程亚杰用两个小时时间仓促完成的油画《我的宝贝》，奇迹般入选欧洲著名的 SHEBA 大赛，不仅作品在欧洲各国巡展、出画册、被美术馆收藏，他也一夜成名，身价倍增，与著名画廊签约，并获得在奥地利的居留权。

1994 年，程亚杰从胡特的“大师班”毕业，因为李光耀画像而名声大噪的程亚杰收到了新加坡政府的入籍邀请。几经思考、权衡之后，程亚杰选择了到文化背景和风俗习惯更“东方”的新加坡定居。

如今，程亚杰的作品拍卖成交纪录位居中国画家的第十三、

程亚杰在他的新加坡画室里。

十四位，仅排在徐悲鸿、吴冠中、林风眠、赵无极、靳尚谊等大师之后，而国内的一些国际博览会，也频频向他发出邀请。

生活中的程亚杰稳健内敛、儒雅谦和，同时又热情执著、精力旺盛，在一群光头、蓄须、口衔烟斗的画家堆里，他常被人误认为是个“潮范儿”的企业家或 IT 界人士。而所有这些，也包括名誉、地位、金钱等等，在他看来都不重要，唯有艺术才是他的最爱和毕生追求。

说起来，我与程亚杰还是校友（天津工艺美院），也久闻他的大名，此次经画家张胜引见，更是一见如故，成为挚友。我们之间的交谈是坦诚而无拘束的，他在世界各国的求学经历，简直就是一个传奇。

一

每个画家学画的经历都是相似的，成功的道路却各不相同。

回首自己走过的艺术之路，程亚杰将其归结为两点：一是基础牢，二是运气好。

程亚杰出生于北京，因父亲在天津电视台工作而移居天津。他从四五岁时喜欢上画画，虽是胡涂乱抹，却也表现出特殊的艺术天赋和童真童趣。在平山道中学读书时，他师从王麦杆、步万芳等名家学画，画艺大增。1975 年考入天津工艺美校，学了三年装潢美术，毕业后分配到天津人艺从事舞美和服装设计。其间，他开始从实用美术设计向纯绘画过渡，三年后，他考上了天津美术学院油画系。

> 您知道，当时中国油画学的是苏派，造型和结构准确，素描基本功扎实，色彩运用到位；但一直画苏派容易“僵”，千篇一律，失去自己的个性。恰在这时，西风东渐，印象派的轻松笔触和色彩运用令我兴奋，便到大自然中画风景，捕捉光影的变化。“放松”一段后，回过头来再画人物，结构、质感、内心刻画相对就弱了；恰在这时，怀斯风又吹进来了，怀斯的超级写实主义画风细腻扎实，正好弥补印象派的不足。这三种画风融会贯通，使我既有了精准的造型手段，又有了对色彩的敏感把握……我们这一代画家真的很幸运。

程亚杰这样总结道。

从大学时代，程亚杰便已在美术界崭露头角。这一时期，他的油画《细雨无声》入选全国美展并获优秀作品奖；《回归的鸽子》入选世界大学生美展并被执委会委员长妹尾美智子收藏；表现柔道运动的《银花》入选全国奥林匹克体育美展并被天津市体委收藏；他以妻子为模特创作的《心曲》在《诗刊》发表后，当时的偶像诗人汪国真深情配诗赞道：“只一个沉默的姿态，便足以让世界着迷……”

二

艺术虽然是不分国界的，但作为舶来品的油画，还是应该到它的故乡去“朝圣”，这是程亚杰一生的向往。正是抱着这样的念头，1990年，他经亲友运筹，到苏联苏里科夫美术学院进修。

> 当我站在谢洛夫的风景画前时，一下子就惊呆了，一股热泪夺眶而出，全身像僵住一般不能动弹，完全进入一种浑然忘我的境界。画得实在太好了！与以前在印刷品里看过的截然不同，画的笔触、肌理、色彩的丰富变化，只有在原作前才能看得如此真切、如此痛快！

程亚杰仿佛仍沉浸在当年的艺术享受中而兴奋不已。

不幸的是，这段美好的学习生活只维持了一年，苏联便解体了。社会动荡，学校停课，程亚杰只得依依不舍地飞往另一个艺术圣地——维也纳。

维也纳是世界音乐之都，在美术方面也不乏克里姆特这样的世界级大师。而被誉为“美术界的莫扎特”的梦幻现实画派创始人沃尔夫冈·胡特，则像磁石般吸引了程亚杰。他听说胡特有个“大师班”正在招生，便跃跃欲试。但当他赶到维也纳应用美术学院时，报名早已结束，考生们正在校园外排起长龙等待面试。无奈中，他只能硬着头皮赌上一把了，从后门插进了考场。他没有报名表，也不会德语，只有几件习作。胡特先生逐个翻看着，然后在《银花》一画停了下来，问：“这是你画的吗？”程亚杰回答：“是。”胡特接着讲了一席话，他听不懂，便从楼道里拉来一位懂德语的华人当翻译。翻译告诉他：“胡特觉得你的画太不可思议了，这才是真正的艺术，但不相信是你

程亚杰作品。

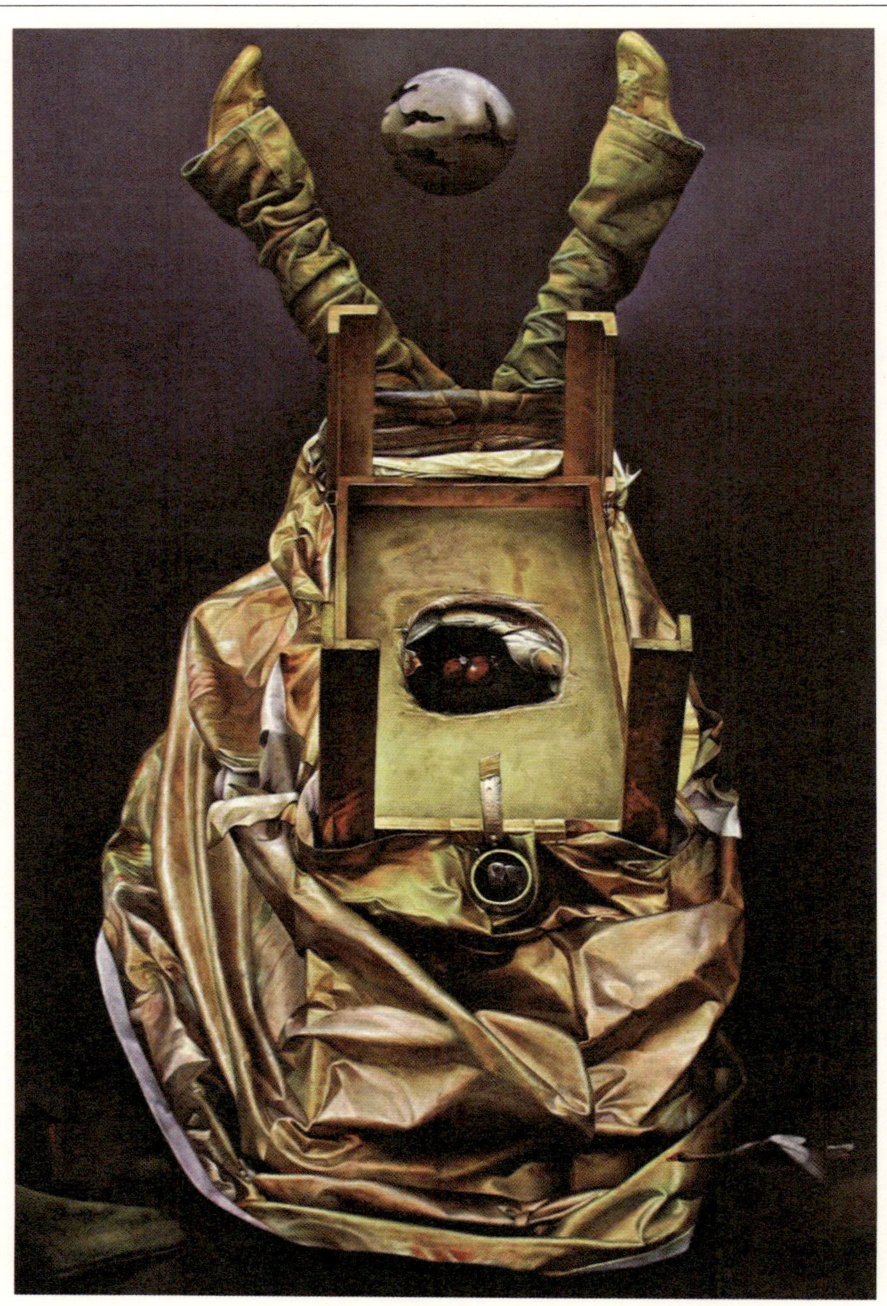

程亚杰作品。

画的：因为你的《银花》是写实的，而风景画又是印象派的笔触，胡特不相信一个人能画出这样风格迥异的画来。”

“如果真是你画的，你现在就可以入学了！”胡特十分肯定地说。从此，胡特有一位得意的东方门生。

三

在与胡特学习梦幻现实主义的同时，程亚杰又修学了建筑学和油画的制作与保养，想象着毕业后，就去巴黎卢浮宫打工，天天修复大师的名画，该是件多么惬意的事！印象最深的是在阶梯教室画人体写生。欧美国家流行现代艺术，学生写实功底普遍较差。当程亚杰站在画架前，用流利的线条准确画出人体的结构时，所有同学都不画了，一层层围在他身后，以惊异的目光注视着他捏着铅笔的手，好像在猜测舞台上的魔术师是如何从一只空箱子里变出活人的。那一刻，他有些得意，也很受鼓舞。

机会总是青睐有准备的人。二年级时，欧洲有个著名的SHEBA大赛向社会征集作品，收件处就设在维也纳应用美术学院。当程亚杰获悉这一消息时，不但报名已经结束，连应征作品都收齐了。程亚杰匆忙中写生了一幅画，当他把未干的油画送到学院收件室时，被告知作品已经封档了。他并未放弃，急忙填写了一张表格，浮搁在封档的袋子上，画则被“请”到走道上，一切都听天由命了。

一周后，《我的宝贝》打破了欧洲人垄断地位，榜上有名！至于这幅被扔在走道里的画，是怎么被评委发现并通过的，至今是个谜。接下来，《我的宝贝》到欧洲各国巡展、出画册、被美术馆收藏、与著名画廊签约……一夜间，他成了明星，并获得了在奥地利的居留权。他的眼前一片光明、前途无量。1994年，程亚杰从胡特的“大师班”毕业，是继续留在欧洲探索西方艺术之神

我与程亚杰（右）、汪国真（左）。

秘？还是回到东方，把在学习中领悟到的艺术真谛结合自己所熟悉的文化元素，再攀新的艺术高峰？几经思考、权衡之后，程亚杰选择了到文化背景和风俗习惯更“东方”的新加坡定居。

四

在二十多个寒暑的不懈追求中，程亚杰将奥地利梦幻现实主义创始人胡特的绘画精神和技巧，与东方的审美情趣相融合，创造出一种用“世界语”描绘心中梦幻的独特绘画风格，在海内外引起广泛关注和好评。

什么是梦幻现实主义？梦幻现实主义就是将梦境与现实以非常戏剧化的形式融合在一起，运用象征和隐喻的手法，表达画家对世界与人生的主观感受。其创始人即程亚杰的恩师、奥地利国宝级艺术家沃尔夫冈·胡特。

“你的技术很好”，胡特在为程亚杰上第一课时说，“这是你进入绘画领域的基本功，并不意味着你已经是一个艺术家或大

中国邮政为程亚杰出版的特种邮票及纪念册。

师。什么是艺术家或大师？就是掌握一门技术后，要通过它创造出自己的风格来，否则你就只是一个匠人或手工艺者。”

胡特还教给程亚杰：要把颜色“糅”在空间里，融入空气中，而不能平摆在画布上，一层层叠加；上面的颜色与下面的颜色要有“呼吸”，要能“讲话”，第一遍要做第二遍的“嫁妆”，覆盖上去的颜色不是对下面颜色的否定……最终，程亚杰说他学会了一套高超的用色方法，感觉就像在镜子下面作画一样，画出的东西有强烈的质感和空间感。1994 年，他的一幅 29 厘米 ×29 厘米的油画小品在香港佳士得拍卖时，以 12 万港币的价格成交，用的就是这种技巧。

还有“画什么”的问题。“以前，我们画画时考虑的多是：色调、构图、形象，都是被动的，技术层面的东西，是对自然的复制而非创造。我与胡特学习的最大收获，即学会了画别人看不到的东西。其实没有别人看不到的东西，只是被你发现的那个角度一定要与众不同，还要用自己的独到手法表现出来，让人慢慢品评、思索，从中体味出画家对自然对人生的真实情感和态度。这才是真正的艺术家。”程亚杰如是说。

五

20 世纪初，随着弗洛伊德《梦的解析》而兴起的精神分析学说，在艺术上催生了一种对后来的西方现代艺术影响深远的超现实主义画派，其代表人物米罗和达利等，通过梦幻的画面，把人们带到一个充满焦虑、恐惧和荒诞的世界；而以胡特为代表的梦幻现实主义画派，则强调使用具象的、色彩华丽、描绘精细的绘画语言，营造出一个亦真亦幻、充满浪漫想象的世界。

在向胡特学习的过程中，程亚杰很快消化和掌握了恩师的理论，但在研读他的作品时，却产生了相当的困惑。胡特对色彩、对花卉、对人体的理解和表现完全是西方的，其精神境界与我们完全不同。如何在东西方文化的巨大落差中，寻找到一个平衡点、契合点呢？就是说，作为一个华人画家，他不能用“德语”、而必须用“汉语”乃至“世界语”让东西方的读者都能听得懂并受到艺术感染。

这时，他想到了娃娃。“童年的东西是没有国界的，譬如芭比娃娃，是全世界儿童都能理解和喜爱的。童真是人类最纯洁可爱的素质之一，它所反映出的心理、情感，就像镜子一样透明和美丽……”

于是，他让圣诞老人与小熊、小鸭说“悄悄话”；让米老鼠和日本女孩“邂逅”；让小熊、小鸭坐在大熊腿上，“听妈妈讲那过去的故事”；让帕瓦罗蒂变成一只肥胖的老鸭，与维也纳少儿合唱团的孩子们一起高唱《我爱北京天安门》……他还将一直喜欢的东西方古典建筑——故宫、天坛、卢浮宫、比萨斜塔等变成文化符号，穿插在娃娃的世界里，使东方与西方、古典与现代糅合在一起加以想象和思考。

程亚杰的艺术世界，就像他这个人一样，仪表儒雅，装扮新潮。他用古典技法与笔触描绘的一些卡通化形象，以梦想对现实进行审视，发人深思，不同的人有不同的解读。下面对《亚当与夏娃》的解读，来自诗人汪国真——

（一）

凡是被禁止的
往往都具有诱惑
人类的祖先
也曾偷食禁果
要当心了
哄诱你的可能是蛇

自由的意志
这当然不错
只是别忘了提醒自己
不要坠入深渊
甚至罪恶

（二）

沉郁的感情
仿佛总是伴随着折磨
各取所需的相伴
那只是片段
构不成传说

即便经不住诱惑
也要经得住岁月
即便经不住岁月
也要让过去的一切
结一颗值得回味的记忆之果

后 记

一

我的名字很平常，但如果去掉一个“华”字，就响当当了。的确，熟悉我的人都这么称呼我——杜仲，是药店里常见的一味中草药，取材于杜仲树的树皮，有很高的药用价值，还能制成杜仲茶、杜仲糖等对人体有益的滋补品。我常想，如果我也能像这种中草药一样，通过自己手中的笔，给读者一些心灵上的启发和慰藉，也算不枉来一世了。

我从小爱画画，常于家中小楼地板上涂鸦，偶得亲友夸奖，便有些飘飘然。从小学至中学，均为学校文艺骨干，朗诵，编写黑板报，虽辛苦却自得其乐。初三时，模仿达·芬奇之法，画蛋以习素描，画艺大增，考入天津工艺美术学校。未及毕业，“文革”骤起，学业荒废，只得弃画从文。幸而生性好静，得以披阅大量书籍，从当代散文到文艺理论，从西方美学到苏俄小说，既增长了知识，又培养了写作兴趣。1974 年开始为报刊撰写文艺评论文章，在《天津日报》发表三千多字的影评《潘冬子，革命小英雄——评〈闪闪的红星〉》，受到时任《天津日报》

文艺部主任李夫同志赏识。1984年，李夫组建《今晚报》时，将我调入《今晚报》社。

1997年9月，我的第一本书《明星大聚焦》出版后，题赠李夫一册请他指正，第二日便收到他的回信，是用毛笔字写的，笔迹潇洒劲健，被我当做书法作品收藏至今——

杜仲华同志：

今天收到您送我的《明星大聚焦》，一是甚喜，二是感谢，三是祝贺。

我向来自信识别人才的眼力。早在一九七二年，我在日报文艺组，见您与李声玉稿件往来，就注意了您。当时，我就很看重您的美学造诣和文笔功底。您那举止儒雅、语调平和的样子，给我留下深刻的才子印象。所以，后来才有了同事的事实，以及您送给我一个瓶子，我非给您一块八毛钱不可。十四年，晚报的十四年，您竭力进取，取得今日如此辉煌业绩，真是不易。当然，成就并未终结，时正中天，我相信并预祝您今后取得更大成就，载入天津新闻与文艺史册。问您好，问您夫人好！

李夫，一九九七年九月九日

对我而言，一生中最大的梦想，莫过于将自己的兴趣与工作和事业紧密联系在一起了。而做到这一点，又离不开一定的机遇和赏识你的“贵人”。

李夫就是我事业上的第一个“贵人”。

二

我的第一本书《明星大聚焦》，是冯骥才为我联系出版社、作序并出席首发式和签售活动的。在《写写杜仲华》这篇序文中，他一开始便为我画了一幅肖像：

> 杜仲华是个知名的文化记者。但他不像记者，像个书生。在通常的印象中，记者都是机敏、快捷，反应神速，长耳长腿，有缝就钻。但杜仲华却举止儒雅，语调平和，哪怕再急迫的采访任务，他依然不紧不慢地倾听着被采访者不着边际的海阔天空或云山雾罩；他坐在那里一动不动的安稳姿态，好像在等待拍照。然而，从他身边匆匆而过的中外文化名人们，哪个也休想逃脱他那笔的捕捉。他的笔比他本人机灵和厉害，这可是个奇妙的现象和形象。

在接下来的篇幅中，冯骥才对我人物采写的视角和写作上的特点进行了评价：

> 翻一翻收录在这本集子中被采访的人物：影视导演、演员、电视节目主持人、歌星、笑星、剧作家……无一不是当今中国文艺界最响亮的人物。这本书几乎是一个足本的当代文化名人录。然而，杜仲华却不关心他们头顶的光环与手中的奖杯，不仰视他们，也不带着世俗的好奇钻到幕后偷觑他们一眼。
>
> 我就有过这样的体验，这位书生式的记者从不从你身上搜索珍闻，更不会采询私密，追逐花边。他热衷于与你探讨艺术。他的兴趣显然是在被采写人物精湛的艺术上。艺术家身上最神秘的是艺术的神秘；名人的名气并没有多少分量。这样，他自然就要关心这些艺术成功的秘密，以及艺术家非凡的经历、非凡的劳动和非凡的人生追求。于是，这些采访便成了一种挖掘、一种提炼、一种宝贵的价值观的弘扬。比起如今泛滥

于报刊中那些轻薄和媚俗的报道，自有一份难得的珍贵。

这些采写看上去不像报道，而更像一种文章。我想，这印象多半来自他笔下的那些思考、探究、发现，还有十分斟酌的散文化的文字。应该说，他坚守着一种人物采写的文化风格，这风格就是注重人物刻画，思想开掘，以及美文。

2006年5月，冯骥才在我的新书《驿动的音画》首发式上发言，又一次感动和激励了我。他说：

《今晚报》是我们国家的一份名报，能成为名报的一个很重要的因素，就是有一批才子和才女，他们不仅文字好，修养好，气质好，而且知识结构也好，很有艺术感觉。这一点，从杜仲（华）的书里可以看出来。今天，我不仅参加首发式，一会儿还要帮助杜仲（华）签名。因为平时杜仲华是专门给别人做嫁衣的，今天我们大家也要为他捧捧场。今天我帮他签名，比给自己的书签名还要高兴。

说心里话，我真的佩服冯骥才，他对采询私密、追逐花边的轻薄媚俗报道的不屑，对宣传艺术家的艺术观念和艺术成就，挖掘和弘扬人物宝贵价值观的高度认同，至今仍不过时，仍是激励我不断探索和前进的动力。

三

人的成长离不开时代和社会——虽然记者和作家一样，都是以个体劳动为主的。

在我的成长过程中，得到了诸多领导和前辈的鼓励和支持，使我没齿难忘。

2006年，在我的新书《驿动的音画》首发式上，天津市老领导张再旺为我题字“人品崇峻，兰竹清新”；老领导陆焕生、新闻界老前辈石坚出席并发表热情洋溢的讲话。2013年6月，石坚在读了我的新书《名人还有光环吗》和《独家星闻》后特意写了一首《赞杜仲华》：“记者杜仲华，文坛跨骏马，一年两部书，同行人人夸。图文并茂美，文风大众化。祝君效先辈，立志当杂家。”信后还附一备注曰：“这里的先辈，是指新闻界的邓拓、安岗、魏巍、华山、杜鹏程等。”殷殷之情，催人奋进；溢美之词，令人汗颜。

还有著名媒体人、时任《今晚报》社长兼总编辑贾长华，正是他力主开辟的“老杜名人工作室”专栏，将我写作的兴趣和才能发挥到极致；而他的继任人鲍国之、刘凤山、朱康文等，也一如既往地热情支持和鼓励着我的写作。

此外，文学评论家黄泽新、张春生、刘连群，《今晚报》评论作者朱大平、夏凯等，也多次撰文对我的新书给予热情评价。

“纵笔写名人，俯首谢知音”，是我为一位热心读者写下的一句话。这位读者将我每周刊发在《今晚报》“老杜名人工作室”专栏的文章剪贴下来，分门别类装订成册，外加封套，上面写着《杜仲华文集》。我的“粉丝”中也不乏年轻人。如中国民航大学学生会的一个女孩，就曾多次邀我到学校讲座，题目都拟好了，就叫“我与名人那些事”。

名人和明星，在任何时代和国家都是大众关注的焦点。大众需要了解名人，名人也需要了解大众，而媒体便是联结他们心灵的桥梁。记者工作的意义即在于此。

四

人生，有许多值得回忆的东西，有些珍藏在自己心灵深处，有些则可与众人分享。而媒体人所做的工作，大约天生就是要与人分享的。

那些年，那些名人明星，曾是我追踪采访的对象。作家、画家、学者、影视导演、演员、电视节目主持人、歌星、笑星，最当红的和最顶尖的，只要找得到的，一个也不能少：我努力用自己的笔，记录下他们的音容笑貌、言谈举止、艺术观念和最新行踪。

那些年，那些名人明星，曾像走马灯一般来到我的面前——不是为了见我，而是为了走进天津这个戏剧大码头，开个大party，让自己宠爱的“孩子”见见世面，任由观众和评论家们品评、褒贬一番。而我只是一个组织者和见证者。

于是，这些采访，这些见面活动，有的已变成文字和图像，见之于当年的报端、视频和网络，有的则留存于我的记忆里，珍藏在我的相册中。不经意间，时光荏苒，岁月蹉跎，三十寒暑，竟如弹指一挥间。偶然梳理思绪，捡拾记忆的碎片，那些熟悉的面孔，熟悉的画面，竟又栩栩如生浮现眼前，颇为有趣、颇值玩味。它们既是我的私人珍藏，又是一个时代文化发展的见证。从三十年前的黑白照片，到如今的高清摄影，真实记录着我所结识的每位名人明星的艺术足迹，还有形貌上从年轻到衰老的渐变过程。

我确信，能在这么漫长的时间里，交往这么多名人明星、写过他们、为他们组织活动并与其中一些人成为朋友的个案是并不多见的，具有一定的稀缺性和阅读价值，所以，我决定把与名人交往的这些难忘瞬间和历史碎片连缀起来，公之于众，与大家一起分享这些“图片中的名人故事”。

本书得到了一些艺术界朋友的热情支持和鼓励。例如新加坡绘画大师程亚杰，他是第一位力挺我出这本书的好友，并欣然承担本书的视觉策划。我采访的好友旅澳作家武立、旅荷艺术家张蝶、雕塑家刘鑫、评剧艺术家曾昭娟、画家曹雪蓉、张胜等人的文章，均因篇幅所限，未能收入书中，谨是遗憾。图片摄影曹彤、高山、刘筝、王津、张立、左山、宁柯、田丕津（以及佚名的作者）、工作室兼职助理李剑等，也对该书出版给予了支持和协助，在此一并表示感谢。最后，衷心感谢生活·读书·新知三联书店的合作与支持。

杜仲华

2013年7月